山崎豐子
Yamasaki Toyoko

約定之海

王蘊潔——譯

【導讀】

與海有約永不戰

【旅日文化名家】李長聲

山崎豐子寫完《約定之海》第一部，於二〇一三年九月二十九日去世。筆耕六十年，如其所願，「一直寫進棺材裡」。

這是一部戰爭小說，做為女作家，她要表達怎樣的思想呢？去世前兩個月所作〈執筆之際〉說得很明白：探求「不搞戰爭的軍隊」。然而，骨灰未寒，二〇一五年七月十六日日本眾議院強行通過了安保法案，日本從戰敗被解除武裝的「非正常」國家將復原為可以拿起武器打仗的「正常」國家。山崎的願望很可能落空。其實，從軍隊的本質來說，那也只能是一廂情願，正如小說中海上自衛隊一等海尉原田正當年進軍校便體認到「這樣的訓練基本以殺人為目的」。

山崎豐子素稱社會派，筆下很少有日本文學傳統的陰柔，充滿了陽剛之氣。近年來重新展開「戰爭論」、「戰後論」，改寫對「戰爭」的評價幾成潮流，這是她要寫戰爭的社會背景吧。「戰爭的主題縈繞我心頭。我是戰爭年代過來的，有一種非寫不可的使命感驅動我。」山崎生於一九二四年，就讀京都女子專門學校國文學科時曾穿上紮緊褲腳的勞動褲在軍工廠幹活兒。「我是幹磨子彈，磨了殺人的子彈。」她要告訴不知道戰爭的年輕人，戰爭究竟是怎麼一回事。

《約定之海》是山崎豐子的《戰爭與和平》。起初只打算寫過去的戰爭，主人公原型是酒卷和男，實有其人。一九四二年十二月襲擊珍珠港，駕駛特殊潛航艇出擊，發生故障被俘。這種特潛是「人體魚雷」，同「神風特攻隊」一樣有去無回，共五條，十人搭乘，九人喪生，被宣揚為「九軍神」，只有這位帝國海軍少尉酒卷和男給美軍當上「俘虜第一號」。只求一死，寫下辭世歌：櫻花該散就讓它散吧，枝葉濡濕今日悲。但不知怎麼一來，他就變了一個人，勸阻後來的那些俘虜莫求速死，要活著回到祖國建造一個和平的日本。人們始終鬧不清日本投降後怎麼一來就齊刷刷變身為和平主義者，自不免懷疑其誠意。文學家像政治家或政治評論家那樣說事是文學的自殺，但我們不由得期待山崎能描述個人以及民族由戰爭轉向和平的心理與思想的軌跡。

人類歷史是「戰爭與和平」的反覆，「戰爭與和平」也是教人類最頭疼的難題。不是合久必分、分久必合之類的轉換，而是要消弭戰爭，永久和平。反對戰爭，立場及理由各有不同，例如比山崎豐子大一歲多的小說家司馬遼太郎當過坦克兵，他認為當時日本領導人是豬腦子，竟然用那麼落後的武器打世界。抨擊戰爭，歌頌戰士，不可能從根底上樹立和平觀。用殘酷二字煽情地反對一切戰爭，倒可能激起嗜血的變態。日本的和平本來不是自己爭取來的，而是戰敗的後果。文藝評論家小林秀雄在一九四〇年寫下這樣的話：「既然仗打起來了，不知什麼時候必須拿起槍，到了那一天我會高高興興為國家拿起槍」。第二年他把「為國家」改作「為陛下」，戰敗後的一九五五年又改作「為祖國」。似乎日本戰敗七十年來就這樣偷偷變換著概念，用戰敗的殘跡展示自己對和平的熱愛，甚至讓浴血把戰爭扭轉為和平的人反倒灰頭土臉了。回顧戰爭，總結歷史，不能單是從勝者或敗者一方來看，需要有敵我雙方的複眼或慧眼。不過，搬起石頭砸了自己的腳，和搬起石頭砸別人的腦袋不是一回事。人民都是受害者這種話泯不了恩仇，而勝敗雙方坐在一起編歷史教科書終歸是一個噱頭。

山崎說：「我一向主張，二十一世紀的今天，只要寫小說就必須有現代性、國際性。」那麼，如何把過去的戰爭納入現代的視野呢？提供素材的專家告訴她：在東中國海、日本海，北朝鮮、中國已成為不能無視的存在，這時候海上自衛隊的潛艇是最有控制力的武器。「我尋找的主題這就成立了」，於是重新構思三部曲，第一部登場主人公是「酒卷和男」的兒子花卷朔太郎。二十八歲，二等海尉，冷戰終結的一九八九年他搭乘的潛艇撞沉遊覽船，淹死三十人，對海上自衛隊的信念發生了動搖。山崎豐子是絕對反對戰爭的，但不認可連專事自衛的武力都不能擁有。可是，自衛該如何界定並限定呢？酒卷和男受審時慷慨陳詞：因為美國等對日本實施經濟封鎖，不賣石油、棉花等，把我們逼進了別無選擇的地步，所以我和戰友出擊珍珠港，目的是擊沉戰艦。司馬遼太郎也主張在中國土地上進行的日俄戰爭是一場「衛國戰爭」。

山崎還計畫寫第三部。她生前提示了故事梗概：在美國最新銳核潛艇上受過訓的花卷朔太郎已當上艦長，這時中國核潛艇「漢級」入侵領海，政府擬下令「海上警備行動」，他予以反對。政治家策動，把花卷撤職，派往日本駐中國大使館當武官。他要讓這片大海成為鎮魂之海，靜靜地守護長眠的戰爭犧牲者。

山崎說她的「作品命在取材」。小說也需要客觀性，追求細節的真實，比如她依賴取材詳盡地描寫潛艇，但文學更需要虛構，以建起獨自的思想主題。她沒有寫出後兩部，倒像是有意留給讀者去思考。

【導讀】

未盡的戰爭之後

【小說家、FHM男人幫總編輯】高翊峰

閱讀《約定之海》（日本書名為：約束の海）之前，我持續向自己提問：之於山崎豐子這位作家，戰爭究竟有什麼意義？之於她的日本國度、她的日本人身分，以戰爭植入小說，會出現什麼樣的書寫企圖？

記憶裡，在反覆重讀川口開治的《沉默的艦隊》時，也經常出現類似的自我質問。但兩者有根本上的差異。《沉默的艦隊》操作出一艘脫韁的潛艇，以深海裡移動的獨立國家姿態，由日本向外叩問世界，現代戰爭究竟是什麼？《約定之海》則是一艘撞毀了觀光漁船的自衛隊潛艦，向內詢問日本，戰爭置於日本人的心圖，在自衛隊武器精良的年代，會描繪出什麼輪廓？

面對這樣的提問，不單是日本，之於亞洲的南北韓與中台，這兩組因歷史分割後所產生的特殊國度狀態，也值得以此小說對照與深讀。

做為一部觸及自衛隊潛艦的小說，《約定之海》沒有擊發任何一枚水雷。無戰的戰爭故事，在小說、電影種種領域，都常出現。但在曾經引戰的日本，面對的不只是無戰，而是在二戰之後，從憲法就宣示放棄了戰爭。《日本國憲法》第二章的主要內容，包括放棄戰爭、不維持武力、不擁有宣戰權。而近年來，特別修憲爭議，便是第九條當中提及的——不保持陸海空軍及其他戰爭力量，不承認國家的交戰權。

日本憲法中的這一點，直接交織出自衛隊的存在身分與體質問題。更近一步，當一國於憲法自我放棄了國家的交戰權，擁有軍事武器卻不能在臨戰之際合法動用武力，我們是否可以這樣刺探：投效自衛隊的每一個體的大和魂，在起跑線上，就已經需要面對自我認同的問題。這或許也是故事主人翁花卷朔太郎，與其曾經擔任帝國海軍少尉的父親之間，面對軍者身分的伏筆吧。

大膽的假設，日本現代軍人自我認同的缺陷，似乎剛好與日本人對民族濃烈支持與低調獨特的自戀度，有著巨大無比的反差。因為這份衝突，日本對自衛隊的開火的底線拿捏與自我保衛的啟動點，存有巨大的矛盾。

之於我，這便是閱讀《約定之海》迷人的地方；也是它可以無須釋放水雷，卻能成為戰爭小說的可貴之處。

當然，隨著作者的逝世，這部小說裡的戰事，也失去了終點線。

原定書寫計畫的小說，無法被完整完成，確實無法理想探索作者以生者，寫戰之死、寫戰之荒謬、寫現代戰爭之無感與恐懼種種。這些，因戰而生的可能題材，都隨著作者的逝世，一同沉入無光闇黑的海床，陪同過去海戰的沉艦，靜止在沒有時間的洋流。

但這一點都不影響這首部曲，單獨而引人閱讀的魅力。在這潛艦的故事裡，山崎豐子扣動故事，雜揉人性的反轉，以推展閱讀期待的小說特質，依舊深深吸引著我。

特別在本書末了收錄，諸多整理出來關於第二部抑或第三部的小說軌跡。是小說家進行小說中的一種碎思紀錄。我們其實無法由這些軌跡，確定作者心底最後可能寫落的小說細節，以及可能的指涉。但這些軌跡，隨著作者的逝去，反倒成為唯一的探針，直接刺擊了這部小說的未盡之處。

看著書末出版社編輯團隊，以如此之協力，完成如此企圖的小說，我無比欽羨。其中，山崎豐子的秘書野上孝子吐露的一句話：「作者經常說，如果沒有小林正男先生（海上自衛隊前海將潛艦隊司令官），或許無法寫下去……」深深打動了我。

我試著想像，在沒有充足田野調查下，山崎豐子如何深入軍旅、完成自衛隊潛艦的小說細節，讓讀者看見正在操練中的海上自衛隊花卷朔太郎，在潛艦裡工作、生活的模樣，以及他彷彿如命運般繼承的自衛隊故事。

這是我私心尊崇的，對於小說生成過程，作者本身對於認識不足而產生的謙遜，更重要的是，對田調過程所得的他人知識的感激與敬意。

近來，我緩慢但漸漸生出一個想法：小說家是試圖在說的隱匿者。說出濃濃的個人偏執訊息，並讓收訊的讀者，可以咀嚼，足以討論。而非將飽讀的知識，妝點成私人意見，拼貼代筆寫落。

一位試圖在說的隱匿者——這也是我對山崎豐子的印象。

可能過分粗淺了。但我以為，她透過小說，說出自己對當代現象的挖掘。醫療系統的無力感是，金融的潛在毀壞可能，也是。在臨寫之際，現任安倍首相丟出的新《安保法》，在日本國內引起不小的討論。日本自衛隊能否成為一支真實准戰可戰的國家軍隊？日本軍人是否會因此更認識自己身為自衛隊的價值？日本國民，如何從人民的角度去看待職業軍人？這種種的未定，我想《約定之海》是山崎豐子對日本自衛隊存在價值辯證的試圖之說。而更龐大與混雜的價值是，提問了人類與戰爭之間的可能瘋狂與無底畏懼。而讓我個人真正傾心的，是更多時候，她隱身在小說的騎縫處，靜靜地靜靜地等待小說被翻閱。

【導讀】

永遠的留白

【資深新聞評論員】范立達

幾年前，看到皇冠文化出版的《命運之人》時，心中以為，那是山崎豐子最後一部著作，直到接到這篇書稿，方知這才是山崎豐子真正的遺作。

閱讀這部《約定之海》，心情是很複雜的。那種感覺，就好像小時候在吃蘋果麵包似的，那麼那麼的好吃，很捨不得一口氣吃掉，所以很小心的掰下一小方塊，告訴自己，一次只能吃這一塊，剩下的，要留下來以後再吃。但吃完了那一小塊，心中的魔鬼馬上告訴自己：「再吃一塊吧！只要再吃一塊就好了！再吃一塊就不吃了！」於是，又掰開了第二塊。就這樣，一塊一塊的品嘗，等到驚覺時，手中那片蘋果麵包，只剩下最後一小塊了。吃光嗎？捨不得！不吃嗎？更捨不得！終於，最後還是把整片蘋果麵包吃光了。

於是，心中塞了滿滿的滿足，還有一絲絲的悔恨。

《約定之海》，是山崎豐子最後一部著作，入手時就知道，看完了，就沒了，所以很捨不得一下子看完。但故事情節是那麼的引人入勝，於是，看完一章，告訴自己，「再看一章吧！再看一章就擱下了，其他的，明天再看。」但，看著看著，突然驚覺，怎麼已經看到「第一部完」了？而且，永遠也等不到第二部、第三部了。

這時，塞在心中的，是大大的失落感，還有對山崎過往作品無限的懷念。

我看山崎豐子的作品，第一部是《白色巨塔》，那已是十年前的事了。在此之後，她的作品陸續引入國內，每一本、每一部，我都細讀過。直到這本遺作。

老作家的遺作，和老歌手的告別演唱會，有很大的不同。

唱了一輩子的老歌手，他人生最後的一場演唱會，到底該不該聆賞？套句好友唐湘龍戲謔的話：「不聽不可！再聽不可！」因為很可能從此成為絕響，所以不能不聽；但老歌手已氣力用盡，音色殘敗，遠不可能如風華正盛時的天籟，聆聽之後，一定大失所望，連回味都難，所以再聽不可。

但老作家不同。磨了一輩子的筆尖，只會愈磨愈利，文筆愈來愈洗練，說故事的技巧愈來愈好，就像醇酒，只會愈陳愈香。不是有某位作家曾說過：「我最好的作品，就是下一部。」

但山崎豐子已經沒有下一部作品了。

或也因為如此，在這部遺作中，山崎豐子選擇向自我挑戰，以高難度的「潛艦」作為故事的主題。讀過《獵殺紅色十月》、《核子潛艦沉沒記》、《尼米茲大復仇》等軍事小說的讀者都知道，潛艦是一種多麼難以描寫、表達、操作的主題。對一位女性小說家來說，軍事、武器，已經是很難處理的專業領域了，更不用說是連平時都極罕見的水下載具。想要把潛艦的操控程序、潛行方式、匿蹤技巧都以清楚又不枯燥的方式融入故事情節中，已有極大的難度，更何況這還不是故事的全部，潛艦成員的心理變化，同袍之間的利害衝突，這些涉及人性掙扎的部分，該如何細膩又不失濫情的掌控與表述，更是作家的嚴厲考驗。

在《約定之海》的第一部中，很明顯的看到，山崎豐子完全克服了這些困難。她以一場軍事演習後，日本海上自衛隊的柴電潛艦與觀光海釣船發生碰撞，造成三十人死亡作為故事的起點，引出主角海軍軍官花卷朔太郎質疑自己是不是個適格的軍人，並讓他因此回想在二戰偷襲珍珠港之役後成為頭號戰俘的父親，是不是將某些祕密一輩子深藏心中？

本來，順著故事情節的發展，花卷朔太郎在第二部中，將被日本政府派往美國受訓，從而挖掘出父親的往事。但很可惜，故事寫到第一部結束時，山崎豐子就撒手人寰，這也導致全書的第二、三部永無問世之日。

當然，在出版界中，不乏後人執筆，為前人把遺作補完的前例。例如，布蘭登・山德森為羅伯特・喬丹寫完《時光之輪》、理查・普雷斯頓為麥克・克萊頓續完《微境殺機》，這些操刀的寫手都能讓續作的品質維持在一定水準，讓那些逝去的作家不致留下斷簡殘篇的遺作，也讓書迷們心中不致留下憾恨。

但那些寫手之所以能夠順利續貂，是因為原作者都留下了大量的手稿、筆記、大綱，後進者才能在這些基礎上戰戰兢兢的把故事說完，但山崎豐子還來不及構思完第三部的故事主幹，就在二〇一三年九月辭世，這也使得《約定之海》的結局成為無限可能的開放。選擇讓這部作品就以這樣殘缺的面貌呈現，而不找尋某位續作者，以免扭曲了埋藏在作者心中的故事結構，或許，這也是對山崎豐子最大的敬意吧！

很難看到一本沒寫完的小說會出版。雖然永遠也等不到這本書的結局，但，這本書仍值得一看。留白的部分，正好讓我們跟山崎豐子一起思考，戰爭的本質是什麼？「為了不參加戰爭而存在的軍隊」是個荒謬的笑話？還是必要之惡？山崎豐子來不及告訴我們，但，我們可以自己找答案。

目錄

潛艦「國潮」

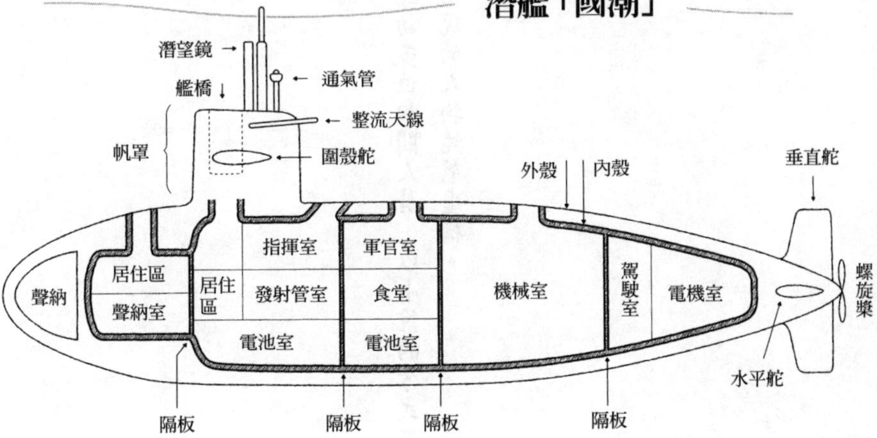
潛望鏡
艦橋
通氣管
整流天線
帆罩
圍殼舵
外殼
內殼
垂直舵
聲納
居住區
聲納室
居住區
指揮室
發射管室
電池室
軍官室
食堂
電池室
機械室
駕駛室
電機室
螺旋槳
水平舵
隔板
隔板
隔板
隔板

本作品經採訪多位相關人員，以小說的方式呈現，
作品中所出現的人物純屬虛構。

第一章

潛艦「國潮」

東京灣的浦賀水道是一條船舶航道，房總半島和三浦半島分別位在東西兩側。初夏的晴朗早晨，偏南的風用力吹拂群青色的海面，激起陣陣白色波濤，富士山優美的輪廓出現在遠方的陸地。

一點四公里寬的航道中央和兩端，每隔七百公尺，就可以看到紅色或綠色的浮標標誌。前往外海的船隻靠三浦半島這一側航行，回東京灣的船隻則靠房總半島那一側航行。

船身超過五十公尺的貨船、渡輪等大型船隻必須航行在航道上，小型貨船和油輪則航行在外側，每天有七百艘船在這條狹窄的航道上川流不息。

這天早晨，一艘漆黑的可怕艦艇緩緩駛向外海，只有一部分艦身露出水面。那是海上自衛隊的最新銳潛艦「國潮」。

這艘淚滴形潛艦全長七十六點二公尺，最大寬度九點九公尺，排水量兩千兩百五十噸，在水上航行時，只能看到宛如巨大鯨魚背鰭般的帆罩，和左右兩側如同短翼般的圍殼舵，以及一部分上甲板，其他都隱藏在水面下，但從潛艦周圍的波濤和艦尾拖出的長長白色航軌，就可以略窺艦體有多大。

艦長、副艦長、實習值更官和電話員都擠在位於「國潮」帆罩上方約一點五公尺見方的艦橋上，艦橋正後方的帆罩頂上，和左右兩側突出的圍殼舵上，也都有瞭望員抓住附近的桅杆，密切觀察周圍的情況，確保能夠安全航行在航道上。所有人胸前都掛著望遠鏡，不時舉在眼前觀察，一旦在視野內發現可能會發生碰撞的船舶，立刻聯絡潛入海中的艦內操舵員，指示變更航向和速度。

風速緩慢時，艦橋後方會掛起自衛艦旗和艦長的指揮旗，但像今天這種強風的日子，就會把自衛艦旗繞在旗竿上，只有白色條狀的指揮官旗隨風飄揚。指揮官旗設計成細長條的形狀，模仿被認為是船隻守護神的白蛇。

「右側監視，右二十度兩千的漁船可能會進入航道內，請注意。」

身材高大的花卷朔太郎站在艦橋上說道。

二等海尉的他頭戴船錨圖案的黑色作業帽，身穿灰色工作服，把艦內電話的單側耳機拿了下來，對著站在右舷圍殼舵上的瞭望員大聲發出指示，以免聲音被強風淹沒。

他細長的臉，鼻梁高挺，有兩道剛毅的濃眉，從他的嘴角可以看出他不服輸的性格。雖然二十八歲的他只是船務士，但可望在不久的將來成為水雷長，他充滿自信的態度讓人難以想像安排他擔任實習值更官只是為了培訓，副艦長佐川三津男三佐見狀後，露出心滿意足的笑容，艦長筧勇次二佐也點著頭。

一個小時後，潛艦穿越了高難度的浦賀水道航道，解除了特別狀態，恢復了正常航行。

當三浦半島的觀音埼燈塔漸漸遠離時，前方出現了宛如鋪著綠色天鵝絨的大島。一旦來到伊豆七島的第一個島──大島附近，前方就是黑潮洶湧的太平洋。

「國潮」在上午八點從橫須賀的基地出發，以十一節（時速約二十公里）的速度在水上航行，正午過後，來到距離潛航點三海里（約五公里）的地點。

以前這一帶的海域不時會出現成群的海豚和鯨魚，但在一九八九年的現在，很難再見到這樣的景象。

大島上空飄著如同棉絮般的雲，被強風吹動著迅速移動，正午的陽光照在微波蕩漾的群青色太平洋海面，閃著熠熠光芒，漆黑的「國潮」艦身看起來更加充滿詭異的感覺。

「艦長，本次是第八次航海訓練吧？」

佐川副艦長問後方的筧艦長。

「啊？」

可能因為風太強了，筧艦長沒有聽到他說什麼，所以他又問了一次。

「已經這麼多次了嗎？」

筧艦長曬得黝黑的臉露出了笑容。艦長一職是所有潛艦官兵的嚮往，即使有潛艦幹部的證照，累積超過十五年的經驗，也只有半數的人幸運成為艦長。筧畢業於防衛大學，今年四十一歲，是同屆畢業生中第二個被任命為艦長的二佐菁英。副艦長佐川是一般大學組，他從商船大學畢業後，才進入海上自衛隊儲備幹部學校，今年三十六歲，目前是三佐的他正一步步邁向艦長之路。

「喔，真難得。」

筧艦長興奮地看著前方說道。一群飛魚突然從附近的海面躍起，張開胸鰭，在天空中高高飛起。一群藍黑色的飛魚，吸收了滿滿的陽光，發出像日光燈般的光芒。在湛藍的大海和飄著棉絮般雲朵的蔚藍天空之間，身為實習值更官正在操縱潛艦的花卷二尉也朝那個方向看得出神，但隨即舉起了望遠鏡。他的一絲不苟令筧艦長不禁莞爾。

在飛魚身影消失的同時，一陣強風吹向艦橋，海浪打了上來。潛艦和水上艦不同，艦橋沒有屋頂，即使在這個季節，如果不在工作服外穿上夾克，仍然會感受到寒意。

「目前正在進行特令事項的戰鬥（潛航）準備。」

當值的值更官輪機長判斷周圍海域並沒有妨礙潛航的船舶，所以來到艦橋上向覓艦長報告。

小野田幹生三佐今年三十四歲，圓臉上留著很長的鬢角。

覓艦長示意其他人做後續工作後，從艦橋沿著通往艦內的升降窄梯走了下去。從某種意義上來說，艦長的任務接下來才要正式開始。花卷也跟在艦長身後走進艦內。

艦橋的指揮官旗和救生圈等影響潛航的物品都迅速收了起來，年輕的瞭望員也紛紛走下窄梯，進入艦內。

負責最終確認的小野田值更官收到了來自艦內的報告。

「特令事項的戰鬥準備完成，艦內潛航準備就緒。」

接著聽到了覓艦長的命令。

「執行潛航。」

「潛航，潛航。」

小野田重複了兩次後，走進艦內，鎖好艦橋艦門，「國潮」完全處於密閉狀態。

相當於潛艦「國潮」大腦的指揮室，位在艦身中央靠艦首的位置。三十平方公尺的空間以唯一可以從艦內觀測外界的潛望鏡為中心，設置了操舵台、壓艙水控制台和海圖測繪桌，總共配置了十五名艦組員。

最後從艦橋回到指揮室的值更官小野田三佐，雙手握著差不多要用雙手才能環抱的潛望鏡左右兩側的把手，微微彎著腰，看著鏡筒。他不時改變倍率，旋轉三百六十度觀測，小心翼翼地觀測是否有妨礙潛航的障礙物。

「無近距離目標，水深十八。」

他向艦長報告道。

全長七十六點二公尺的「國潮」艦內前方有兩層，中央有三層，後方是一層的構造。前方上層是居住區，下層是聲納室。中央部由上至下分別是指揮室、軍官室、發射管，以及食堂和電池室。後方的機械室、駕駛室和電機室橫向排列。

發射管室內牢牢地固定了十幾枚深綠色的魚雷。雖然至今為止，從來沒有在實戰中發射過，但魚雷前方架著發射管，有一種可怕的感覺。因為本次上艦的實習幹部床位不足，所以在魚雷旁固定了備用床。

穿越浦賀水道，下達「戰鬥準備」命令後，艦組員分別在各自負責的區域，檢查在艦內各處的管線，以及數千個閥門和開關，完成了最終檢查。

「打開排氣閥。」

在指揮室內擔任潛航指揮官先任海曹[1]，聽到值更官的指示後，發出了號令。

那是緊張的一刻。資深的油壓手在壓艙水控制台前操作開關，打開壓艙水櫃（潛航和浮航時，用於注入和排出海水的水櫃）頂部的閥門。水櫃內的空氣立刻被擠壓出去，海水從水櫃底部的通海閥灌進潛艦內部。

排出空氣時，「嗡」的巨大聲音響遍整艘艦內，頓時感受到極大的水壓。「國潮」這艘兩千兩百五十噸鋼塊的艦體漸漸沉入海中。

操縱潛艦的並不是幹部，也不是海曹士，而是全體艦組員的團隊合作。七十四名艦組員中，只有以艦長為首的九名幹部，正因為每個人都深刻瞭解到，任何小疏失都會造成潛艦沉沒，所以大家都有強烈的責任感，對同伴也充滿深厚的信任，也因此潛艦組員之間有著親如家人的特殊感情。

覓艦長確認潛航指揮官調整了調整水櫃（調整艦的前後傾斜角度的水櫃）中的海水量，使艦體保持平衡後命令：

「深度一百。」

「深度一百，下傾三度。」

1. 海曹爲日本海上自衛隊的官階名，在相同軍階時，較先升上該軍階的「先任」地位較高。

潛航指揮官複述了艦長的命令，向操舵員發出指令。

「深度一百，下傾三度。」

操舵員坐在有點像飛機駕駛艙內各種儀表板前握著操舵桿，將操舵桿緩緩推向前方，「國潮」以三度的緩和角度向一百公尺的深度潛航。聳立在上甲板的帆罩和桅杆類導致周圍的海水形成巨大的漩渦，漸漸沉入了海中，海面上只有正午陽光照射的太平洋黑潮蕩漾著波光。

潛航的「國潮」艦內一片寧靜。潛艦以六節（時速約十一公里）的速度緩緩沿著太平洋北上。

艦員的工作是六小時換班的三班制，只有意志力堅強的人，才能夠勝任有時候必須潛在深海中長達一個多月的作戰任務。艦員除了身體必須強壯以外，還必須通過心理適性檢查，才能夠雀屏中選，獲得上潛艦的資格。

潛艦的艦員分別在水雷科、船務科、航海科、輪機科、補給科和衛生科工作，包括乍看之下和潛艦航運無關的補給科庶務員和會計員在內，所有人都必須參加三組當值的值更組，在由幹部擔任值更官的帶領下執行各自的任務。

七十四名艦員中，三分之一的艦員剛值完更，正躺在三層床鋪上睡覺。另外三分之一的艦員有的在床上看書，有的戴上無線耳機在食堂看電視，也有的在玩撲克牌，用各自的方式休息，剩下的三分之一默默地負責「國潮」的航行。

只有艦長和副艦長不需要值更，但這也代表他們一天二十四小時，隨時都在待命。在航行期間通常由艦長和副艦長兩個人輪流。

離港後的第二天，花卷朔太郎在半夜十二點到凌晨六點擔任值更官助手（值更負責人值更官的副手），剛值完更的他和一起值更的船務長五島正義一尉一起吃早餐。雖說是早餐，卻是以炸白肉魚為主菜的油膩菜色。

潛艦上的餐點配合每六小時的值更輪班時間，一天供應四次。「國潮」在早上六點和晚上六點供應正餐，正午和半夜十二點供應簡餐。

或許是因為從昨天早晨離港後到現在都完全沒睡覺的關係，向來很擅長聊天，也很健談的五島今天難得安靜，吃完早餐後，立刻走去和食堂之間只隔了一條通道的第二軍官室，鑽進了三層床的中層床鋪。朔太郎也穿著工作服，爬上同一張床的最上層。床鋪只有六十公分寬，側躺時，手臂會伸出床外。他倒頭睡在床上後，很快就陷入了深眠。

花卷完全沒有作夢，睡得很熟，只覺得有人戳了戳他的肩膀。那是負責軍官室雜務的年輕海士[2]。花卷一看手錶，發現已經是正午了。軍官室的空間很小，如果使用鬧鐘，很可能會吵醒其

2. 海士爲日本海上自衛隊的軍階名，相當於水兵。

他正在休息的艦員，所以由負責軍官室雜務的海士來叫軍官起床。

他在沒有空間可以坐起身的床上挪動身體，用腳摸索著梯子爬下床，穿上了球鞋。潛航時流了汗，所以換了內衣和襪子，但身上仍然是那件睡覺時穿的工作服。

這次的訓練超過四週，所以帶上艦的行李袋內塞滿了工作服、內衣和襪子，但考慮到可能會臨時延長航行日期，內衣只能每三天換一次，工作服只能兩個星期換一次，所以第二天通常不會換衣服。

他走出只用簾子隔開的房間來到通道，迅速上完廁所。艦上沒有人洗臉。聽說以前都習慣在洗澡時順便刷牙，現在即使每餐飯後刷牙也不會挨罵，但他只在鏡子前確認臉上沒有眼屎就轉身離開了。

幹部用食堂內沒有人影。花卷點了一杯咖啡醒腦，沒有喝放在桌上的牛奶，只吃了番茄沙拉和吐司當作午餐。只要上艦兩個星期，番茄和萵苣這些新鮮蔬菜的庫存就會用完，所以只有剛出航時，能夠享受吃沙拉的奢侈。

「我很期待晚餐。」

花卷對食堂人員說完後，走向了指揮室。艦內禁止喝酒，吃飯是唯一的樂趣，廚房兵也深知這一點，所以烹煮時都特別賣力。

雖然並沒有輪到值更，但花卷彎腰走進設置在隔開各個區域的隔板上、高一公尺多的長方形艙門，來到指揮室，站在海圖測繪桌旁。因為他很關心目前沿著東海北上的颱風最新路徑。

「渡邊三曹，可不可以借我看一下？」

確認「國潮」既沒有延誤，也沒有提前，按原定計畫在預定航道上航行後，他問正在預測氣象的三曹，把三曹交給他的傳真紙放在海圖上，比對著預定航道和颱風的路徑。

「二號颱風和本艦的CPA（最接近）是在後天的三陸海域一帶嗎？」

「對，這個颱風已經過了轉向點，速度已經逐漸加快，從氣壓分布情況來看，應該不會轉往日本海的方向。」

「太好了。」

為潛艦建立安全的航行計畫是船務士的工作之一，對預定在三陸海域北上，經過津輕海峽後前往日本海的「國潮」來說，最棘手的就是在水深只有一、兩百公尺的海峽遇到颱風。

「颱風沒問題嗎？」

副艦長佐川三佐似乎也很關心颱風的動態，探頭向指揮室問道。副艦長是艦長的副手和職務代理人，如果無法根據艦長的指示，積極主動地兼任航海長和研擬行動計畫，並擔任教育訓練工作，日後就無法成為艦長。不知道是否因為潛艦上的生活容易造成運動不足的關係，佐川的下腹越來越圓，但他性格溫厚，矮小的身軀具有一種獨特的風貌。

「我記得好像是七年前，在種子島和九州之間的大隅海峽遇到了颱風，上甲板的索具庫蓋子被吹開了，船索被吹了出來，繞到螺旋槳上。即使現在回想起來，也忍不住嚇出一身冷汗。」

「原來曾經發生過這種事，結果是怎麼把船索解開的？」

花卷問道。

「等風力和海浪稍微平息後，派了兩名熟練的潛水員出去解開，不知道是否因為在漆黑的環境下作業的關係，其中一人遲遲沒有回來艦內，派人出去搜索後，發現救命索纏到了螺旋槳，動彈不得……」

佐川副艦長沒有繼續說下去。周圍人也都為艦員不時身負驚險的任務陷入了沉默。

晚餐後，花卷和剛值完班的長門剛輪機士完成值更官助手的交接，向值更官五島報告了交接的情況。花卷的直屬長官五島經歷也與眾不同。他之前在關西的私立大學求學，但因為他生性不安分，某次因為打架事件被父母斷絕了關係，三年級時報考了海上自衛隊隊員。面試官親切地勸說他，不如再等一年，等大學畢業後，就具備報考儲備幹部學校的資格，但他執意向大學申請休學，從最基層的士兵出發。之後獲得內部拔擢，進入了儲備幹部學校，並且是以第一名的好成績畢業的優秀人才，他的能力也很強，是花卷眼中值得信賴的上司。

五島值更官把工作帽的帽簷轉向後方，重新戴好帽子後命令他：

「為了達到培訓目的，船務士在本次值更期間擔任值更官。」

然後大聲地向周圍宣佈：

「值更官交接。前進半速，航向五度，深度一百，巡邏無聲潛航。」

「接任值更官。前進半速，航向五度，深度一百，巡邏無聲潛航。」

花卷緊張地接下了值更官的職務。

不一會兒，指揮室內日光色的燈變成了昏暗的紅燈。

海面上的太陽已經下山了，人類的眼睛需要一段時間才能適應黑暗。因為目前完全潛入深海，所以無法使用潛望鏡，但萬一需要露頂（潛望鏡等露出海面）時，如果艦內光線太亮，無法及時用潛望鏡觀察黑暗的海面。

水深一百公尺的海中靜悄悄的，並沒有特別的動靜。

艦內的二氧化碳不斷增加，花卷看著手錶，心想差不多該露頂了。露頂可以讓通氣管露出海面，開啟引擎，為動力來源的電池充電，同時吸收新鮮空氣。

就在這時。

「指揮室，聲納，魚雷聲，八十度。」

潛艦前方的聲納室透過廣播傳來緊張的報告聲。

花卷倒吸了一口氣。「國潮」目前位在三陸海上二十八公里處，很難想像會在這個海域遭到敵人的魚雷攻擊，由於看不到對方船艦，花卷更加緊張了。

「魚雷沒有改變方向，撲向本艦。」

聲納室傳來大聲而急迫的聲音。

「發射誘標（誘餌魚雷），趕快！」

身為值更官的花卷立刻發號施令。潛艦和潛艦交戰時，先發現對方者，可以在對自己有利的狀態下搶先發射魚雷，也就掌握了絕對有利的形勢。受到攻擊的一方首先必須避開對方發射的魚雷，誘標是避開魚雷唯一有效的方法。

現在的魚雷都有自行搜尋目標的能力，誘標反向利用了魚雷的這種搜尋能力，保持和潛艦相同的航行方式，並發出相似的聲音吸引魚雷上鉤。當攻擊而來的魚雷追著誘標的聲音而去時，潛艦立刻改變航向逃離現場。

「左舵滿。」

花卷指示操舵員駛向遠離魚雷的方向。

「魚雷維持八十度方位，距離正在縮短。」聲納員又充滿緊張地繼續說道：「發射誘標，五度航向開始航行。」

誘標按照「國潮」原本的航向前進，花卷忍不住在內心祈禱魚雷趕快上鉤。

「航向三百度，左轉向，要轉幾度？」

操舵員山本二曹問道，花卷因為遭到意想不到的魚雷攻擊失去了冷靜，只命令向遠離魚雷的方向轉舵，卻忘了指示新的航向。

「兩百四十度，直行。」

花卷腋下冒著冷汗，下達了命令。

「兩百四十度，直行。」

操舵員把舵轉回後，又轉向相反方向。

「指揮室，魚雷聲六十度，急速改變方位，開始追蹤誘標。」

聽到聲納員的報告，花卷鬆了一口氣。

「魚雷聲即將接近艦尾，失去目標。」

花卷對無法確認魚雷的動向感到慌亂，因為潛艦轉向遠離魚雷的方向，所以也是無可奈何，剛才已經確認魚雷去追誘標，所以應該可以順利逃脫。

但在三陸海域遭到這樣的攻擊很不尋常，到底是哪一國的潛艦？

「指揮室，發現新的魚雷聲，正接近艦尾方向。」

意想不到的第二枚魚雷，讓他才剛鬆懈的判斷力完全停擺。

「我們快遭到攻擊了！」

五島船務長叫了起來。

「發射誘標，趕快！」

花卷回過神命令道，他的話音未落，立刻聽到聲納員的叫聲：

「魚雷接近，直撲過來。」

「接近、接近。」

聲納員聲嘶力竭的叫喊聲從樓下的聲納室傳來，花卷手足無措，茫然凝視著聲納復示器（監視螢幕），四肢僵硬。

「敵方魚雷命中『國潮』，值更官陣亡。」
佐川副艦長的聲音突然響起。
原來是演習。副艦長在聲納室假設敵軍魚雷不斷發動攻擊，要求聲納員不斷向指揮室報告。
「啊！」
花卷叫了一聲。難怪發生了如此急迫的危險狀況，卻不見艦長的身影，而且回想起周圍人的反應，似乎也缺乏緊張。指揮所的大部分艦員事先都接到通知，知道是針對花卷進行的訓練演習。在潛艦上多年，見識過大風大浪的資深海曹都拚命忍著笑。
「值更官的應對，三十分。」
五島船務長嚴格地打了分數，副艦長佐川說：
「第一次發射誘標，向左轉舵是正確的決定，但如果艦尾對著魚雷，就無法確認誘引魚雷的誘標發揮的效果，也無法探測發射魚雷的對方潛艦，即使一旦失去目標，也要立刻指示繞回來，保持能夠偵測魚雷和對方潛艦的航向。」
「最糟糕的就是沒有反擊行動。當魚雷射過來時，首先要向那個方向發射反擊魚雷，這麼一來，敵方的潛艦就無法輕易發射第二枚魚雷。」
五島直截了當地指出了缺點，花卷垂頭喪氣，好勝的嘴角露出不滿之色。
「如果你有什麼意見儘管說，這是演習訓練，並不是為了讓人出糗。」
佐川副艦長臉上恢復了溫厚的表情說道。

「潛艦教育訓練隊並沒有教這麼重要的事項，潛訓時更……」

花卷辯解著。

「潛訓只會教基礎，但你們這些以後會成為幹部的人，必須懂得實際運用，這也是你們的責任。實際執行任務時，會有許多無法預測的緊急狀況，如果遇到狀況時無法立刻做出冷靜的判斷，不光是你自己會送命，也會連累下屬一起陪葬。」

這番嚴厲的話道盡了身為幹部的責任，花卷不禁為自己不夠成熟感到羞愧。

「呃……」

有人戰戰兢兢地在一旁開了口。他是剛離開潛艦教育訓練隊的實習幹部，這次來艦上參加教育實習。

「有話就直接問。」

「在非戰時期，潛艦發射魚雷的訓練，是否會遭到不適當的批判……」

實習幹部疤痕未消的臉上露出困惑的表情。

「的確不得輕易使用武器，但即使是非戰時期，也允許正當防衛，難道你不認為如果遭到魚雷的攻擊也不反擊，甘冒失去潛艦和艦上組員的危險才不合理嗎？」

佐川副艦長諄諄教導，實習幹部回答說：「我瞭解了。」向副艦長鞠了一躬。

深夜零點過後，花卷才終於和接班的值更軍官完成交接，回到了第二軍官室。第二軍官室內只有三個細長形的置物櫃和一張桌子，旁邊就是一張橫放的三層床。花卷睡在最上層的床鋪，離天花板只有二、三十公分的距離，這裡是唯一的私人空間，所以躺在床上時特別放鬆，但回想起剛才的訓練，就無法像平時一樣立刻入睡。

他懊惱不已，為什麼自己無法做出隨機應變的應對，他甚至開始煩惱，自己缺乏身為潛艦艦員的資質。他的夢想當然是有朝一日成為艦長，但想到自己不知道哪一天才會有能力管理七十多名潛艦組員，並具備遇到突發狀況也能冷靜判斷處理的能力，不由得感到極度不安。

花卷當初並不是因為有某些特別的想法，才會加入海上自衛隊。他從小喜歡河流和大海，高中時代參加了划船社，從清晨到天黑都忙於社團的練習，當時的目標是希望能夠參加全國高中運動會。

花卷出生在愛知縣豐田市，父親任職的汽車廠總公司就在那裡，所以他在高中之前，都一直住在家裡。他很擅長數理學科，原本打算報考國立東都工業大學。那所大學的入學門檻很高，所以他沒有把握可以考取，家庭環境也不允許他重考。

父親的公司之前就希望他去巴西的愛知汽車擔任董事長，但父親向公司方面提出要求，在么子上大學之前，暫時無法接受這項人事命令。在他高三那一年，公司方面正式決定他父親將在隔年春天上任，所以父親告訴他，不允許他當重考生。照理說，他在暑假之前就應該退出划船社，專心準備大學考試，但因為發生了一些事，導致他無法立刻退出社團。正當他為此事煩惱時，在學長的建議下，在秋天參加了防衛大學的入學考試。父親在戰前從海軍士兵學校畢業這件事，或許對他有了某種程度的影響。

由於就讀防衛大學不需要為學費的問題擔心，所以來自全國各地數理科很強的學生，以及因為家庭因素，無法就讀其他大學的優秀學生都來挑戰，競爭倍率之高，比知名國立大學有過之而無不及。雖然朔太郎對兩所學校都沒有自信，但他知道自己不夠機智靈活，無法再報考第三所學校。原本打算在某個階段退出划船社，之後專心準備考試，沒想到幸運地低空掠過防衛大學的錄取分數，但在報考東都工業大學時名落孫山。

比他大十歲，在銀行工作的哥哥對他說：

「你不適合讀防大，如果只有一年，我可以跟爸爸說，由我來照顧你。」

哥哥允諾照顧他重考一年的生活。比他大八歲的姊姊雖然已經嫁人，也像母親一樣對他說：

「小朔，像你這麼好勝又吃不了苦的人不適合加入自衛隊，我勸你還是等明年重考。」

然而，當哥哥、姊姊都異口同聲這麼說時，反而激發了朔太郎的鬥志。

雖然父親以前是海軍軍人，但花卷家完全感受不到軍人家庭的氣氛。況且，父親隻字不提他軍人時代的往事，母親雖然在戰後才嫁給父親，但也不喜歡談論戰爭期間的事。朔太郎在父親四十二歲時才出生，在日本高度經濟成長期長大，所以對戰爭並沒有太大的興趣。

然而，朔太郎覺得自己曾經略窺到哥哥和姊姊所不知道的父親內心世界。在他讀中學時，哥哥和姊姊已經離家，有一次他在家中協助母親找東西，打開家中所有的抽屜翻找時，最後在壁龕旁的窗台上，發現一個書信盒。他猜想要找的東西可能在裡面，於是打開蓋子一看，發現在一疊舊書信中，有一個泛黃的信封，裡面放了一張摺成四折的打字紙，上面寫著文字。

櫻花凋零紛隕落　今日悲戚溼枝葉

鋼筆字跡已經變了色，但的確是父親的字。朔太郎不由得感到納悶，不知道那是什麼，反覆看了好幾次。櫻花紛紛落——。他發現應該不是父親基於興趣創作的短歌，覺得自己好像看了不該看的東西，內心的慌亂讓他不知所措。難道父親寫了這首短歌是想一死了之……放在光線下，可以看到摺成四折的打字紙上的英文字，似乎並不是日本的紙張。

朔太郎想要問母親，但想到父親向來不願提及往事的態度，還是吞下了內心的疑問，把打字紙放回了原來的書信盒。

他之前曾經聽說，父親當年曾經是海軍少尉，參加了珍珠港的攻擊行動後被捕成為俘虜，難道那首短歌寫下了他當時的心情？

櫻花凋零紛隕落。

這句短歌似乎充滿了身為俘虜的父親內心深沉的悲傷，打動了正值多愁善感年紀的朔太郎。

雖然他從來沒有向任何人提起這件事，但不難想像向來不提戰爭往事的父親，內心隱藏著深不見底的黑暗。

花卷家三個孩子中，唯一偷窺到父親內心黑暗的他選擇了和父親相同的路，或許是在那一刻決定的宿命。想到這件事，朔太郎毫不猶豫地向父親報告了決定就讀防衛大學這件事。

父親面不改色地說了聲：「好啊。」對他點了點頭。

朔太郎躺在三層床的最上層，但今天遲遲無法入睡。他戴上耳機，聽著轉錄在錄音帶上的鋼琴組曲，突然覺得腳下微微下沉。

潛艦正準備露頂。「國潮」目前應該航行在青森海域，差不多是改變潛航深度，讓通氣管露出海面，為電池充電的時間了。

不知道是否因為在魚雷訓練中出了糗的關係，花卷突然想起了筧艦長。

狹小的潛艦上只有艦長有獨立的房間，即使是上級部隊的潛水隊司令或群司令上艦時，也無法使用艦長室和軍官室內唯一的一張單人椅。艦長必須對潛艦內所發生的一切負起直接的責任，所以在海上自衛隊的傳統中，即使是上級部隊的指揮官，也都必須對這份責任表達敬意。

筧勇次升為「國潮」的艦長差不多才半年左右，四十一歲的他精力充沛，意氣風發。當時抱著「看看他到底有幾分能耐」的想法，和他保持距離的艦組員，如今也有了「絕對不能讓我們的頭兒丟臉」的想法。

雖然筧艦長操艦能力並不見得出類拔萃，但他注重理論，隨時積極蒐集各種最新資訊。對於新型的P-3C（反潛巡邏機），他也認為「空中的反潛能力會在日後不斷增強，艦員必須充分瞭解P-3C的性能」，所以在今年春天，親自安排花卷去厚木的航空部隊研習進修。

P-3C巡邏機具有解析聲紋的能力，可以在遠距離偵測敵軍的潛艦。由於同時具備紅外線偵測能力，即使是潛望鏡潛入海中的潛艦，也可以偵測到潛艦的航跡後精確定位。航空部隊和潛艦之間雖然算是競爭關係，卻在大方公開裝備和戰術的基礎上相互交換意見，成為一種良性刺激。

筧艦長派還沒有升上水雷長的花卷參加這種研習會，還讓他在「國潮」所屬的橫須賀第二潛水隊群的戰術研究會上進行簡報。很少有艦長願意讓下屬體驗這方面的經驗，所以，筧艦長無論在各方面都很積極正向。

花卷暗自在內心希望以他為榜樣，日後也能夠成為像他那樣的艦長。花卷在九年前，一九八〇年四月進入位在橫須賀市走水的防衛大學。防衛大學的校園位在可以俯瞰東京灣的高地，校舍位在偌大校園的東側角落。他被分配到第一中隊，第一中隊由以陸上自衛隊學員為主的第一小隊，和以海上自衛隊學員為主的第二小隊組成，一年級生都會兩人一組，分配到各小隊的八人宿舍。

花卷被分到第二小隊宿舍中，每個學年都各有兩個人。新生都有名為「直屬學長」的二年級生照顧，無論在任何事上都會親切提供指導，協助新生適應防大的生活。

他在直屬學長的帶領下，接受了健康檢查等各種檢查，檢查合格後，又去領取了被服類，然後去福利社買生活用品，學長都親切地提供了建議。有人領到灰色工作服後穿在身上時喜不自勝，但花卷對工作服硬邦邦的感覺有點不自在，不由得想起了故鄉豐田。

那天晚上，學長準備了汽水和點心舉行了「寢室會」，擔任室長的四年級學長原田正問了他們的志願，和花卷一起分到同一間宿舍的新生雙眼發亮，充滿熱情地說：

「我叫北健吾，是德島人，我對自衛隊有著滿腔的熱情，所以來就讀這所學校，我的夢想是成為飛行員。」

「花卷，你的夢想是什麼？」

原田一臉嚴肅地問花卷。

「我是海自的學員，很希望可以成為潛艦艦員……」

由於他之前並沒有認真考慮過這個問題，所以小聲而簡短地回答道。在他決定就讀防大，調查自衛隊的相關資料後，對潛艦產生了興趣，在攝影集中看到潛艦時，心情也會不由地激動起來。

高中剛畢業時，他和準備去東京讀大學的同學一起去關東旅行，在橫須賀車站前看到潛艦時也很興奮。沒有任何多餘部分的艦身神不知鬼不覺地潛入深海，展開孤獨的戰鬥……他被潛艦奇妙的外形和行動深深吸引。

「你很有前途，不瞞你說，我也想上潛艦。」

原田頓時露出親切的笑容。

那天之後，每次有機會聊天時，原田就和他分享潛艦的魅力，並透過關係帶他去停靠在橫須賀的潛艦上參觀。潛艦內部比外表看起來寬敞，花卷對艦內到處都是各種管線和無數閥門感到驚訝。高大的花卷對好幾個地方都必須低下頭才能經過感到傷腦筋，又對於有著最先進設備的艦內神秘氣氛充滿好奇，比之前更加喜歡潛艦。

他在術科上專攻物理，外語修了英文和中文。之所以會挑選中文作為第二外語，是因為他對高中時在教科書上看到的「毛澤東」領導的中國，經歷文化大革命這場令人難以理解的動亂後，到底變成怎樣的國家產生了興趣，而且直覺地認為現在學法文或是德文沒什麼意思。

一九八四年三月，他從防大畢業後，就進入了廣島縣江田島的海上自衛隊儲備幹部學校，接受了為期一年的教育，在畢業的同時升為三等海尉，並進入練習艦隊工作，在國內巡航後，又參加了前往北美、中南美方面的遠洋航海。那一年的十一月，他二十四歲時在一艘以佐世保為母港的護衛艦上擔任通訊士，一九八七年一月，他二十五歲那一年，終於順利進入吳的潛艦教育訓練幹部學校，學習潛艦課程。

在這個被稱為「潛艦艦員故鄉」的「潛訓」學習的半年期間，他充分學習了理論知識，也累積了實習經驗。課程結束後，成為以橫須賀為母港的「國潮」上的實習幹部。

「國潮」的幹部和眾多海曹教他瞭解了艦體的構造、調整水櫃的遙控操作，油壓、電力系統的使用，以及魚雷、發射管、聲納、雷達和通訊儀器等艦上各種裝置在緊急狀況下也可以因應的操作方法，同時瞭解了潛艦的相關規則。

理論上，實習幹部必須利用艦上的圖書和圖表自學，但遇到不懂的地方，他經常偷偷請教資深的海曹。

最後必須由上級部隊的潛水隊司令進行最終考核，確認是否具備身為潛艦艦員的必要知識和技能。在最終考核之前，負責培育實習幹部的艦長每次見到花卷，都會問他各式各樣的問題，並徹底訓練他在蒙上眼睛的情況下做潛航準備，以便能夠在潛艦完全喪失電源的情況下，開啟和關閉必要的閥門。

他這輩子都不會忘記經過這些考驗，通過隊司令的最終考核，結束實習的那一天。

那天上午八點，掛完自衛艦旗後全體集合。艦組員在碼頭上列隊，補給長大聲宣佈說：

「現在開始頒發潛艦徽章。」

艦長隨即出現了。

因為事先接到通知，所以花卷這天穿著白色立領的幹部夏季制服。艦長走到他面前，用充滿慈愛的表情注視著花卷片刻，從托盤上拿起有一對海豚的金色徽章，為他戴在夏季制服的左側胸前。

「恭喜你，祝你鵬程萬里。」

花卷看到夢寐以求的「海豚徽章」，不由得激動不已，這個海豚徽章代表他是世界各地海軍公認的合格艦員。回想起進入防衛大學以來的漫長路程，他不禁感慨萬千，撫摸著在胸前發亮的徽章。

「花卷，恭喜你！」

「海豚徽章萬歲！」

其他人紛紛向他道賀，突然擠到他身邊，把他的身體抬了起來。他隨即感到身體懸在空中，下一刻就被丟進了海裡。這是艦組員根據傳統的粗暴祝賀方式，慶祝艦員邁向新階段。

這也是一名真正潛艦艦員踏上更加艱辛道路的起點。

＊

離港第六天凌晨四點四十分，「國潮」通過了津輕海峽。

雖然一如預期地避開了颱風，但夾著小雨的強風不斷吹拂。領海的寬度允許有十二海里，但因為津輕海峽是軍事上的要衝，所以規定為三海里，這裡是允許外國艦船經過的特定海域，有時候也會有搭載核武的外國軍艦經過。

由西向東的潮流有時候會達到時速七公里的速度，在呈斧頭形狀的下北半島位在斧刃上端的大間崎海上形成一個大彎。

為了避免潛艦受到潮流影響，衝向水位不深的海底，必須不時露頂（潛望鏡等露出海面），確認艦位，才能在潛航狀態下安全經過這個海峽。

但是，即使在露頂時，為了避免被來往的船隻和正在捕魚的漁船發現，必須壓低潛望鏡的位置，以免在海面上形成白色尾浪，同時要減速航行。再加上向西的航路是逆潮流而行，電池消耗十分嚴重，所以更增加了操作的難度。

在「國潮」來到津輕海峽東口，尻屋崎海域的淺處之前，到經過大間崎為止，筧艦長都坐在指揮室的海圖測繪桌前，看著值更官和其他人的行動，發出必要的指示。當終於來到比較平穩的海域時，交代了副艦長後，自己回艦長室休息了。

但是，當經過西側的白神岬和龍飛崎之間的狹窄海峽時，小睡了一個多小時的筧艦長已經起床，再度在指揮室內發出指示，親自用潛望鏡確認漸漸泛白的海面上的目標。即使他沒有說太多話，但只要他在那裡，所有值更人員都不由地緊張起來，個個繃緊神經。

「國潮」花了超過半天的時間，完全穿越了津輕海峽西行時，被強風吹得橫向打來的雨不知道什麼時候已經停了，淡墨色的天空染成了暗紅色，太陽漸漸升起，神聖的光芒無法照到在深海中潛航的「國潮」，實在令人惋惜。

這時，花卷從熟睡中醒來。在負責軍官室雜務的海士來叫他之前，就躡手躡腳地走下三層床的梯子。今天終於打算洗臉，他拉出裝在牆上的半球型摺疊式洗臉台，裝了少許水後使用。兩年前，他以實習幹部的身分上艦的第一天，當他在洗臉時，被上艦多年的海曹用嚴厲的語氣問：「花卷二尉，你在幹什麼？」時受到的衝擊，至今仍然難以忘記。

潛艦上的淡水都是靠蒸餾海水而來，為了減少熱源的電池消耗，艦員對最多只能三天沖一次澡的生活早就已經習以為常。

如何穿著球鞋在合成地板上走路時不發出任何聲音也有訣竅。潛艦是大海的忍者，嚴禁自行發出任何聲音。

靜靜地在深海潛航時，可以捕捉到數十公里以外的可疑聲音，然後靜靜地靠近，確認音源。一旦發現有可能是對國家造成危害，具有危險性的艦船，就要立刻向上級司令部報告。這種警戒監視工作是潛艦在非戰時期的最大任務。

各國可疑船隻在日本周邊海域出沒的頻率逐年增加，海上自衛隊擁有的十六艘潛艦中，只有三分之一長期在太平洋、鄂霍次克海和從日本海到東海的日本周邊大範圍海域深潛、警戒，其他三分之一則是進行維修，另外三分之一基本上都用於訓練工作。

「早安。」

花卷走進既是幹部的會議室，也是食堂的軍官室，恭敬地向已經坐在那裡的前輩打招呼。有靠背的長椅座位下方是抽屜，放了各種資料。潛艦上的所有空間都得到充分利用。

桌上放著奶油、瑪琪琳、各種果醬和裝在紙盒內的牛奶。不一會兒，負責軍官室雜務的海士把湯和加了火腿的沙拉放在花卷面前。

軍官室的盡頭沒有任何隔板，直接是通道，不時看到艦組員走來走去。

「花卷二尉，突發魚雷戰真是太過分了。」

因為接下來要值更，所以一早就起床的中筋徹水雷長把吐司撕成細條時笑著說道。他是比花卷早一屆的前輩一尉，是全艦身材最高大的艦員，也是大胃王，唯一的缺點是他有點小心眼。

「真是太丟臉了，我忍不住開始煩惱，萬一真的遇到緊急狀況，自己可能無法立刻做出判斷。」

「如果你一開始就樣樣都行，教我們這些前輩的臉往哪裡放啊！雖然你說為此煩惱，但那天晚上還不是照樣呼呼大睡。」

中筋水雷長打趣地說道，其他人也都低聲笑了起來。

「不，我反省了很久，擔心自己缺乏當艦員的資質，翻來覆去都睡不著。」

「是嗎？我原本想要去安慰你一下，結果去找你時，聽到簾子後面傳來打鼾的聲音。」

「是嗎？可能我太煩惱了，結果就昏昏沉沉睡著了吧……」

花卷一臉嚴肅地偏著頭回答。

「那我就不知道了，只不過如果精神太脆弱，一直對失敗耿耿於懷，導致失眠的人，很快就會被趕下潛艦。花卷，你在這方面比我神經大條多了。」

中筋水雷長用分不清是認真還是在開玩笑的語氣說道。

不一會兒，接下來要值更的輪機士長門剛二尉進來向眾人打了招呼，坐在花卷身旁。

「喔，我聽說了，你快結婚了吧？」

船務長五島一尉拿起紙盒牛奶時問道，在座的所有人目光都集中在長門二尉身上。

「難怪你最近經常眉開眼笑，對方就是五井商船船長的女兒嗎？」

「對，我原本打算在這次航海任務結束時向大家報告。不久之前，她的父母說，因為婚禮的時間要安排，既然要結婚，不如趁暑假的時候辦一辦。」

他五官端正的臉上露出靦腆的笑容，用略微嚴肅的語氣向其他人報告。

「恭喜你，既然對方的父親也是做海運工作，就稍微安心了。」

「希望如此，因為可能很難要求在普通家庭長大的女生理解艦員的生活。」

長門二尉一臉害羞地喝著湯。

在狹小的艦內共同生活的艦員有強烈的夥伴意識，很自然地瞭解每個人的家庭環境、健康問題和煩惱。尤其在結婚的問題上，因為職業的關係，他們很少有機會結識女性，所以除了司令部的高層以外，就連出入的保險公司的大嬸都會四處撒網，努力為他們介紹理想的對象。

「民間的船員似乎也很難理解我們潛艦，如果對方毀婚，我會幫你介紹，你儘管找我商量，不必客氣。」

中筋水雷長關心地說道，但他似乎忘記自己在結婚後第二次出航回到家，新婚妻子留下一封信回了娘家，他整整花了三個月，才終於把妻子帶回來。執行航海任務時，去哪裡、多久才能回家是職務上的秘密，連家人都不能說，所以潛艦艦員即使好不容易遇到伴侶結了婚，也經常會讓新婚妻子流淚。

花卷大口喝完咖啡後，嘆著氣說：

「沒想到進度被後輩超越了，我差不多也要加入『七星』的行列了。」

艦長因為遲遲沒有遇到結婚對象，至今仍然單身，「國潮」潛艦上有七名已屆適婚年齡的艦組員，所以眾人借用香菸牌子「七星」這個名字揶揄他們。長門輪機士雖然也是二尉，但年紀比花卷小一歲。

「花卷，你對女人太挑了，恐怕要自己去找。」

雖然前輩多次想要介紹他相親，但他向來沒有點過頭，所以其他人漸漸不再為他介紹。

「你們太無情了，難道要我一輩子打光棍嗎？」

「堂堂的國潮先生，可別說這種沒出息的話。不久之後，就會有天使降臨啦。」

中筋水雷長在某次聚餐時，心血來潮地叫既不是艦上最帥，資歷也不算深的花卷「國潮先生」，之後，其他艦組員也帶著調侃這麼叫他。雖然他覺得被人這麼叫很丟臉，立刻表達了抗議，但一段時間後，覺得日後有真正的「國潮先生」上艦時，就不會再這麼叫他，所以停止了無謂的抵抗，這個名字也就一直跟著他。

中筋起身離開後，花卷說：

「如果有酒的話，就可以舉杯為你慶祝一下。」

花卷很想為長門的婚約慶祝，但艦上禁酒，所以無法為他乾杯。

「謝謝你的好意，但你知道，我酒量很差。」

長門二尉用叉子捲起火腿，臉上露出了幸福的笑容。

花卷吃完早餐，走向位在艦首下層的聲納室。走進艙門，進入海曹居住區，靜靜地打開床鋪之間狹小通道上的地板，沿著不鏽鋼梯子往下走，來到兩公尺下方的聲納室前。聲納室就像是

「國潮」的眼睛和鼻子。

打開聲納室輕巧的隔音門，燈光調暗的室內鋪著厚實的隔音地毯，中央放置由深綠色布朗管和吐出帶狀紙帶組成的記錄器，左側是音壓計和有旋轉式選擇開關的儀器，三個頭戴耳機的聲納員有的正在移動游標，有的在操作選擇開關。

花卷站在那裡，等待打招呼的適當時機，原本盯著布朗管的犬丸二曹察覺到動靜，轉頭看著他：

「啊，船務士，有什麼事嗎？」

「我來歸還前幾天向你借的錄音帶。」

「你聽完了嗎？弱拍的部分感情豐富、細膩的觸感是不是超讚？」

那是囊括多項鋼琴大賽的法國年輕鋼琴家演奏的錄音帶。

「犬丸二曹，你的音樂鑑賞力果然和我們不一樣，感覺好像連靈魂都膨脹了。」

花卷道了謝，把錄音帶放在聲納操作台的角落，捶著他的肩膀說：

「突發魚雷戰時，竟然用那麼緊張的聲音騙我。」

花卷聽到他緊張地大叫「魚雷接近，直撲過來」時，完全慌了手腳。當時，犬丸按照佐川副艦長編的劇本，演出了遭到魚雷攻擊的實況。犬丸想起當時的情景，忍不住「嗚嘻嘻嘻」地小聲笑了起來。

二十九歲的犬丸二曹的經歷也很特殊。他中學畢業後，立刻加入了海上自衛隊的少年術科學校，在校的四年期間，接受了以聲納為中心的教育和訓練，畢業後被分配到潛艦部隊，累積了約十年的經驗。坐在他旁邊的貝塚一曹在高中畢業後加入海上自衛隊，也是在聲納方面經驗豐富的聲納員。花卷從實習幹部時代開始，就經常來聲納室聽各種聲音。在電波無法到達的海底世界，聲納是瞭解外界狀況的唯一方法。

「呼叫指揮室，這裡是聲納室，又有雨從西方接近，目前對偵測狀況並無太大影響。」

貝塚用耳機確認開始在監視記錄器上留下影子的雨聲，向指揮室報告。像他們這麼資深的聲納員，只要聽螺旋槳的聲音，就可以立刻分辨是軍艦、油輪或是漁船，甚至可以根據旋轉次數計算出速度。

「花卷二尉，你聽得到嗎？」

犬丸二曹把耳機交給他，花卷豎起耳朵，聽到好像用鐵鎚敲打船身的咚咚聲。花卷雙眼發亮地問：

「是螃蟹？還是蝦？」

犬丸微微偏著頭說：

「可能是木匠魚。」

「那是什麼魚？」

「以前美國的艦員聽到這個聲音聯想到木匠，所以就取了這個名字，卻是傳說中只聞其聲，不見其身的夢幻魚。」

花卷記得以前好像曾經聽說過。

當他還是實習幹部時，有一次在四國的海上，有人說聽到鯨魚在談情說愛，也讓他聽了一下，但他並不覺得是浪漫的聲音。

然而，日本海並不是永遠都可以享受幻想的海域，沒有人能夠預測下一刻會發生什麼事。

＊

海平線透出微光的秋田海上，夜間捕魚回港的船隻在海面上勾勒出淡淡的輪廓。

這些幾乎都是未滿一百噸的小漁船，並不會掛上豐收旗。雖然目前是鰤魚、竹筴魚和牡蠣的盛產季節，但有時候漁獲量少得出奇。三名漁夫在秋田漁協所屬的漁船上悵然地抽著菸。

「昨天出海的時候，我看到陌生的船影摸黑從漁場離開，那一定是鄰國的越界漁船。」

「他們一定在我們去之前就把魚撈光了。」

「就是啊，自己國家的魚全被別人搶走了，我們以後恐怕很難靠捕魚為生了，怎麼會有這種荒唐事！」

「海上保安廳的巡邏艇整天熱中在西日本海巡邏，但因為這一帶海域受到危害不多，所以幾乎不會來。」

三個漁民紛紛抱怨著。

「你看，那個救生圈上寫的是韓文。」

其中一個漁民生氣地指著一個漂流在拂曉海面上的救生圈說道。

「今年冬天的松葉蟹就很慘，之前接到消息，說松葉蟹籠在海底糾結在一起，結果全都死了。漁協派了調查船去探看，發現果然是鄰國的越界漁船丟在那裡的，其他想要吃餌的魚類鑽進螃蟹籠後也游不出來，統統死在一起。」

「不光是魚遭殃，最近有些偽裝成漁船的破船，其實是藏了毒品的走私船。」

「而且，還有些諜報船和間諜船也在這裡出沒，漂亮寧靜的日本海竟然被這些蠢蛋破壞，以後這裡會變成警察公權力也管不著的無法地帶了嗎？真是既擔心，又覺得窩囊啊！」

他的聲音中充滿不安和不滿。

相同的時刻，航海進入第七天的「國潮」正在水下一百公尺，航行在秋田縣男鹿半島海域一百公里處。

今天早晨的日本海風平浪靜，雖然只是初夏，但是當太陽照在海面上，表面和深水處的溫度相差很大，就會發生可以近距離看到行駛在海面上的艦船，卻無法聽到聲音，讓潛艦艦員欲哭無淚的狀況。自然現象非常可怕。

「差不多開始吧。」

筧艦長親自站在海圖測繪桌旁確認艦位後小聲說道。五島一尉是當值的值更官。

「收到。我也很久沒有在這個季節，在這一帶的海域蒐集聲波傳導調查的數據，一直想要找機會做。」

五島不假思索地立刻回應。

筧艦長交代之後，回去艦長室。這種平常的作業並不需要艦長在場，盡可能將權限交給值更官，由艦組員自主思考、採取行動。

聲波的傳導方式會隨著海域的水溫、鹽分濃度等條件產生微妙的變化，記錄這些數據資料，是潛艦不可或缺的工作之一。

指揮室、聲納室等當值的艦組員準備就緒後，五島值更官大聲發出命令：

「準備發射ＸＢＴ（拋棄式深海溫度測量儀）。」

艦首的聲納室傳來複述的聲音。測量儀由聲納員負責發射，接到命令後，聲納員立刻從聲納室跑向艦尾的電機室。

「發射準備就緒。」

指揮室的電話員轉告了正在電機室的聲納員報告，值更官命令：

「ＸＢＴ準備發射，發射！」

位在電機室的聲音透過電話員的轉告，收到命令後，按下了水壓發射開關。外形像小型魚雷的ＸＢＴ一度升上海面，然後沉向海底。由於測量儀連著鐵線，所以會沉入海底，或是在鐵線拉直的中途為止，都可以測量到水深及其溫度，以曲線的方式呈現在聲納室的記錄器紙上。

聲納員貝塚一曹根據記錄紙上的曲線把握水中的聲波傳導狀態，立刻計算出聲波不容易傳導，也就是潛艦最容易隱藏的深度，以及聲波容易傳導，容易搜索的深度後製成圖表。

「呼叫聲納室，這裡是指揮室，搜索潛艦潛航最佳深度在哪裡？」

五島值更官問。

「呼叫指揮室，這裡是聲納室，根據目前的計算結果，兩百公尺左右的深度最理想。」

「這裡是指揮室，收到。」

五島值更官和貝塚一曹的交談暫時停止，但是，不一會兒，又繼續交談。

「呼叫聲納室，這裡是指揮室，接下來進入深度兩百，展開全域精密搜索。」

「呼叫指揮室，這裡是聲納室，收到。」

值更官下達了命令。

值更官走到操舵員身後，對資深先任海曹的潛航指揮官下令：

「深度兩百。」

潛航指揮官向正在左舷側操舵席上的山本和田代兩名操舵員下令：

「深度兩百，下傾三度。」

操舵員山本武男來自北海道正中央富良野。他原本想成為民間航空公司的飛行員，在高中畢業後，加入了海上自衛隊，打算學習航空技術後轉職。不光是山本，對加入自衛隊的人來說，受到矚目又高薪的民間航空公司飛行員充滿魅力。山本在入隊教育訓練期間看到潛艦後一見傾心，立刻改變初衷，從原本的「上天」變成了「下海」。

山本微微移動身體的重心，雙手很有自信地將潛舵桿推向前方，一旁負責水平舵的田代將姿態角調到三度，「國潮」在海中的深度漸漸下降。

山本操舵員注視著深度計的刻度變化，報告著：「深度一百六」、「深度一百七」，來到深度一百八時，潛航指揮官命令：

「前後保持水平。」

山本和田代拉回姿態角，為了避免超過，在深度到達兩百公尺之前，就把潛舵稍微拉回，同時拉起上升舵，停止潛入，在剛好兩百公尺時，向值更官報告：

「深度兩百。」

「微速前進。」

五島值更官命令道。為了展開搜索，必須盡可能消除航行的雜音，在接近四節（時速約七公里）時發出命令：

「呼叫聲納室，這裡是指揮室，開始全域精密搜索。」

聲納室也複述了他的命令。

五島抬頭看著設置在指揮室天花板附近的直徑三十公分圓形布朗管螢幕，瞭解目前的搜索情況。深綠色的布朗管上，代表各種不同聲音的白色亮點拉著尾巴掠過螢幕。

聲音在水中傳導的速度比空氣中更快，而且可以傳得更遠，因此在光和電波都無法傳導的水中，成為唯一有效的搜索方式。

「呼叫指揮室，這裡是聲納室，S（聲納偵測目標）一三三，方位沒有變化，遠距離遠離的商船，S一一九，三三六度，方位稍微右偏，北上的商船——」

貝塚報告道。

「呼叫指揮室，這裡是聲納室，偵測到不明聲音，二十二度——，聲音很輕。咦？這是新目標，S一四〇。」

成為潛艦耳目的聲納員說話的聲音頓時緊張起來。

站在五島身旁的花卷憑直覺知道，貝塚和其他聲納員捕捉到了不尋常的聲音，立刻繃緊了神經，其他艦組員也都一樣。

聲納室內，貝塚和犬丸全身都緊張起來。

「這個悶悶的聲音平時沒聽過。」

「真令人在意啊，我記得以前好像在哪裡聽過……」

「該不會是蘇聯的核子動力潛艦？」

「啊，你這麼說……我想起以前在潛訓的聽音訓練時，聽過的樣本的確是這種聲音，我立刻來調查一下。」

從電機室回來的另一名年輕聲納員也加入了討論，三個人意見一致。在低頻分析記錄器（調查目標音的周波數成分的操作畫面）上開始分析聲紋的同時，貝塚一曹努力用冷靜的聲音報告：

「呼叫指揮室，這裡是聲納室，S一四〇有可能是蘇聯核潛艦。」

在全域精密搜索中剛好捕捉到幾乎不太可能遇到的蘇聯核潛艦，令指揮室內陷入一片緊張。

「向艦長報告。」

「戰鬥無聲潛航，發射管制的相關人員就位。」

值更官接二連三地下達指示，花卷身為作圖指揮官也立刻就位。

「操舵員，接下來掌舵要緩慢。」

「收到。」

「駕駛室，之後更改轉數改變速度時要極度緩慢，絕對要避免空穴效應。」

值更官指示要避免螺旋轉動的急速變化造成氣泡產生的現象。

艦長室內可以聽到艦內所有的對話，所以即使沒有人特地去叫艦長，筧艦長也已經出現在指揮室。副艦長佐川也早就在一旁豎耳靜聽。

油壓手聽著來自艦內各處報告後，報告的內容令艦內更加肅靜。

「進入戰鬥無聲潛航。」

因為狀況緊急，貝塚從聲納室來到指揮室，向筧艦長報告：

「從聲紋來看，發現了減速齒輪（減速裝置）的訊號，還有像是供水幫浦的訊號，應該就是蘇聯的核子動力潛艦。」

覓艦長靜靜地點著頭。

「真有趣，這是千載難逢的幸運。我潛艦將進入接近狀態，務必再度確認，確保能夠錄下航行的聲音。」

「收到。」

貝塚一曹紅著臉頰回去下層。

「值更官，我來接手。」

覓艦長宣佈接下來由自己直接指揮潛艦。

「船務長，慢慢接近，繞到對方的艦尾，如果太接近時，記得通知。」

然後，覓艦長又一口氣向潛航指揮官指示，暫時停止縱傾平衡幫浦的運轉，深度相差五十公尺的範圍並無妨。操舵維持在最小限度，一旦聽到對方的聲納和螺旋槳聲音就代表太接近了，一旦捕捉到些微的徵兆，要立刻通知。

由於進入了戰鬥無聲潛航，所以艦內交談時不再使用麥克風和擴音器，而是通過戴著無電池電話的電話員進行，避免發出聲音。剛結束值更和下一組值更的艦組員都屏息斂氣地躺在床上，而且嚴禁使用廁所，避免發出任何雜音。

五島凝視著指揮管制裝置的螢幕報告：

「S一四〇，方位繼續向右，二十八度，已經相當接近我艦，航向大約為一百六十度。」

「這樣可能會導致CPA（最接近距離）太靠近，要不要稍微拉開一點距離？」

副艦長佐川提出建議，筧艦長點了點頭，立刻下達指示：

「左舵十度，三百度，直行。」

山本操舵員小心謹慎地將舵轉向左側，「國潮」緩緩向左改變方向。筧艦長在確認之後，再度命令：

「特別無聲潛航。」

「國潮」進入了比剛才更進一步的肅靜狀態，連通風機的輕微聲音也停止了。指揮室內的空氣文風不動，緊張氣氛越來越高漲。

「開始記錄S一四〇的航行聲音。」

艦長下令後，聲納室內的錄音機無聲地開始旋轉。

因為氣氛越來越緊張，再加上通風機停止的關係，所有人的額頭都滲著汗，潛艦的航向轉到三百度時，聲納室傳來報告聲：

「訊號音的周波數稍微降低，應已到達CPA（最接近距離）附近。」

由此可知，蘇聯核潛的方位急速右轉，已經到達CPA附近。

「右舵，一百度，直行。」

筧艦長命令道。他似乎打算追蹤對方時，不要拉開太大距離。

花卷覺得幾乎可以聽到自己的心跳聲。美蘇冷戰時期，兩國之間交戰慘烈，也因此造成了好幾艘潛艦相撞……

「S一四〇，九十度，方位繼續右轉。」

聽到聲納室的報告，筧點了點頭。

「繞到對方艦尾後，在適當時機向司令部報告。船務士，撰寫偵測報告。輪機士，在瞭解對方艦的速度後，根據目前電池殘餘量，計算出我艦能夠追蹤的時間。」

他的聲音充滿自信，迅速而冷靜地下達命令。

最後掌握到蘇聯的核潛以一六五度，五節（時速約九公里）的速度航行，「國潮」從艦尾的方向不斷小幅變化位置，開始追蹤。

花卷完成了向自衛艦隊司令官、潛艦隊司令官報告的電文，報告了已經偵測到蘇聯核潛的事實、航向、速度、位置和目前正在追蹤，經艦長核准後，做好了隨時發報的準備。

筧艦長向聲納室確認已經完成了必要的錄音後，指示降低潛艦速度，稍微拉開距離後露頂，以免被對方潛艦發現。潛艦必須浮到接近海面的位置，從露出海面的通訊天線發出電波，才能向司令官發出暗號電報。

「國潮」露頂後再度完全沉入海中，繼續追蹤蘇聯核潛。

不一會兒，就從聲紋解析中判斷蘇聯核潛是北約代號「奧斯卡II」的核潛，這是為了攻擊美國航母所設計的，水中排水量為一萬八千噸——相當於「國潮」六倍的巨大巡航核潛。雖然不知道這艘核潛在日本海潛航有什麼目的，但「國潮」花了半天時間靜悄悄追蹤。這段期間，艦組員在用餐時間都只能吃罐頭，也限制廁所的使用。

從「奧斯卡II」的動向來看，似乎並沒有發現被「國潮」追蹤。但是，一旦國潮發現對方有任何可能會造成危害的可疑行動，就要立刻發出警告，讓對方瞭解日本對潛艦的高度偵測能力，不得輕易做出非法行為的事實，這也將成為一種遏止力。

雖然追蹤了將近半天，仍然無法掌握蘇聯核潛在日本海潛航的目的。

「呼叫指揮室，這裡是電機室，以目前的速度，電池殘餘量只剩三個小時。」

電話員從無電池電話中接獲長門二尉的報告後，立刻轉告艦長。

王八蛋！花卷咬牙切齒。蘇聯核潛艦內有核子反應爐可以自行發電，可以半永久性航行，但日本的電池式潛艦航行時間受到限制。他沒有比此刻更深刻體會到開發可以長時間潛航潛艦的必要性。

對核潛來說，五節這個速度航行很慢，「奧斯卡II」顯然並非只是經過日本海而已。就連覚艦長也說，從來沒有遇到過蘇聯核潛，所以很希望可以徹底追蹤，瞭解內情。

以目前的情況，必須將通氣管露出水面，發動柴油引擎充電，但因為會發出巨大的聲響，很可能被對方偵測到，到時候對方就會以最高速度三十節（時速約五十六公里）的驚人速度逃之夭夭，而且還可能用魚雷攻擊「國潮」，試圖湮滅證據，到時候七十四名艦組員和潛艦都會被擊沉。

一旦沉入深海，很難確認蘇聯魚雷留下的痕跡作為證據，「國潮」很可能被視為原因不明的沉艦。

兩名實習幹部為發現蘇聯核潛的興奮也早就消失不見，緊張地擠在一起。

和潛艦隊司令官的第三次通訊終於接獲了命令，指定了交接時間，由反潛巡邏機P-3C繼續追蹤。雖然深感懊惱，但還是必須執行命令。

花卷偷偷觀察覓艦長的表情，發現他一臉淡然，和剛才在追蹤時沒什麼兩樣。艦長就應該像他這樣——

「國潮」在交接前，從兩百公尺的深度無聲地露頂至潛望鏡的深度，豎起了天線，以免被「奧斯卡II」發現。

花卷用UHF波呼叫巡邏機後，立刻收到了應答。擔任值更官的小野田輪機長報告說：

「艦長，P-3C已經到了。」

覓艦長點了點頭，看著手錶。十四點五十分。

花卷用規定的周波數和P-3C保持通訊聯絡，引導巡邏機抵達正確位置。

「Feather Light（P-3C），dolphin（國潮）sighted you 163 bearing, over.」（巡邏機，本潛艦已確認貴機，方位一六三度，請說。）

P-3C透過花卷的聯絡，得知了「國潮」的位置，低空飛行接近後回答：

「Now on top.」

P-3C通知「國潮」，已經經過了潛艦的正上方，花卷告知蘇聯核潛的位置後，P-3C已經靠自行偵測把握蘇聯核潛位置，開始設置搜索潛艦用的聲納浮標（潛艦偵測浮標）。

聲納室捕捉到P-3C投下的聲納浮標落水的聲音，如果「奧斯卡II」的警覺性夠高，就會偵測到剛才的落水聲，中斷目前正在進行的行動，立刻回到母港的海參崴。

「國潮」的艦組員經過這場完全不得有一絲鬆懈的長時間追蹤，全都筋疲力竭，但順利交接任務的安心，和完成任務的喜悅好像漣漪般，擴散到艦上的每個角落。

太好了！花卷在內心歡呼，用眼神和值更官、操舵員和油壓手分享喜悅，只有潛艦艦員能夠體會這種自始至終沒有暴露自己，悄悄完成任務的美妙感覺。

「花卷二尉，終於成功了。」

前一刻還臉色蒼白的實習幹部也悄悄做出勝利的姿勢。

「之後就交給航空部隊吧，各位辛苦了，恢復原來的任務。」

筧艦長面帶笑容地看著艦員興奮的樣子，一臉平靜地走回艦長室，好像什麼事都沒發生。

「不愧是艦長，太沉著冷靜了，越來越有老大的氣勢了。」

所有人都忍不住看著他的背影讚歎不已。

結束一個月的勤務，花卷下了潛艦後，走了二十分鐘路，回到位在橫須賀市上町的公寓。這段路程的中途有一段上坡道，但因為在狹小的潛艦中生活了很長時間，剛好利用這段距離鍛鍊一下腰腿。

花卷朔太郎住在兩層樓公寓的二樓，一回家就打開四坪大的套房窗戶，風立刻吹了進來，帶走了悶了一個月的空氣。

他先換上了T恤和運動褲，把放在大行李袋裡帶回來的髒衣服丟進了洗衣機。三套工作服、兩件連身服，還有內衣褲和襪子各十二、三件，根本無法一次就洗完。雖然自己很難察覺，但長時間在潛艦上的艦員身上都會有柴油味和艦內特有的臭味——尤其是身上的柴油味，搭電車或公車時，旁邊的乘客都會忍不住偷偷憋氣，或是乾脆轉身離開。

單身的朔太郎房間還算乾淨，一年中，有超過一半時間不在家的潛艦艦員通常會和在其他潛艦上工作的艦員合租房子，一方面可以相互看家、收信件，另一方面也可以節省房租。朔太郎以前也曾經和談得來的同梯一起租屋，但對方調去吳的第一潛水隊群，搬家之後，朔太郎就不想再和別人同住，向來獨自生活。

朔太郎很希望可以早日結婚。他目前薪俸二十二萬六千四百圓，艦組津貼九萬零五百六十圓，航海津貼一萬兩千四百二十圓，每個月實領金額約二十五、六萬圓。他的薪俸比在陸上自衛隊勤務的同梯更高，是因為除了有航海津貼以外，還有相當於薪俸四成的潛艦艦組津貼，也就是所謂的危險津貼。以他的薪俸完全可以養家，但長期航海後，筋疲力竭地回到家後，還是暫時不希望受任何人打擾，想要自由自在地過日子。

家裡有一台和簡樸房間不太相稱的昂貴音響。他打開音響開關，立刻傳來美式英語的談話節目，說話快得好像在放連珠砲。他都把收音機的周波數設定在FEN（遠東電台），FEN是針對駐亞洲美國軍人的廣播節目，根據聽眾的點播要求，播放五〇年代的名曲到最新流行的當紅歌曲，也會隨時播放總統的重要演說、匯率、天氣預報和部隊的動向。

由於橫須賀第二潛水隊群位在美軍基地內，經常需要和美國海軍聯絡，而且海上自衛隊本身就是以和美國海軍共同行動為前提，因此必須努力學好英文。他向美軍軍官太太學英語會話已經一年，日常會話基本上已經沒有太大的問題。

他喝著罐裝的冰啤酒，隨著比利．喬的歌聲哼唱起來，正在洗第二批衣服時，電話鈴聲響了。打電話來的是比他大三屆的學長原田正。朔太郎就讀防衛大學時，原田是宿舍的室長，當朔太郎以實習幹部的身分登上「國潮」時，原田擔任水雷長，在身心兩方面都嚴格磨練朔太郎，希望他早日得到「海豚徽章」。原田是優秀的潛艦艦員，目前在其他潛艦擔任船務長，當雙方都休假時，經常帶朔太郎去喝酒，也很關心他，希望他早日成家。朔太郎始終覺得他就像是很可靠的哥哥。

「你會去今晚的音樂會吧？」

原田劈頭大聲地問。

「啊，原來是今天晚上啊。」

在這次為接任水雷長進行的訓練中遇到了突發魚雷戰的考驗，又意外遇到蘇聯核潛，在緊張狀態下持續追蹤，所以他完全忘了這件事。

「什麼意思嘛，我特地把票送給你，你竟然忘記了。看樣子你沒有找到人和你一起去。」

原田不悅地責備道，朔太郎看著牆上的鐘，發現已經三點多了。

「我正在洗一大堆衣服，今天還是一個人去聽就好。」

他在電話中向原田道歉。雖然有點不太想出門去橫濱，但很少有機會在現場聽到東洋交響樂團的演奏，所以無論如何都要去體驗一下。

而且，今天的入場券背後有一段故事。一個半月前的某個晚上，發生了跳軌事件，山手線停駛，不知道什麼時候會復駛，朔太郎和原田也在擁擠的上野車站月台上不知如何是好。那天他們去參加退休海將的演講和相關人員的懇親會，結束後兩個人準備搭電車回家。

站在朔太郎和原田身旁的女子趕著去目白醫院，正在向站務員請教如何轉車。她手上拿了一個像是裝了細長形樂器的盒子，一臉著急地不時看手錶。晚上十點半還要趕去醫院，顯然真的有急事。

「妳好像在趕時間，我們正準備搭計程車回家，如果妳不介意，我們可以協助妳攔一輛。如果只有一位女生攔車，計程車可能不停。花卷，對不對？」

原田突然回頭問朔太郎。雖然原田剛才一直在抱怨等了很久，但並沒有說要搭計程車，所以朔太郎一臉驚訝。

身材矮胖的原田平時沉默寡言，更從來沒有向陌生女人搭訕過，之所以主動想要幫忙，是因為他心地善良，看到別人有困難就想幫忙。朔太郎慌忙點了點頭，原田催促著那名女子說：

「那我們走吧。」

女子似乎對跟著兩個陌生男子離開感到不安，不知道是否因為他們的外表令她感到安心，還是她真的很著急，所以就說了聲「拜託你們了」，跟在他們身後。車站內擠滿正在思考要如何回家的人，原田搖晃著壯碩的肩膀走在最前面。

他們在大馬路上等了很久，終於攔下一輛駛向車站前的計程車。女子小心翼翼地抱著手上的東西，臨上車時，回頭看著他們說：

「如果你們也往相同的方向，就一起上車吧。」

他們的方向完全不同。朔太郎不知所措地看著原田，原田說：

「那就太感謝了。」

然後和她一起坐上了車，朔太郎也慌忙坐進副駕駛座。

幸好計程車司機知道目白那家醫院，所以一路走捷徑，三十分鐘左右就到了。女子走下計程車時，對他們深深地鞠了一躬。

「謝謝你們，讓我這麼早就趕到了。我在東洋交響樂團演奏，如果你們對音樂有興趣，我寄入場券聊表心意。」

說完，她問了原田寄件地址。

「所以妳帶著樂器──」

原田點了點頭，在對方遞過來的記事本上寫下住家地址。雖然原田貌不驚人，但寫得一手好字，每次都讓朔太郎羨慕不已。

當女子快步消失在安靜而又黑暗，只有急診室亮著燈光的入口後，朔太郎忍不住說出了剛才的驚訝。

「學長，我們明明是不同的方向，你突然說要搭計程車，想到我皮夾裡沒什麼錢，真是嚇了我一大跳。」

「別忘了我們是保護國民的公務員啊。」

原田若無其事地說完，請司機駛去品川車站。到了品川車站後，可以搭地鐵回家。

「剛才的女生真漂亮。」

朔太郎說。

「是嗎？光線太暗了，我沒仔細看她的臉。」

原田冷冷地回答。

「她會不會只寄音樂會的票給你？」

朔太郎不滿地說。

「笨蛋，她是因為看到我這個，所以選擇看起來比較放心的人。如果她真的寄來，我會送你啦。」

原田亮出左手無名指上的結婚戒指。

那名女子寄來的就是東洋交響樂團今天晚上在橫濱舉行的音樂會入場券。

朔太郎急急忙忙晾好衣服，仔細刮了鬍子，穿上他喜歡的深藍色夾克，繫上領帶，把入場券放進內側的口袋。

很久沒有聽音樂會，朔太郎聽得出了神。

第一首樂曲是柴可夫斯基的幻想序曲〈羅密歐與茱麗葉〉。這場音樂會由德國知名指揮家擔任指揮，可以容納兩千五百人的三層樓大音樂廳座無虛席。朔太郎的座位在二樓最前排的中央，所以看得很清楚。

被稱為卡拉揚繼承人的指揮頭頂稀疏，感情豐富地揮動指揮棒，帶領有九十名樂團成員的東洋交響樂團進入音樂的世界。以莎士比亞的戲劇為題材的這首作品有很多耳熟能詳的旋律，所以觀眾都聽得如癡如醉。

強而有力的銅管樂器跟隨著充滿熱情的指揮棒，激情地演奏出兩大家族之間的仇恨，中提琴溫柔的旋律編織出羅密歐和茱麗葉甜蜜的愛情，令觀眾為之嘆息。

中場休息後，演奏了巴赫的管弦樂組曲。正當朔太郎對選曲深感佩服，突然聽到長笛悠揚的獨奏，閉著眼睛欣賞的朔太郎忍不住看向舞台。

在小提琴和大提琴演奏者後方，一名女性演奏者獨自吹著銀色的長笛，身體姿態優美地擺動著。一頭齊肩的長髮，有一縷落在她的圓臉上。纖纖細指時而用力，時而輕柔地按著長笛的鍵，清澈的旋律從高音滑向低音，響徹整個音樂廳，吸引了所有的目光，宛如所有的聚光燈都打在長笛演奏者身上。演奏者正是寄來今晚音樂會入場券，作為上次從上野車站送她去目白醫院謝禮的小澤賴子。朔太郎陶醉在長笛的透明音色中。

最後一曲終了，如雷的掌聲和「Bravo」的歡呼聲越來越熱烈，整個音樂廳都響起有節奏的掌聲等待安可曲。指揮抱著觀眾贈送的大花束走下舞台後，再度滿面笑容地出現在舞台上。

當會場內再度響起震耳欲聾的掌聲時，指揮向樂團首席打了暗號。

朔太郎很想繼續欣賞，但還是悄悄站了起來，走向後台。中途兩次被警衛攔下，問他是誰，他舉起玫瑰花束巧妙地混了過去，終於來到後台門口。他在音樂廳之前，先去車站附近的花店買了花，準備獻給小澤賴子，感謝她寄來入場券。

熱烈的安可掌聲終於安靜下來後，在身穿燕尾服的指揮和樂團首席的帶領下，演奏者紛紛回到後台。每個人額頭上都冒著汗，臉上洋溢著演出成功後的喜悅。

小澤賴子也跟在眾人身後出現了。她穿著白襯衫和黑色長裙，手拿長笛的身影比剛才在二樓看到時更婀娜多姿。

朔太郎有點膽怯，還是鼓起勇氣走了過去，只是她被同樂團的演奏者和工作人員包圍，遲遲無法接近。

「樂團的成員等一下都要參加慶功宴，請不要遲到了。」

舞台監督在走廊上大喊著，朔太郎甩開了想要退縮的心情上前說：

「小澤小姐，我是在妳寄票給橫須賀的原田時，在信中提到的花卷，謝謝妳今天的邀請，妳演奏的長笛太動聽了。」

他發現自己說話時聲音分岔，覺得有點尷尬。

「這是原田和我的一點小心意。」

他遞上手中的玫瑰花。

「原來你有來聽，還送我花。」

小澤賴子把仍然帶著紅暈的臉湊到玫瑰花前。

「好香，太高興了。原田先生沒來嗎？」

「他因為臨時有工作，所以無法前來……但要我向妳問好。」

「也請你代我向他問好，上次真的太感謝你們了，託兩位的福，讓我那天順利趕去為教我長笛的恩師送終。」

她把滑到臉頰上的黑髮撥到耳後，用認真的口吻道謝。那天搭計程車時她很沉默，所以不知道她要去探望誰，朔太郎還以為是她的家人。

「妳似乎很忙，那我就告辭了，下次有機會還會再來聽。」

雖然朔太郎這麼說，只是想到此時一別，可能永遠都不會再見了，不由地感到一絲難過，但也不能在剛結束演奏的後台久留。

「咦？之前就是這位年輕人帶妳去加古老師住的醫院嗎？」手拿雙簧管的銀髮樂團團員在一旁問道。

「對，我也正在向他道謝。」

「那就陪他去喝杯咖啡吧，反正慶功宴不可能準時開始。」

銀髮團員似乎從朔太郎充滿緊張和興奮的表情中察覺了一切，調皮地對他擠眉弄眼。

「我要先去換衣服……你可以去大廳的酒吧等我嗎？」

「當、當然可以，妳慢慢來。」

意想不到的發展讓朔太郎離開後台時，心情好得快要飛上天了。

今天似乎在其他幾個小廳也有音樂會，所以酒吧內很擁擠，但剛好有兩個人離開。

他在熱鬧的氣氛中等待小澤賴子，突然有一種好像以前就約好見面的錯覺。

不一會兒，換了洋裝的賴子出現了。雖然她個子不高，但卸完舞台妝後只化了淡妝的臉很白皙，看起來很年輕，一雙大眼閃閃發亮。

「我把花放在後台的櫃檯，回家的時候會去拿，我會放在家裡欣賞。」

「不好意思，反而給妳添了麻煩。要不要來一杯雞尾酒？」

朔太郎打開菜單問道。

「那就喝一杯不太濃的。」

也許因為等一下要參加慶功宴，所以她似乎有所顧慮。

朔太郎向服務生點了兩杯藍色夏威夷。

「妳剛才的長笛獨奏太出色了，緩慢的旋律當然無懈可擊，就連快節奏的部分，也像是從天空降落峽谷般清澈……」

朔太郎有點不知道該怎麼形容，但還是把自己的感受說了出來。

「花卷先生，你似乎很喜歡音樂。」

「我不敢在專家面前說喜歡，只是休假時會在家裡聽音樂的程度而已。」

服務生送來了藍色夏威夷。在蘭姆酒中加入鳳梨汁，再用藍柑橘酒調色的雞尾酒令人聯想到夏威夷的大海，高腳杯的杯緣插著一片檸檬和嘉德麗亞蘭花充滿了夏天特有的清爽。朔太郎請小澤賴子喝雞尾酒的同時，內心為自己找不到話題感到焦急。

「妳從小就練長笛嗎？」

他問了一個無關痛癢的問題。

「不是，只是小學參加吹奏樂社團後才開始產生興趣，所以就跟著社團一起練習，但在高中時一場小型演奏會上，結識了上個月去世的老師，之後開始向老師學，就一直走這條路。花卷先生，你做哪一行？」

看到她一雙黑色的眼眸直視自己，朔太郎一時不知道該怎麼回答。

如果一開口就說自己是自衛官，不知道對方會怎麼想？他回想起之前的痛苦經驗，但還是不得不回答。

「我在海上自衛隊工作。」

「啊？」

不知道是否說得太快了，小澤賴子似乎沒聽清楚。

朔太郎下定決心，從夾克內側口袋的皮夾裡拿出名片遞給小澤賴子。

潛艦　國潮　船務士

二等海尉　花卷朔太郎

賴子似乎很驚訝，端詳著名片很久。

「另一位原田先生也是嗎？」

「對，雖然我們在不同的艦上勤務，但都是潛艦艦員。」

「我第一次認識自衛隊的人，更何況是潛艦上的人……。可能是因為我一直生活在音樂這個小世界，所以對自衛隊不太瞭解，只有在新聞中看到每次颱風和地震發生災害時，自衛隊會出動協助。」

賴子拿起酒杯，一臉歉意地說。

「這很正常，不過，海上自衛隊恐怕連上這種新聞的機會也沒有。」

朔太郎曾經多次體會過類似的交談經驗。

「潛艦平時都潛在海底嗎？」

賴子好奇地問。

「是啊，所以也成為在不會引人注目的海上自衛隊中最不為人知的部隊，甚至有人曾經問我，現在日本還有潛艦部隊嗎？」

朔太郎喝著雞尾酒說道。

「但這就是我們的任務，我們負責在日本周邊的海域暗中警戒監視，最理想的就是讓其他國家認為我們的潛艦活動很頻繁，一旦輕舉妄動，就會遭到教訓。」

正因為如此，潛艦的行動必須保密，即使是海上自衛隊的水上艦，也不知道潛艦的行動，也不會通知他們，但朔太郎沒有對賴子說這些事。

「聽起來好像很辛苦。」

「那倒不至於，只是上面有指示，即使是家人，也不太能聊工作的事，避免造成一些意想不到的麻煩。」

說到這裡，朔太郎發現自己今天特別健談。

「對不起，和妳談這些無聊的事，妳還趕著去參加慶功宴吧？下次在東京附近舉辦演奏時，如果剛好是休假期間，我想去聽。近期有沒有音樂會的計畫？」

朔太郎看了一眼手錶，慌忙問道。

「八月二十五日在上野文化館有一場，有時候入場券不好買，如果你不介意，我可以再寄給你。只要寄到名片上的地址就可以了嗎？」

她再度確認了名片後，收進了手提包。她果然趕著去參加慶功宴。

「今天我就先告辭了。」

小澤賴子語帶歉意地說完，向朔太郎伸出手。朔太郎碰到她纖纖玉手，暗自感到驚訝，也輕輕回握了她的手。

目送她快步離去的背影，朔太郎帶著依依不捨的心情離開了音樂廳。可能因為長時間身處開著冷氣的室內，覺得吹在臉上的風有點悶熱，帶著淡淡的海水味。

他看著周圍帶著些許醉意的上班族和情侶，慢慢走在往車站的路上。已經幾年沒有這種雀躍的心情了？朔太郎脫下夾克，搭在肩上，仰望著夜空。雖然天空並不太清澈，但有幾顆星星在眨眼，清澈的長笛聲音彷彿會從天而降。

他有點後悔剛才沒有鼓起勇氣要她的電話，但回想起過去不愉快的戀愛經驗，忍不住告訴自己，還是不問比較好。

至今為止，曾經有人一聽到他是自衛官就敬而遠之，類似的經驗不只一次。當他去交往了一年的女朋友家中拜訪對方父母時，對方的母親露出冷漠的眼神，在都廳工作的父親對他破口大罵：「你們這些不要臉的稅金小偷！直到今天還在那些挑起戰爭的傢伙身後當跟屁蟲，當他們的預備軍嗎！」

他不想再遇到相同的事。

然而，小澤賴子前一刻的樣子歷歷在目。回想起她吹長笛時優美的身影，朔太郎不禁陷入了煩惱。

即使一次一次努力擺脫她的身影，告訴自己只是一次偶然的相遇，但小澤賴子和他以前認識的女人不一樣，令他難以忘懷，這份喜悅讓他熱血沸騰。

第二章 展示演習

音樂會翌日傍晚，花卷朔太郎前往海上自衛隊的島崎官舍拜訪原田正一尉。原田住在四層樓建築的三樓，除了兩間分別是三坪大和兩坪多大的房間以外，還有廚房、浴室、廁所和洗手台，對只有一個幼兒的夫妻來說，居住空間很寬敞。原田家總是充滿溫馨的氣氛，感覺很舒服自在。

「第一次去聽音樂會，就和對方一起喝雞尾酒嗎？你真是色膽包天啊！」

原田吃著餐桌上的下酒菜，聽了朔太郎向他報告聽東洋交響樂團音樂會的情況後揶揄道。

「因為學長那天晚上送小澤小姐去目白的醫院，她陪我喝那杯雞尾酒，只是為了表達感謝，並不是因為我個人的關係。」

朔太郎拚命解釋。

「這種事不重要啦，來來來，喝酒。」

原田為他杯子裡倒了長野小型酒莊出產的辛口清酒。原田的妻子牧子端來鹽烤香魚。

「原田太太，做了這麼多好菜，真不好意思，給妳添麻煩了。小聰已經睡了嗎？」

原田三歲的獨生兒子剛才還在這裡玩得很開心。

「對啊，因為開始鬧了……」

牧子看向用紙拉門隔開的隔壁房間。牧子是鹿兒島人，個子高大，無論是很有女人味的身材、眉清目秀的容貌，還是爽朗的個性，都是很出色的女人。

「不瞞你說，昨天我爸媽來家裡，這瓶酒是他們帶來的。」

原田指著酒瓶上的標籤說道。

「喔，你的父母……」

原田的父母是長野縣的小學老師，因為都是日教工會[3]成員，所以強烈反對兒子加入自衛隊。當原田不顧父母反對，進入防衛大學求學時，他們無法原諒，幾乎和兒子斷絕了來往。

「我寫信告訴他們，說他們有了孫子，他們終於忍不住了。雖然花了三年的時間，但這次說剛好來橫濱參加日教工會的研討會，所以順便來看看。因為是長孫，更讓他們覺得可愛吧，一看到我兒子，就一直叫著小聰、小聰。想當初他們連我的婚禮也沒來參加，這次竟然合掌對牧子說，謝謝她生了這麼可愛的孫子。」

原田看了一眼妻子，苦笑著說。

「我也很高興，畢竟他終於和父母言歸於好了。」

「小聰化解了我和父母之間的疙瘩，孫子真的有這麼可愛嗎？」

原田得意地說。

「不是有人形容說，對孫子的感覺是，含在嘴裡怕化了，捧在手裡怕摔了嗎？真是可喜可賀啊，來，乾一杯！」

朔太郎為原田的杯中倒滿酒。

潛艦艦員都必須接受嚴格的身家調查。因為艦員必須對工作內容保密，所以調查也很徹底，

3. 日教工會是日本最大的教職員工會，也是日本民主黨的主要支持團體之一。

除了本人、父母和兄弟以外，還會調查關係密切的朋友，如果和外國人之間的關係非比尋常，就無法上艦。因為考慮到可能會引發內部叛變或是洩漏情報，也許不得不這麼做。

正因為如此，朔太郎對於原田毫不避諱地告訴大家父母是加入日教工會的老師一事，卻仍然能夠上艦感到很不可思議。

「海幕[4]曾經進行徹底調查，但我爸媽多年來都是普通會員，他們可能認為沒必要干涉善良百姓的思想吧。」

原田以前曾經這麼告訴朔太郎。

「先別管這件事了，你要把那個長笛手的事交代清楚。」

原田重提了剛才的話題。

「小澤小姐的事我都說完了啊，她看到你沒有去聽，感到很失望。」

朔太郎說道。

「是這樣嗎？我看你剛才說的時候眉飛色舞。這是我娘家寄來的炸魚板，你嚐嚐吧。」

牧子把裝在大盤子裡的炸魚板放在已經堆滿菜餚的桌上時問：

「那位小澤小姐今年幾歲？」

「感覺比我小兩、三歲，但能夠在交響樂團獨奏，應該很厲害吧。」

「這個你剛才已經說過了，她單身嗎？」

原田問到了重點。

「學長，你怎麼只想到這件事，我和她第一次見面，怎麼可能知道呢？」

朔太郎夾起炸魚板放進嘴裡。昨晚回到家後，他也突然想到這個問題。雖然他見到小澤賴子後小鹿亂撞，但如果對方已經結婚了，就真的沒戲唱了。

「原田太太，炸魚板真好吃。妳趕快一起來喝吧，等一下我會幫忙洗碗。」

他對再度走回廚房的牧子說。

「原田這個人，如果下酒菜太少，心情就會很差，但差不多都煮好了，那我就聽你的。」

牧子解開圍裙，在原田旁邊的餐椅上坐了下來。

「朔太郎，我跟你說，你千萬別愛上從事音樂的女人，潛艦艦員的太太必須當家庭主婦，能夠把丈夫平安回家放在首位。你們在執行勤務時，隨時都得繃緊神經，好不容易回到家，她可沒辦法讓你放鬆。我可以預料到你的不幸。」

「什麼不幸啊，太誇張了。況且對方只是我昨晚見了一面的女生，你們夫妻兩個人不要都說這種話。」

朔太郎拚命掩飾著內心的慌亂。

這時，電話響了。

「這麼晚了，該不會把我召回吧？」

4. 海上幕僚監部是日本防衛省的特別機構，簡稱「海幕」。

原田看著已經指向八點多的時鐘，接起電話。即使潛艦在錨地停留期間，一旦發生意外狀況，就會緊急召回艦員。因此，即使在休假期間，也必須保持隨時能夠取得聯絡的狀態，同時還要控制行動範圍，確保能夠在兩小時以內回到艦上。

「喂，這裡是原田家。」

從原田說話的聲音判斷，應該不是艦上打來的。

「喔，原來是北啊，最近還好嗎？你從橫須賀車站的公用電話打來——，難怪那麼吵。你要不要來我家坐坐？花卷剛好也在。」

雖然原田在電話中邀請道，但最後約定改天約在外面見面。原田掛上電話後，朔太郎問他：

「是北健吾嗎？」

原田點了點頭。北是朔太郎在防衛大學時的同學，住在同一間宿舍。在名為「寢室會」的歡迎會上，北雙眼發亮、很有精神地自我介紹說「我對自衛隊有著滿腔的熱情，所以來就讀這所學校」，學長都對他充滿期待，沒想到他在暑假之前，就不理會二年級「直屬學長」的指導，最後整天都在挨罵。

當時四年級的室長原田很關心他，經常傾聽他的煩惱，他似乎暫時收斂了一陣子，但最後還是無法打消他退學的念頭。當他回德島那一天，朔太郎和原田一起去有明碼頭為他送行，也成為他們最後一次見面，但從剛才的電話判斷，北在退學之後，仍然很信賴原田，繼續和原田保持聯絡。

「原來他還會和你聯絡。我每年都寄賀年卡給他，但他從來沒有回寄卡片給我。」

朔太郎有點落寞地說。

「你順利升職，初級幹部考試時也名列前茅，他在你這個老同學面前會感到自卑。他回老家後，進了他父親生前工作的公司，但很快就感到不滿意。之後他很用功讀書，前年順利考上了二橋大學，我們還曾經一起慶祝他金榜題名，沒想到讀了兩年多，他說不是他想走的路。雖然我一再勸他，無論哪個學校、哪家公司都不可能有可以一輩子燃燒熱情的目標，只有自己不斷追尋，才能夠找到……」

原田沒有繼續說下去。

「他還在尋找投入熱情的目標嗎？真讓人羨慕啊……他乾脆回自衛隊就好了啊。」

朔太郎說。

「不，像北那種性格的人不能當幹部，他愛鑽牛角尖的性格很可能讓眾多生命暴露在危險之中。」

原田露出嚴肅的表情打斷了他。

原本熱鬧的氣氛變得有點僵。朔太郎覺得差不多該回家了，起身準備去廚房洗碗。

「不瞞你說，我在防大二年級的時候，也曾經想要退學。」

原田突然深有感慨地說。

「啊？學長？」

朔太郎驚訝地再度坐了下來。

「對，我當初不顧父母的反對，幾乎是和家裡斷絕了關係進了大學，做好了畢業後進自衛隊的心理準備，也很清楚所謂的民族感情。」

朔太郎靜靜地豎起耳朵。

「所以，我在報考防衛大學之前，就和父母徹底聊過。我父親說，一旦發生戰爭，就會白白送死。在之前那場戰爭中，日本變成了一片焦土，有三百萬人喪生，雖然他沒有被徵兵，但他的兄弟和表兄弟回來時，都是裝在白木的盒子中。他說，正因為國民深刻瞭解到絕對不能再發生戰爭，所以才無法認同違背國民這種感情的自衛隊繼續存在。全天下哪有父母願意兒子做這種工作！最後他甚至哭著求我放棄防衛大學。」

原田仰頭喝完杯中的酒，好像在喝一杯苦酒。

「但是，你的意志還是很堅定。」

朔太郎從來沒有和父親聊過這個話題，所以真心發問道。

「現在回想起來，當時我並不是因為憂國憂民，在某種程度上是因為父母反對，為了反抗他們而賭氣，立志要當自衛官。」

朔太郎認真聽著他說的每一句話。

「但是，我和父親爭執了很多次。我當時對他說，並不能因為國民漠不關心，就對國際形勢不聞不問。我當自衛官並不是為了升官發財，而是希望為國家工作，即使因此失去生命，我也不認為是白白送死。我從事這個在必要時刻有可能賭上性命的工作，和他們為了教育奉獻一輩子沒什麼兩樣。」

原田靈巧地剔除了香魚的魚刺，津津有味地吃了起來。牧子為朔太郎剔除了魚刺。

「雖然我大話說盡，但進入防衛大學後不久，不是就有步槍的射擊訓練和初步的戰鬥訓練嗎？在此之前，我只想到自己的死，但我發現這些訓練的目的是置他人於死地，似乎才終於知道父親說的那些話真正的意思，無論陸海空，只要以自衛官為職業的人，就是隨時和自己與對方的死產生直接的關係，必須有這份自覺。我立刻感受到沉重的壓力，然後開始自我封閉。」

朔太郎第一次聽說這件事，所以忍不住有點驚訝。

「原來是這樣，我父親雖然是前海軍的軍官，但我沒有考上東都工業大學，說要讀防衛大學時，他什麼也沒說，反而遭到我哥哥和姊姊極力反對，說我是么子，無法適應防衛大學的集體生活和嚴格的訓練。」

「但不知道你父親內心到底是怎麼想的。」

聽到原田這麼說，朔太郎十分驚訝，想起了在中學時，偶然看到父親寫的那首似乎為辭世所寫的短歌，但他沒有向原田提這件事。

「學長，當時大家都很不安，但你從來沒有提過曾經這麼煩惱。」

「我是室長，怎麼可以說這種話？」

原田露出親切的笑容。朔太郎有點不知所措，但還是追問：

「學長，你沒有休學，當初是怎麼克服的？」

「那一陣子，整天鬱鬱寡歡，但有一名教官看透了我的煩惱，叫我試著把腦袋放空。剛好那名教官的親戚在鎌倉有一棟空房子，叫我可以隨便去住。我利用週日和連續假期去那裡，一整天都窩在那棟房子裡看從圖書館借來的書，但我的煩惱並不是看書就能夠解決的。」

「……」

「有一天，附近寺院的和尚邀我去喝茶。那並不是一間名剎，更像是一間破廟。我在防大參加社團時，稍微瞭解一點茶道，所以並沒有出糗，但喝了他用正規方式刷的茶，我的心情也漸漸平靜下來。」

原田瞇起原本就不大的眼睛，充滿懷念地說道。

朔太郎坐直了身體。

「他第三次邀我去喝茶時，才開始和他有了一點交談。當他聽了我內心的煩惱後，說想和我分享他的一位軍人朋友的經驗。那似乎是戰爭末期的事，那名軍人坐的船遭到攻擊，周圍的士兵都接二連三倒下身亡，甲板上變成一片血海，當船傾斜時，血也跟著流動，發出濃烈的臭味。」

原田就像那名和尚一樣，靜靜地訴說著戰爭前線的慘烈情況。朔太郎只能點頭。他們的酒杯早就空了。原田叉起手，繼續說了下去。

「他對我說，曾經有過這種經驗的軍人面對戰鬥時，只想到如何盡自己的義務，根本沒有時間感到害怕。但是，那艘船沉了，當他被其他船救起來，子彈不停地飛過來時，他才感到害怕不已。」

朔太郎覺得自己似乎可以體會那種感覺。

原田說，他認為和尚說的那個軍人的故事，就是和尚的親身經歷。雖然那次是很難得的機會，但他當時並沒有多想，只納悶軍人在戰場上盡義務的行為，和正在煩惱的自己到底有什麼關係。

「但是，日子一天一天過去，原本鬱悶的沉重心情漸漸放鬆，在深秋季節時，我終於不必再去鎌倉了。」

朔太郎忍不住重重地吐了一口氣。原田學長雖然曾經深陷煩惱，卻完全沒有表現出來；曾經是同梯的北至今仍然在為尋找可以投入熱情的目標而煩惱，除了他們以外，還有很多隊員都抱著不為人知的煩惱和猶豫，但仍然努力克服這一切。想到這裡，朔太郎就告訴自己，一定要更加堅強。

離開原田的官舍，搭公車回到公寓附近，才剛下車，就聽到一個女人的聲音。

「啊喲，花卷先生。」

回頭一看，原來是平時常去的定食餐廳「桔梗屋」的店花沙紀。她燙了一頭鬈髮，努力讓自己看起來更成熟，但其實才二十出頭，白色的工作服還很新。

「你好像已經吃過飯了。」手上拎著外送箱的沙紀笑著說，「被我猜中了吧。」

「這個時間還去外送，真乖啊。」

「我已經是成熟的女人，不要再把我當小孩子。對了，雖然快打烊了，但要不要去坐一下？今天有很好吃的香魚。」

「不好意思，今天有朋友請我吃飯。」

「你還是這麼遲鈍，香魚當然是藉口啊。」

沙紀很不耐煩地說道，很希望朔太郎去店裡坐一坐。海上自衛隊有很多單身隊員都喜歡她，也經常為了她去定食餐廳吃飯，但她毫不掩飾對朔太郎的好感，讓朔太郎有點傷腦筋。

「餐廳的服務生可以這樣披頭散髮嗎？太不衛生了。」

剛從原田家回來的朔太郎心情有點沉重，但他故意用開朗的語氣調侃道。

「你這個人太沒禮貌了，正因為你整天都很囉唆，所以我在店裡的時候都會把頭髮綁起來，還會包上三角巾，只有在外送的時候才會把頭髮放下來。」

朔太郎正想轉身離開，沙紀不肯罷休，用力抓住了他的手臂。

「這個月二十一日自衛隊舉行展示演習，我報名索取招待券，但沒有抽中，你能不能幫我想辦法？」

她用撒嬌的眼神看著朔太郎。

展示演習是防衛廳為了讓更多民眾瞭解海上自衛隊的功能，每年舉辦一次的公開演訓。

這次的展示演習採取由護衛艦隊司令官檢閱自衛艦隊所屬部隊的方式，最新型的護衛艦、戰機和潛艦都會參加，展示平時的訓練。舉行展示演習時，會通知各媒體，也會呼籲民眾參加，再從報名者中抽出將近三千名民眾到場觀賞，也可以搭上護衛艦。

「妳應該知道，每次都有很多人報名，而且抽籤很公正。」

「雖然知道，但這是你第一次參加吧？我很想看你在展訓中英勇的身影。」

不愧是店花，消息很靈通。

「又不是我表演，況且我第一次參加，怎麼可能有資格站在帆罩上？」

「是這樣嗎？那我也不必非去不可了。」

她立刻失去了興趣。

「那下次記得來吃飯。」

沙紀說完，拎著外送箱走進店裡。

朔太郎苦笑著目送她離去，快步走回公寓。今天北健吾在橫須賀車站的公用電話打電話給原田，他抱著一絲期待，覺得北健吾也許會上門。如果北健吾真的來家裡，就要好好勸他，既然考上那麼好的大學，千萬不能浪費機會，不要三心二意，一定要堅持下去。

朔太郎清楚記得剛進防大時的不安。離開父母身邊，踏進一個完全陌生的世界，對所有的一切都很不習慣，經常和住在同一個宿舍的北，一起去福利社購買訓練用品，也一起去洗澡，還經常相互掩護、一起用功讀書，避免挨學長的罵。朔太郎至今仍然很佩服北健吾驚人的專注力和耿直的性格。

等到十一點多，仍然不見北健吾上門。朔太郎打開音響，像往常一樣聽著FEN，想到了海上自衛隊將在伊豆大島東北海上舉行的展示演習，立刻拿出了預定表。

和護衛艦相比，潛艦比較小，也比較不引人注目，但或許是因為民眾平時很少有機會看到，所以潛艦通常都很受歡迎。因為這是朔太郎第一次參加大型訓練演習，所以，身為船務士，事先必須不斷進行調整，建立以秒為單位的行程表，才能和共同行動的僚艦「松潮」合作無間，以免有任何疏失。

不知道展示演習當天是否能夠順利，是否能夠增加民眾對自衛隊的好感。他在感到振奮的同時，也對第一次登上大舞台感到不安。

＊

走出ＪＲ車站，沿著澀谷的公園路走一小段路，是一個和緩的上坡道，一直通往代代木公園。

道路兩旁高大的楓香樹葉擋住了七月初的陽光，形成一片涼爽的樹蔭。由於道路並不寬敞，兩旁高度適中的時尚大廈、家具展示中心和漂亮的咖啡店林立，整個街道散發出一種安逸的感覺。

花卷朔太郎後天就要回到海上，所以今天來這裡找便宜的ＣＤ和唱片。只要轉錄到錄音帶上，就可以帶到艦上欣賞。大馬路後方的小巷內有幾家中古唱片行，也有很多進口黑膠唱片。

原本他努力找一些在日本不容易買到的古典音樂，想和聲納員犬丸二曹一較高下，但漸漸地發現自己在找之前曾經聽東洋交響樂團的小澤賴子用長笛演奏的巴赫組曲。

走進第三家店時，他把放滿整個花車的唱片一張一張拿起來檢查曲目，突然興奮不已。因為他發現竟然有一張唱片是卡拉揚在瑞士一個小型音樂廳表演時的現場錄音。

他立刻拿去結了帳，請店家幫他裝進袋子後，回到了公園路。原本想要和犬丸較勁的想法煙消雲散，眼中已經沒有其他唱片。他打算買完短褲，吃完午餐就回橫須賀。

他在坡道中途的全向十字路口等紅燈時，在對面的人行道上，看到一個步伐輕盈的女人。怎麼可能！他內心激動不已。雖然那個女人把頭髮綁在腦後，但絕對就是她。她一身短袖洋裝和拖鞋的輕鬆打扮，手上拎著巴爾可百貨公司的小袋子。

號誌燈變綠時，朔太郎急忙穿越馬路，叫了一聲：

「小澤小姐！」

賴子一臉訝異地轉頭看向朔太郎。

「啊呀，沒想到會在這裡遇到你。」

她似乎真的很驚訝。

「我也很驚訝。我剛才在這裡的二手唱片行找唱片。」

「對了，你很喜歡音樂，特地從橫須賀來這裡嗎？」

「在這一帶的唱片行逛一逛，基本上都可以找到自己想要的，所以假日偶爾會來這裡。」

「對，我就住在附近，所以很邋遢。」

未施脂粉的賴子指著自己的頭髮。或許是因為劉海梳起的關係，額頭飽滿的臉蛋輪廓很明顯，從下巴到白皙纖細頸項的柔和曲線很迷人，從拖鞋露出的腳趾上擦的淡粉紅色指甲油也很可愛。

「如果妳不趕時間，要不要一起吃午餐？」

朔太郎鼓起勇氣邀約道。

「謝謝你的邀請，但我媽做了她拿手的義大利麵，說要等我回家吃午餐。」

賴子深感抱歉地婉拒道。

「是嗎？太遺憾了。因為我沒想到在音樂會以外，還有機會見到妳。」

朔太郎發自內心感到失望。看到他沮喪的樣子，賴子笑了笑說：

「那我去店家借一下電話，讓我媽自己先吃。」

說完，她走進眼前一家水果店。她似乎和店家很熟，走進去時向店員打著招呼。不一會兒，她拿著裝了柳丁的袋子走了出來，遞給朔太郎說：

「給你帶回家吃。」

朔太郎為她的貼心感到驚訝，慌忙道謝，接過袋子，走進坡道下方的一家咖啡店。可能是因為非假日中午的關係，有不少看起來像是在附近上班的上班族在用餐，幸好並不會太嘈雜。

賴子點了冰紅茶，朔太郎還另外點了一份三明治。

「有沒有挖到寶？」

「我今天剛好看到這個。」

朔太郎從袋子裡拿出唱片，很擔心自己會臉紅。

「啊！這首樂曲的長笛應該是卡爾海恩茲・崔勒大師。」

「什麼？妳認識？」

「對，是很有名的長笛家，我去西德留學時，之前在目白醫院去世的加古老師為我寫了推薦函……因為這樣的關係，所以有機會上了他的兩堂課。花卷先生，沒想到你這麼內行。」

「不，我不知道他，只是因為那是妳之前獨奏的曲子——」

朔太郎結巴起來。雖然是巧合，但他還是很高興。

「妳在東洋交響樂團擔任長笛獨奏很久了嗎？」

「才兩年而已。幸好音樂的世界不論資歷，上次的指揮可能不知道從哪裡聽說我曾經上過崔勒大師的課，所以選了那首樂曲。」

賴子謙虛地回答。

「妳是因為大學推薦，所以去留學嗎？」

朔太郎問道，剛才點的冰紅茶和三明治已經送了上來。

「我雖然讀的是藝術大學，但沒有長笛的名額，所以就在畢業那一年自費去西德留學。」

「是嗎？那裡的音樂水準很高嗎？」

「一方面是因為這個原因，再加上當時對國內有些不滿……。但是，我父母強烈反對，費了一番工夫才說服他們，所以出國前沒有好好學德文，去了之後很辛苦。」

她用吸管喝著冰紅茶說道。

「最後妳父母為什麼同意了？」

朔太郎吃著三明治，探出身體問道。

「我父親是會計師，他有一位客戶的製藥公司在柏林有分公司，那家公司的聯絡窗口經常和我父親一起打高爾夫球，有時候打完球會來我家坐一下，我就偷偷找他商量。」

她露出調皮的笑容告訴朔太郎，父親的球友答應在留學期間遇到困難，可以找日本派去那家分公司的人幫忙，也會介紹賴子住宿在他認識的女醫生家，列出了消除她父親擔心的條件，終於說服了她父親。

「我父親覺得如果只是興趣玩一玩也就罷了，他反對我走音樂這條路，所以當初真的費了很大的力氣。」

朔太郎發現賴子看起來溫柔婉約，但屬於外柔內剛的人，為了貫徹自己的意志，知道如何說服父親，並懂得充分運用交涉技巧。

「妳大學剛畢業就這麼有主見，當時柏林的情勢如何？」

說出「情勢」兩個字後，他慌忙改口說「我是問當時柏林的生活怎麼樣。」

「整天忙著上課和練習課題曲，根本沒有時間思考東德和西德的關係，但那位女醫生受邀去朋友家吃晚餐時，偶爾會帶我一起去。雖然機會難得，只可惜我的語言能力太差，聽不太懂他們的談話，但隱約可以感受到一個國家分裂時，對國民來說是多大的悲劇。」

「妳有沒有去過東德？」

朔太郎並沒有發現自己頻頻向賴子發問。

「只是很偶然——。從布蘭登堡門去東德的腓特烈大街散步，即使有護照，警察和軍隊也好像隨時在監視，所以根本無法放鬆。即使有朝一日能夠統一，東德和西德的國民內心都有一種又愛又恨的情感，恐怕很難馬上消除多年來形成的隔閡。」

賴子深有感慨地說。

「所以我開始慶幸日本敗戰，沒有變成像德國一樣。我覺得留學的最大好處，是有機會重新認識自己的祖國，而且讓我更清楚地認識到古典音樂面臨危機，因為日本的音樂練習方法太定型化，繼續這樣下去，古典音樂會被其他領域的音樂淘汰。」

他們聊得很投機，周圍的客人越來越少。

「前幾天，我打量著你的名片，忍不住思考，不知道和我相同世代的人想要當自衛官的動機是什麼。」

她一雙黑色的眼眸注視著朔太郎。

「被人這麼直截了當地問，還真有點難為情。我當初並不是因為對國防有什麼特別的見解，只是因為考普通大學落榜了，剛好錄取了同時報考的防衛大學。簡單來說，就是這麼一回事。」

「但是，不是可以讀其他大學嗎？」

賴子似乎無法接受朔太郎敷衍的回答。

「嗯，可能我父親是海軍軍人這件事對我有一點影響……只不過他從來不提戰爭的事。」

朔太郎語帶遲疑，思考著該怎麼回答。

「也可能因為我從小喜歡游泳，高中時也參加了社團，很熱中划船這種單純的動機。雖然大家聽到要讀防大，都會覺得有右翼思想，再加上因為是公務員，可以領取名為學生津貼的補貼，所以有人認為是窮困家庭主婦的子弟，雖然的確有學生有這種思想，也有些同學屬於這樣的家庭環境，但包括我在內，大部分學生都很普通。」

他停頓了一下。

「也可能在克服了嚴酷的訓練，親眼看到受到外國的威脅時，自然而然地產生自己的國家自己救的信念。」

朔太郎侃侃而談，幾乎沒有吃三明治。賴子是第一個讓他傾吐這些事的女人。因為很多女人一聽到自衛官這幾個字就產生排斥，所以即使賴子因此感到失望，也是無可奈何的事。只有實話實說，才能讓對方瞭解自己——

「在我周圍很少有人認真思考這種問題，尤其在音樂這個世界……」

賴子沉默片刻後說道，然後瞥了一眼手錶。

「時間不早了，妳要不要嚐一嚐三明治？」

賴子在朔太郎的建議下吃了一塊。

「真好吃啊。那我就不客氣，再吃一塊。來這家店是正確的選擇。」

她的天真爛漫感染了朔太郎，朔太郎也吃了最後一塊。

「這個月二十一日開始的三天期間，海上自衛隊會舉行展示演習，想要參觀的話，都要事先報名抽籤，所以今年可能來不及了。展示演習每年都會舉行，希望妳有機會來參觀一下。」

「展示演習都會做些什麼？」

賴子用紙巾擦著嘴角，微微偏著頭。朔太朗告訴她，這是自衛隊的重要節目，藉由表演日常的訓練活動，讓民眾充分瞭解自衛隊。

「我第一次知道還有這種活動，希望以後有機會可以欣賞。」

「展示演習結束後，我可以休假，還會來這一帶，不知道可以再約妳見面嗎？」

朔太郎鼓起勇氣提出了下一次約會的要求。

「如果你不介意要配合我的時間……加入交響樂團後，每個月都忙著演奏會或是臨時排練，而且還要自己練習，所以幾乎沒什麼自由的時間。請你事先告訴我你的假日，如果方便的話，請你留電話給我。」

賴子說道，他們相互留下了家裡的電話。

走出咖啡廳後，他們握手道別。朔太郎悄悄感受著賴子柔軟的手掌，小心翼翼地抱著手上那袋橘子和唱片，更覺得她就是自己等待已久的理想人選。

＊

自衛艦隊正在伊豆大島的東北海域舉行展示演習。

第二天的七月二十二日，淡淡的陽光偶爾從陰沉的天空中探出頭，吹著六～七公尺的北風。微波蕩漾的深灰色海面上，在旗艦「秋風」率領下，四艘從兩千噸到五千噸級的受閱護衛艦保持著一定的距離，排成一行地出現。載著觀閱部隊的觀閱艦在相距三百公尺處從相反方向駛來，甲板上站滿了觀閱的民眾，細聽著公關官用麥克風介紹的內容。

「最前方的是艦號一七一的護衛艦『秋風』，艦長是山田祐造一佐，艦身全長為一百五十公尺，全寬十六點四公尺，所屬第一護衛隊群……艦對空導彈發射器……」

公關官的聲音不時被風聲淹沒，觀眾都注視著高高聳立的桅杆和導彈發射器。

「秋風」船緣的艦首到艦尾都站滿了身穿夏季制服的艦組員，姿勢端正地面向觀眾。這是名為登舷禮的最高禮儀，是世界各地的海軍共同的傳統儀式。原本用來向對方船隻表達本艦除了駕駛人員以外，艦內沒有任何人，不會向貴艦抵抗。久而久之，成為向對方船隻表達最高的敬意。有些觀眾看到艦上雖然有最先進的裝備，卻遵循充滿傳統海軍魂的儀式，忍不住帶著感動和驚訝的表情揮手回應。

兩艘潛艦跟在護衛艦後方現了身。「國潮」出現在觀閱艦前，「艦號五七七，第二潛水隊群，『國潮』的艦長為筧勇次二佐，全長七十六點二公尺……」

「國潮」在水上航行，潛水隊司令松坂一佐和筧艦長等四人身穿夏季正裝站在艦橋上，打到帆罩上的浪花不時濺到他們臉上。

登舷禮結束後，展示演習終於開始了。

雲端出現了短暫的烈日照在海面，三百噸級的護衛艦在受閱結束後又掉頭回來。當來到搭乘護衛艦的觀閱部隊前時，只聽到「呼」的一聲，護衛艦發射了波佛斯艦對潛導彈。隨著震撼天空和大海的巨大聲響，吐著黑煙飛向灰色海面的導彈在落水後爆炸，激起冲天的水柱。這是想像海中有潛艦時，展開攻擊的訓練。

「原來日本有這麼了不起的艦艇。」

「這根本是軍艦啊，日本已經放棄了戰爭，要用在什麼地方？」

觀眾七嘴八舌地議論起來。護衛艦的大規模操演接二連三地表演了各式各樣的訓練。

不一會兒，「松潮」和「國潮」出現在觀閱艦前。

「兩艘潛艦正從右前方接近，很快將出現在各位面前，將在潛航後再度浮出水面。」

廣播中介紹道。

和受閱時不同，兩艘潛艦的艦橋上沒有任何人，也沒有掛起自衛艦旗，潛航準備已經就緒，迫不及待地準備潛入水中。

這時，花卷二尉正在艦內的指揮室內，用無線通訊和在前方航行的僚艦「松潮」確認螺旋槳的轉速、相互距離等資料，緊張地等待著潛航的那一刻。

「潛航倒數十秒。」

航海科員報告後，隨著搭乘「松潮」的第二潛水隊群司令用呼號發出指令。

「準備潛航，開始。」

兩艦同時潛入水中。

筧艦長在一旁監督，潛航指揮官按照事先的計畫下達了指示。

「下傾十五度。」

平時潛航時都維持在下傾三度的角度，但在展示演習時，會用更大的下傾角度展現潛艦的威力。當下傾十五度時，艦內的資料和餐具都會滑落，所以要事先收進抽屜和櫃子後上鎖，避免掉落。艦組員也都抓著身邊的握桿或閥門，以免跌倒。

護衛艦上的觀眾當然不知道艦內人員的辛苦，屏氣斂息地看著只有一小部分露出水面的潛艦沉入海中，在海面上產生巨大的漩渦，並用相機拍下這一刻。

海上保安廳的巡邏船也加入了展示演習。雖然海上保安廳隸屬運輸省，但是和自衛隊一起維護海上安全工作的夥伴，所以也一起參加演習。

接著，海上自衛隊的航空部隊也亮麗登場，表演了精采的節目。

兩架反潛巡邏機穿越雲層，從後方低空飛行而來，從觀閱部隊旁經過，不斷投下發出紅光和白光的東西。這是誘引敵軍的紅外線導彈，保護自身安全的ＩＲ熱誘餌彈（可棄式紅外線誘標）。觀眾中有人特地為了看這一幕而來，甚至有人準備了專業的望遠照相機。

各艦在一定海域內移動，按事先規劃的時間組隊改變方向或是相互擦身而過，如果平時缺乏充分訓練，根本無法在表演中發揮這些技能。自衛隊當前的任務就是維持高水準的技能，保持遏止能力，以防來自各國的威脅。

十二點四十分，預定的展示演習按照原來的計畫分秒不差地結束了。十二點四十五分，護衛艦率先駛向東京灣，潛艦「國潮」和「松潮」也跟在後方。

下午快三點時，「國潮」回到了東京灣的入口。

接著將進入浦賀水道航道，回到母港的錨地。艦組員都做好了萬全的準備。橫須賀的潛艦基地也送來了港內船隻停泊的狀況、風向和風速等數據資料。

因為是星期六下午，東京灣內比平時更加擁擠，除了貨船、油輪、渡輪，還有遊艇、休閒船。必須在適當時機穿越來自外海方向的船舶後，將航向轉向正西方，從這裡到錨地之間還有五海里（約八公里）。

「離開浦賀水道航道了。」

十五點三十五分，在指揮室內守在海圖測繪桌前的航海科員橋本，透過艦內通話麥克風，向艦橋報告。

花卷在指揮所擔任值更官助手，守著潛望鏡，監視周圍是否有任何可能產生相交的船舶（可能會發生碰撞的船隻）。

「已經離開航道了嗎？」

花卷的直屬上司，船務長五島一尉來到指揮室，為進入母港做好準備。平時從浦賀水道往橫須賀港時，五島船務長都會站在艦橋上擔任值更官，但最近為了讓即將升任船務長的中筋水雷長累積值更官的經驗，所以兩個人輪流站上艦橋。

剛才在軍官室內埋頭撰寫這次展示演習報告的五島船務長來到指揮室後，看著雷達和海圖，以便在入港站上艦橋之前把握目前的狀況。

「嗯，差不多了。」

他自言自語道。

「是啊，接下來就等艦長帶領我們順利入港。」

花卷很有精神地回答。

「你最近有什麼開心的事嗎？」

五島調侃道。

「不，沒有啊。」

「是嗎？上次有人在澀谷的巴爾可百貨附近看到你和一個美女走在一起。」

五島露齒一笑。

之前在澀谷巧遇小澤賴子，竟然被人看到了！這些人真是太厲害了。

「那只是我朋友而已。」

「是嗎？是嗎？」

五島笑嘻嘻地走上艦橋，突然停下了腳步。花卷感受著五島在身後的動靜，看著潛望鏡時，暗自興奮地想著，明天的展示演習結束後，要打電話給小澤賴子。

右前方有一艘南下的白色船舶進入了視野。距離大約兩千公尺。那是完全可以閃避的距離。

北風更強了，海面上的風浪也越來越高。午後的太陽躲到雲後，陣陣涼意難以想像已是七月下旬。為了尋找小魚在低空盤旋的海鳥翅膀似乎也有點沉重。

穿越浦賀水道航道西行的「國潮」艦橋上，水雷長中筋一尉身為當值的值更官，正站在最前面，副艦長佐川三佐站在左側，筧艦長坐在中筋正後方的固定椅子上。負責觀測的海曹站在艦橋後方的帆罩頂端，用望遠鏡警戒地觀察著周圍海面。

展示演習時，第二潛水隊司令松坂一佐站在筧艦長旁邊，但沒有人發現，在訓練結束後他就不見了。

當「國潮」保持兩百七十度的航向，以十一節（時速約二十公里）全速向橫須賀港前進時，身材高大的值更官中筋一雙不大的眼睛炯炯有神地向筧艦長報告：

「右三十度，兩千公尺的漁船方位幾乎沒有變化。」

中筋前方比胸部稍低的位置有一台電羅經，顯示了潛艦目前的航向。只要把方位圈放在上面，看向目標，就可以測量出目標的方位。所有人都舉起望遠鏡看向右三十度的方向，確認了白色大型漁船。不一會兒，筧艦長命令道：

「漁船目前的方位。」

「漁船的方位稍微落下（方位偏向自艦的右側艦尾方向）。」

值更官用方位圈看著漁船報告。如果漁船的方位明確右轉，「國潮」就可以從漁船前通過，但如果漁船的方位變化不明顯，潛艦不改變航向，就可能和漁船擦身而過，甚至可能發生碰撞。根據海上碰撞預防法，為了避免這種情況發生，因漁船出現在「國潮」右舷側，所以「國潮」必須避開對方的航向，也就是必須趕快右轉或是減速避讓。

就在這時，一艘遊艇突然從左側靠近。

「左六十度，遊艇靠近，距離約六百公尺。」

佐川副艦長斜眼看向那個方向，有點慌張地報告。揚著帆的遊艇上有好幾個女人，正朝向「國潮」的方向駛來。

由於很少看到浮航的潛艦，所以不時有船隻想要靠近觀察，但潛艦隱藏在水面下的船體部分很大，很可能發生碰撞的危險，而且還可能被捲入艦尾的螺旋槳。佐川副艦長和其他人很希望遊艇趕快離開，但右舷側漁船的方位仍然令人在意。

「轉向右側漁船的方向。」

值更官建議迴避漁船。水雷長雖然身材高大，但膽子有點小，對於在艦橋執行值更官的任務有點緊張，想要趕快讓「國潮」右轉。

「我來接手。」

筧艦長有點不耐煩地從椅子上站了起來，為了避讓離左艦首一百五十公尺的遊艇，下達了命令：

「停止。」

值更官立刻向艦內指揮室的操舵員傳達了艦長的命令，值更員前方的電羅經下方，有操艦系統的21MC麥克風，只要把開關往下拉，就可以直接和操舵員通話。

潛艦和汽車不同，無法在煞車後立刻停止，只能慢慢減緩速度。

幾乎在同時，佐川副艦長拉下了自己身旁的握桿。「嗡——」超長一聲警告汽笛響徹了周圍的海面。

遊艇立刻左轉，消除了碰撞危機。

「加速前進。」

筧艦長指示恢復原來的速度。中筋值更官露出一絲困惑的表情。因為他以為閃避遊艇後，會右轉航行避讓漁船，但艦長發出了不同的命令。佐川副艦長似乎也有相同的想法，臉上的表情微微動了一下。

在避讓遊艇期間，漁船已經在右舷艦首三十度方位只剩下七百公尺的距離，如果以目前的速度繼續航行，發生碰撞的危險將不斷升高。從最初發現漁船之後，雙方的艦船以每分鐘約五百公尺的速度接近。

但是，艦長的判斷不容輕易質疑。雖然中筋值更官和佐川副艦長內心有一絲擔憂，但認為筧艦長應該打算從漁船面前經過，所以並沒有提出反對意見。

潛艦和漁船之間的距離越來越短，很快就發現甲板上有女人和小孩的身影。中筋直到前一刻為止還以為是漁船，沒想到竟然是觀光用的觀光漁船。船上的乘客不知道碰撞的危機迫在眉睫，甚至有人對著「國潮」舉起了照相機。

觀光漁船完全無意避讓「國潮」，雙方的距離在轉眼之間就近在眼前。

筧艦長似乎這才察覺到碰撞的危機，立刻下達了命令。

「短一聲，右舵滿。」

「嗡」的汽笛聲響起。短一聲汽笛是通知對方船隻「本艦轉向右側」的汽笛信號。早就在等待右舵命令的值更官中筋迫不及待地對著21ＭＣ大喊：

「右舵滿。」

停頓了幾秒後，傳來指揮室操舵員的聲音：

「請重複——」

操舵員似乎沒有聽清楚。因為值更官太緊張了，可能沒有把麥克風的開關按到底之後再傳達命令，所以操舵員沒有聽到前面幾個字。

「右舵滿。」

值更官的聲音這次終於傳到了指揮室，操舵員複述：「右舵滿」時，白色觀光漁船已經出現在眼前。差不多只剩下兩百公尺的距離。筧艦長立刻連續發出命令。

「停止。」

「原速後退。」

「後退滿。」

筧艦長全力指揮「國潮」後退。艦首微微右轉，螺旋槳開始向反方向旋轉的震動也傳到了艦橋，在千鈞一髮之際避免了碰撞——

正當眾人想要擦冷汗時，觀光漁船竟然左轉，朝向「國潮」駛來。艦橋上的四個人拚命揮手指示觀光漁船，「往右！往右！」但船頭寫著「第一大和丸」的漁船已經逼到「國潮」眼前。

這一切發生在離開浦賀水道航道短短三分鐘後。

正在指揮所守著潛望鏡的花卷聽到筧艦長難得用緊張的聲音發出「停止」、「原速後退」、「後退滿」的命令，不由得跟著緊張起來。幸好原本打算走去艦橋的五島船務長擔心地回到他身旁。

「船務長，艦橋連續下達操艦命令……那艘白色漁船的方向很奇怪。」

說完，他站了起來，請五島船務長協助判斷。五島看著潛望鏡，一看到漁船，立刻大聲叫道：

「我們轉右舵避讓，他們竟然轉左舵，到底在想啥啊！」

他太驚愕了，忍不住說著關西話。遇到這種情況時，對方也應該轉右舵。花卷忍不住擔心不已。

「完了，撞上了！」

在聽到絕望的叫聲同時，潛艦微微搖晃了一下。

嗚嗡。嗚嗡。嗚嗡。

艦內同時響起了碰撞警報聲。應該是艦橋上有人按了警報的開關。

指揮室周圍頓時陷入了緊張，看著潛望鏡的五島說：

「啊，漁船衝上艦首了。啊，看到紅色船底了，從船尾沉入水中。」

「什麼？這麼快就沉了？太離譜了——」

從碰撞至今才短短兩分鐘，那麼大的漁船怎麼可能立刻沉船？

「指揮室由我接手，花卷，立刻開始記錄目前的狀況。」

五島鎮定自若地發出指示，接著，拿起了1MC（全艦廣播）的麥克風，大聲命令道：

「發生碰撞事故！迅速調查損傷處。」

潛艦不耐撞擊，所以按照規定，首先必須確認艦艇的安全。

艦組員克制著內心的慌張，按照平日的訓練，迅速地關閉了防水門。當發生進水等意外狀況時，必須孤立各個艙間，以免危害到其他艙間，保護潛艦的安全。

「等一下！」

輪機士長門二尉擠進即將關上的艙門，衝了進來。

「剛才真的是撞擊聲嗎？我正在軍官室，感覺剛才的晃動和撞到漂流木的感覺差不多。」

他對持續作響的碰撞警報感到不知所措，但仍然用難掩激動情緒的聲音問道。

「和漁船發生了碰撞，對方船隻已經從船尾開始下沉了。」

花卷難掩慌亂地告訴他。

「指揮室、艦橋，準備救助落海者。」

艦橋上的筧艦長直接下達了命令。

「準備救助落海者。」

五島複述著，通知了全艦。長門輪機士大驚失色，用力打開已經關閉的防水門，跑向艦尾方向。

指揮室內陷入一片慌亂，五島接二連三地向雷達員和航海員發出指示，並命令花卷，將他們的報告綜合整理後，持續進行記錄。艦內的花卷和其他人不太清楚到底發生了什麼事，很想去看一眼海上到底發生了什麼事，但還是遵從了指示。

五島在指揮室內發號施令的同時，用潛望鏡尋找著落海者的身影，但為了避免碰撞而「後退滿」的「國潮」因為慣性不斷後退，離開了發生碰撞的海域，所以附近看不到落海者的身影。

沒有輪到值更的長門回到軍官室後，抓起救生衣，跑向艦尾方向的機械室。因為他想起那裡有救生艇，他大叫著要用來救助落海者。

「沒錯，可以用救生艇救助。」

周圍的其他艦組員也立刻響應，一起解開綁在角落收納空間的救生艇。平時都潛在海中的潛艇缺乏救難的概念，所以艦上只有一艘在潛艦進水時，供艦組員逃生用的小橡皮艇。

而且平時嫌救生艇佔地方，所以綁在角落的位置，想要拿下來取用時，耗費了很多時間和勞力。四、五個人花了一番力氣解開了繩子，但接下來又面臨了如何搬到六公尺上方上甲板的難題。

潛艦後方的艙門平時都會關閉。因為海浪不斷打到上甲板，所以周圍都會積著海水，如果不先使用排水閥排水，艙門一打開，海水就會灌進來，一旦海水打到發電機，很可能會造成故障，但現在管不了那麼多了。

「打開艙門！」

長門輪機士命令道，一名海曹快速爬上六公尺高的梯子，握住把手，用力推開了艙門。冰冷的海水和海風一起灌了進來，下方的柴油引擎和長門等人全都被淋溼了，但所有人都急著把救生艇抬上去。

那是一艘沒有引擎的四人座救生艇，只有像玩具般的划槳，但只要能夠在救助時發揮作用就好。

幾個人合力把救生艇抬到甲板上，看到海面時，所有人都愣住了。

海面上浮著油污，放眼望去，到處都是漁具、保麗龍、保溫箱和紙箱，那是剛才在艦內時難以想像的景象。漁船已經沉沒，完全不見蹤影，從浮游物散亂的情況判斷，漁船上應該有不少人。

但是，海面上不見人影，是因為潛艦在「後退滿」，離開現場海域一百公尺後，所以無法及時回到碰撞現場嗎……？

艦組員張大眼睛，在浮游物中拚命尋找。和海面高度相差無幾的潛艦上甲板望出去的視野狹窄，令艦組員感到焦急萬分。

「那裡有一個人……」

一名年輕的海曹發現了人影。那個人影抓住浮標求救。

「那裡也有兩個人——」

長門也發現了看起來像是中年男子的身影。那兩名男子穿著polo衫，看起來不像是漁夫，他們緊緊抓著保麗龍和木板。努力讓自己浮在海面上。

橡皮救生艇好不容易搬到甲板上，卻又花了一段時間充氣，讓人著急不已。

「我先跳下去。」

一名游泳好手的海曹迫不及待地向長門要求道，這時，五島船務長也趕了上來。

「船務長，碰撞的不是漁船嗎？」

「是觀光漁船，我用潛望鏡確認時，看到了女人和小孩的身影。」

五島要求刻不容緩地展開救助工作，好不容易充完氣的橡膠艇丟進海面後，他帶著兩名只穿著短袖制服，還來不及穿救生衣的海曹跳入海浪起伏的海中，爬上了救生艇。

海面上有太多浮游物，靠著橡膠艇的划槳，無法在海面上移動，但他們撥開浮游物，終於划向在稍遠處等待求助的落難者。

長門和其他人試著援救在潛艦旁的海面上抓著浮標的男子。

「我去。」

剛才的海曹再度提出要求，雖然長門有點擔心下屬只穿著工作服，沒有穿救生衣，但還是同意了。

「好，下去吧。」

海曹沿著艦體旁的繩梯來到海面附近，然後跳了下去。

「在這裡！救命啊。」

男人不顧一切地大叫道。

海曹游到男人身旁，男人撲過來緊緊抱住了他。他抱著男人，巧妙地游到艦旁。在海面附近等待的艦組員用繩梯把男人拉了上來，用毛毯裹住了他。

「目前已經用救生艇去營救其他人了。」

長門激勵著他，大家合力把因為寒冷和恐懼而發抖的男人抬到了軍官室。

等在軍官室的補給長讓男人沖完澡後，遞上了熱咖啡。然後向男人詢問了狀況，並找來船務士花卷做記錄。

「國潮」的艦首持續展開救助活動，事故剛發生時的慌亂已經漸漸平息。

花卷剛才和從艦橋上下來的佐川副艦長一起在指揮室撰寫事故報告，忙於通訊作業，此刻也急忙趕到軍官室。

「有沒有受傷？」

花卷關心地問，但男人沒有回答他的問題。

「我以為自己沒命了！除了我旁邊的兩個人，還有很多朋友和遊客都掉進了水裡，他們都救起來了嗎？」

男人喝了咖啡後，似乎終於活了過來，但仍然一臉驚魂未定，手不停地發抖，遲遲無法伸進艦組員提供的新襯衫袖子。

「很多朋友和遊客」這幾個字刺進了花卷的心，但他不動聲色，先問了男人的姓名和任職的公司，準備開始記錄。男人說，他是某家商社關係企業的員工。

「附近的貨船和遊艇接到聯絡後，都已經加入救助的行列。你剛才說有很多人，那艘觀光漁船上總共有幾名乘客？」

花卷接到艦橋的命令後，立刻用無線通訊和護衛艦「釧路」和僚艦「松潮」聯絡，通知他們發生了事故，並請求協助救助工作，但目前並不知道落水者人數。

「今天都坐滿了，應該有四十名乘客。」
這麼多人！花卷暗自驚訝不已。
「包括我在內，大部分都是參加員工旅行的客人。除了參加大島環島旅行的團體以外，還有不少是參加週末露營的家庭，這麼大的海上，竟然會發生碰撞事故！」
男人雙手捧著咖啡杯，漸漸開始生氣。
「我很擔心其他同事，請你幫我問一下他們的情況。」
「我馬上去調查。」
花卷正準備回指揮室用無線通訊聯絡，這時，兩名制服上有著二等海上保安正肩章的男人一臉嚴肅地走了進來。
「我們是海上保安廳。」
他們應該是搭巡視艇趕來潛艦，但花卷看到他們突然造訪，忍不住嚇了一跳。
「他就是『國潮』救起來的乘客嗎？」
「對，目前還發現另外兩名落海者，救生艇已經趕往救助，剛才接到聯絡，已經救起一人，另一人交給了附近的貨船。」
花卷回答完之後，又問那兩名保安官：
「聽這位先生說，觀光漁船上有四十名乘客，目前救起了多少人？」
「十三人，這位先生是第十四人。」

保安官用嚴肅的口吻說道，問了那個男人姓名後，看著記事本上的內容說：

「你們公司打電話來確認你的安危，我們也有事要請教，可不可以請你跟我們同行？」

兩名保安官推開花卷，小心翼翼地從兩側扶著男人站了起來，拎著裝了溼衣服的塑膠袋，推著男人的屁股，讓他走上梯子。

「花卷二尉，五島船務長要我轉告，他要去艦橋上，請你在上甲板指揮。潛艦要暫時留在現場海域，所以由我在指揮室值更。」

年輕的水雷士對花卷說道。

「艦長呢？」

「正在電信室和相關部門聯絡。」

「好，那這裡就交給你了。」

花卷來到上甲板。

剛才聽說海面上都是浮游物，但目前似乎已經大致清理完畢，浮著柴油的海面波濤洶湧，吹在臉上的北風又冷又痛。

他定睛巡視周圍，但已經看不到落水者的身影。他仰頭看向艦橋，發現佐川副艦長已經站在那裡，五島船務長和其他人也都在艦橋上。

暫時沒有任務的艦組員都站在左右兩側的圍殼舵上，和寬度不到兩公尺的狹窄甲板上注視著海面，負責救難工作的貨船和遊艇停在不遠處的海域，「國潮」雖然只救起三名乘客，但花卷從和僚艦的通訊中，得知那兩艘船救起了不少落水者，所以忍不住露出感激的眼神。

直升機不停地在頭頂上飛來飛去，不知道是不是媒體的直升機，噪音很大聲。

已經傍晚六點多了──。碰撞事故發生至今已經兩個半小時，灰色的天空和大海的界線漸漸模糊，什麼都看不到了。目前只能從可以看清海面的艦橋和圍殼舵持續進行海面上的搜索，花卷對上甲板的艦組員下達了解散的命令。

艦組員依依不捨地一個、兩個離開，花卷是留在上甲板唯一的幹部。

「真冷啊，難以想像現在是夏天。這件衣服給你披在身上，我要下去了。」

機械室的資深海曹脫下自己身上的夾克交給花卷。花卷道謝後，穿在白色短袖制服外，頓時不再覺得那麼冷了。

這時，一架媒體的直升機低空飛來，從窗戶探出身體的攝影師不斷按著快門。事故發生後，潛艦上幾乎無法收到任何消息，所以不知道整體狀況，但從直升機的情況判斷，應該是一起重大事故。

花卷突然想到，為什麼松坂既不在指揮室，也不在艦橋上，完全不見蹤影？剛才聲納員犬丸來到指揮室時偷偷告訴他，隊司令松坂聽到發生了碰撞事故，嚇得腿軟了，正躺在床上休息。怎麼可能有這種事？這種時候不是應該走上艦橋激勵艦長，帶領艦組員處理意外嗎？

花卷想起松坂隊司令自信滿滿的傲慢態度，對操艦也有獨特主張，難以想像他會嚇到腿軟，忍不住搖了搖頭。

然而，這次碰撞事故造成的衝擊正在以艦組員意想不到的方式持續擴大。

第三章

碰撞事件

事故翌日的星期天，報紙和電視都大肆報導這起事故。

海釣船在東京灣和自衛隊潛艦碰撞後沉沒！

一人死亡　二十九人下落不明

海上自衛隊史上最大、最嚴重的事故。

報紙頭版縱橫都是巨大的標題，社會版的標題更加聳動。

「啊，潛艦！」隨即發生碰撞

救命！暑假的海上慘叫聲四起

標題的下方，是漂泊在現場海域的「國潮」，以及被救起的釣客憔悴身影的照片，以及相關的報導。

二十二日下午三點三十八分左右，神奈川縣橫須賀港海上三點二公里處，海上自衛第二潛水隊群所屬的潛艦「國潮」（兩千兩百五十噸）結束展示演習後準備回港，和總公司位在橫濱的大和商事名下的大型海釣船「第一大和丸」（一百五十四噸）發生碰撞，釣船不到兩分鐘就沉入海中。根據海上保安廳等相關單位的調查，釣船上共有四十八名乘客和船員，十九人被油輪等救起，其中一人在晚間十點過後死亡，其他二十九人至今仍然下落不明，目前的安危令人擔心。

潛艦「國潮」在相模灘結束訓練後，當時正和其他參加的艦船一起返回橫須賀港，釣船「第一大和丸」也正前往伊豆大島。

第三管區海上保安總部成立了海難對策總部，向「國潮」的筧勇次艦長（四十一歲），以及救起的「第一大和丸」的安藤茂船長（三十歲）瞭解情況到深夜，釐清事故的原因。

被救起的其中一名乘客在被救護車送往自衛隊橫須賀醫院時，穿著溼衣服，情緒激動地說——

我當時在交誼廳休息，聽到有人叫著：「有一艘難得一見的船，是潛水艇。」我帶著孩子（小學五年級）走去甲板，隨即聽到「咚」的一聲，釣船受到強烈的撞擊。

釣船在轉眼之間就開始左傾，我慌忙用旁邊浮標的繩子綁住孩子。船上的人都慌了手腳，擠成一團，我和孩子也失散了。我掉進海裡，尋找孩子的身影，發現他在五十公尺前方的海面載浮載沉，有幾個女人都在搶我孩子抓著的浮標，大聲喊救命。剛好有保麗龍漂了過來，我拚命抓住，游到孩子身旁……。

文章的左側有兩排失蹤乘客的姓名、地址和照片。

小澤賴子反覆看完兩份報紙後，又盯著電視上的新聞報導，心裡感到很難過。

賴子住在離澀谷車站附近鬧中取靜的住宅區，擔任會計師的父親清晨出門和客戶打高爾夫，母親正在準備早餐。平時賴子都會幫忙母親，但今天她緊盯著不斷播報海難新聞的電視，所以母親獨自一人在準備。

「咦？姊姊，妳怎麼還在看電視？」

就讀大學三年級的弟弟帶愛犬散步回來，站在鋪著草皮的院子內問道。雖然發生了重大事件，但小澤家仍然是一如往常的週日景象。

「鐵弟，看樣子姊姊不會幫你準備早餐了，那就由我來吧。」

弟弟浩史穿著T恤，從露台走進屋內後，把狗食裝在盤子裡，遞給跟著他進來的鐵弟。那是注重血統的父親經過精挑細選後帶回家的柴犬，最近剛滿一歲，尾巴終於可以捲起。集小澤家寵愛於一身的鐵弟做出「伸手」、「還要」的可愛動作後，聽到浩史說：「開動吧」，立刻低頭吃了起來。

浩史看著鐵弟，一屁股在賴子坐的沙發旁坐了下來。最近他長高了不少，再加上籃球隊的訓練，所以身上有不少肌肉。

「妳看得真專心，竟然放棄每天早上的長笛練習。耳根清靜固然不錯，但該不會是妳朋友發生了意外？」

浩史拿起報紙，看著失蹤者的照片。他們姊弟感情很好，所以浩史真的在為她的擔心。

「不是啦……」

「那妳為什麼這麼緊張？」

浩史越發不解地問。

「歐姆蛋做好了。」

「這就過去。」聽到母親的叫聲，浩史回答後，走去餐桌時生氣地評論起來。

「自衛隊超過分，是不是以為海洋都是他們家的，所以總是盛氣凌人地把小船踢開，看了就火大。」

根據報紙和電視的報導，的確讓人覺得潛艦的行為很傲慢，但賴子記得花卷朔太郎就是在這艘「國潮」上工作。半個月前，剛好在附近的公園路上巧遇他，在咖啡店聊天時，花卷還曾經提到這次的展示演習。他說今年報名參觀已經截止，所以已經來不及了，但每年都會舉行，所以希望賴子有機會去參觀。

她和花卷只見了三次面，而且見面的時間都很短，但她周圍沒有這種富有見識又謙虛的男人，所以對他留下了不錯的印象。

至今為止，賴子身邊不乏追求者，但有的是只想到自己的利己主義者，有些人雖然高談闊論理想和夢想，卻可以明顯感受到浮誇，讓人感到掃興，即使在一起時也覺得很無聊。

花卷對自己身為海上自衛隊潛艦員的工作充滿使命感，雖然他說話時有點結巴，但他娓娓的訴說中充滿信念，對賴子而言是新鮮的驚喜，忍不住受到吸引，覺得想繼續和他聊天。正因為如此，所以寄了下個月在上野文化會館舉行的音樂會入場券。

照理說，超過兩千噸的大型潛艦應該避讓一百五十噸的釣船，如果因為沒有避讓造成了碰撞事故，或許正如弟弟所說，自衛隊的確有某些令人詬病的部分。

不能一直坐在這裡看電視。正當她準備站起來時，電視上出現了身穿白色制服和灰色工作服的艦組員站在甲板上的畫面。她已經多次看過這個所有人凝望著黑暗大海的畫面，但在下一剎那，特寫鏡頭拍到了一個在白色制服外，穿了一件夾克的年輕隊員。賴子忍不住倒吸了一口氣。那名隊員戴著帽子，所以看不清楚他的長相，但她忍不住在心裡叫了一聲：「花卷先生……」

「都冷了，趕快來吃吧。」

母親再度催促道。畫面在數秒後就消失了，主播開始報導搜索行動。

當她坐在餐桌前，母親拿著叉子，皺著眉頭說：

「那些遇到事故的人一定很害怕，幸虧爸爸的興趣不是釣魚。」

「爸爸以前說過，那些人很沒常識，應該藉由這次機會徹底反省。」

浩史也點著頭。賴子考慮著要不要告訴他們花卷的事，但最後還是沒有說，默默地繼續吃早餐。

防衛廳川原廳長一百八十三公分，九十公斤的龐大身軀靠在太陽旗前的黑色皮革椅子上，滿腔的怒氣仍然難以平復。西山事務次長恭敬地站在辦公桌前。

「你是第一個從防衛廳拔擢上來的次官，所以我對你抱有期待，沒想到竟然發生海上自衛隊史上最嚴重的慘劇，這難道不是紀律鬆懈造成的結果嗎？」

他的語氣越來越嚴厲，響徹了整個辦公室。

「恕我督導不周。雖然平時一再教育自衛隊員，在緊要關頭時，為了保護國民的生命和財產，必須不惜犧牲自己的生命，但真的沒想到會發生這種事。太遺憾了，說句心裡話，至少希望他們有穿上救生衣跳入海中的氣概。」

防衛事務次長向來都是由大藏省或警察廳等其他省廳的人空降擔任的職位，這次終於從內部拔擢的是防衛廳內最精明能幹的西山。

「聽說記者都在吵，說艦長沒有召開道歉記者會，他目前人在哪裡？」

「艦組人員都留在已經入港的艦內，已經請橫須賀總監部負責調查工作。」

「國潮」昨天晚上留在事故發生的海域，在筧艦長的指揮下繼續搜索遇難者，今天清晨回到了橫須賀第五碼頭的錨地。這段期間，只有副艦長佐川三佐離艦。他搭著司令部派出的內火艇（有小型引擎的船）前往司令部說明案情，翌日凌晨一點多才回到艦上。

晚上十一點多，海上保安廳的人前往「國潮」，在軍官室對艦長進行偵訊。一旦強制傳喚海上潛艦的艦長，萬一在這段期間發生意外，海上保安廳方面就必須負起責任，所以可能是為了避免這種情況，也可能是基於對海上自衛隊的尊重。

「根據直接偵訊『國潮』艦長的海上幕僚長[5]的報告，筧艦長對造成多人喪生感到不安，但認為自己在操艦方面並無疏失。」

「但對方漁船船長在海保的長時間偵訊中主張，是因為『國潮』應該避讓，卻沒有避讓造成的碰撞，真相到底如何？潛艦隊向來對很多事聲稱是機密事項，對自衛艦隊司令部和防衛廳有所隱瞞，但日後萬一發現不利證據，反而很難處理。」

媒體報導，相較於筧艦長在「國潮」上接受偵訊，觀光漁船的船長被帶往海上保安廳總部，一把鼻涕、一把眼淚地接受了嚴格的偵訊，所以輿論已經開始抨擊自衛隊享有特權。

「正式的記者會將在明天由海幕長在防衛廳舉行，昨天晚上，潛艦隊幕僚長沒有經過深思，對部分媒體的談話中似乎承認『國潮』方面也有疏失，已經立刻請他更正。今後將面臨海難審判和橫濱地檢署的偵查，所以要特別慎重——」

西山次長小心謹慎，沒有繼續說下去。

「這樣很好，無論媒體再怎麼吵，絕對不要讓艦長曝光。」

川原廳長從椅子上站了起來，凝視著辦公桌後方的太陽旗。目前正值國會會期，將無可避免地遭到在野黨的攻擊。他已經做好了心理準備。

「我瞭解了。教育訓練局長也希望代表防衛廳，直接向艦長瞭解情況，但我說服他等第一大和丸打撈上岸後再說。」

除了事故發生當晚，今天一大早也派出五十架直升機和搜救船，以及超過一百名潛水員到案發現場展開搜救工作。

「漁船沉船的位置確定了嗎？」

「對，目前已經接獲報告，巡邏船『靜寂』的遠距操控水中無人偵測機，在水深五十公尺處的海底發現了甲板朝上的第一大和丸，找到了五具屍體。明天下午將使用打撈船展開打撈作業，在完成船內排水和清查作業後，將進一步搜救下落不明的乘客。」

「不能從早上開始嗎？明天就是案發的第三天了。」

「因為需要特殊的技術，所以必須使用有相關技術的打撈船，無法立刻進行。」

西山次長語帶歉意地說道。川原廳長再度坐在椅子上，重重地嘆了一口氣，抱著腦袋想了一下。

「你們這些官員和自衛官都不懂得隨機應變，或者說不懂得通融……如果我早一點從老家回來，就會站在第一線帶頭指揮，情況應該不至於這麼糟糕。」

他又重複著這些說了也無濟於事的話。

川原廳長第一次入閣，事故發生當天的星期六，他回到石川縣老家，下午四點多時才接獲事故發生的報告。雖然想立刻趕回東京，但七點半才有小松機場往羽田機場的班機，所以九點多才回到防衛廳，將近十點左右才接到正在中央指揮所的西山次長的報告。他還沒有充分瞭解情況，

5. 幕僚爲輔佐指揮官的高階武官，和參謀的意思相近，幕僚長可理解爲「參謀長」。

作出相關指示，就在深夜被叫去首相官邸。

竹本首相因為前一天出席自由黨的夏季講座會，順便去輕井澤休養，所以晚上十一點多才趕回官邸。因為首相也剛好不在東京，所以問題還不算最糟糕，但竹本首相和大淵官房長官兩人輪流發問，讓川原無力招架，不時需要同行的海幕長補充說明。當時，川原表達了將在翌日早晨前往搜救現場的熱忱，但向來走溫和路線的竹本首相露出國民絕對無緣看到的冷酷表情說：「防衛廳長眼下的首要任務，是全力指揮搜救工作，查明事故原因。」

如果發生在遙遠的外國海洋上也就罷了，這次竟然在離永田町只有咫尺之距的東京灣發生海難事故，並且造成眾多民間人士死亡，將無可避免地對內閣造成極大的衝擊。川原看到首相擔憂的表情，做好了辭職的心理準備。去年十一月接任防衛廳長一職至今才短短八個月，他當然感到心有不甘。

「我一直在懊惱，如果你們稍微動點腦筋，不知道該有多好。小松機場旁就是航空自衛隊的基地，只要向他們說明情況，不管派一架偵察機還是直升機給我都沒問題，這麼一來，我就可以提前趕回東京，前往搜救現場指揮。難道你不覺得嗎！你們這些官員和自衛隊的人只注重規則和前例，只懂得縱向思考嗎！」

川原廳長似乎越說越氣，像瓦片般有稜有角的臉脹得通紅，用力握著拳頭，指尖都陷進肉裡。西山次長只能沉默不語。

事故發生三天後的七月二十五日，所有報紙都以頭版頭條新聞報導了防衛廳川原廳長表達辭意的消息。

各報的社會版也大篇幅報導了被救往醫院的船難倖存者舉行的記者會。

大喊「救命」

「國潮」無動於衷

對潛艦的憤怒吼聲沸騰

目前住在自衛隊橫須賀醫院內的受害者，紛紛強烈指責潛艦「國潮」在事故發生後的搜救行動。

因為抓住了救生圈幸運獲救的坂井春子（十九歲）在醫院內看電視後，得知海幕長聲稱「潛艦的操艦並無疏失」後，氣得渾身發抖地說：「自衛隊全都在胡說八道！」

「除了我以外，還有很多人都喊著『救命』，但漸漸失去了體力，消失在海浪中。我也對著他們大叫：『你們這些人到底在看什麼？為什麼不來救我們？』但他們只是看著海面，完全沒有任何行動。」

坂井小姐在海上漂流了十五分鐘左右，被附近油輪用救生艇救起。她語帶顫抖地說，在她被救起之前，潛艦艦員聽到了她和其他落海者的求救聲，卻袖手旁觀。

另一位男性（四十二歲）也義憤填膺地指責：

「艦組員只是叉手看著我們，雖然近在眼前，卻連救生圈都沒有丟一個下來，我原本還以為是聽不懂日文的外國人，所以就用英文大叫『help me』。自衛隊竟然對民間人士見死不救，不如早日廢了吧。」

事故發生四天後的七月二十六日正午前，和東洋交響樂團的成員一起搭機來到札幌參加公演的小澤賴子，雙手抱著裝了長笛和舞台服裝的行李袋走向出口。六十名樂團成員帶著大小不一的樂器走在機場內，吸引了其他旅客好奇的眼神。

因為前往飯店的遊覽車遲到，要在機場等候三十分鐘。樂團團員聽到這個消息，紛紛咂著嘴，有人走去自動販賣機買飲料，有人走去廁所。

賴子為和她關係不錯的大提琴手和雙簧管手看著樂器，張大眼睛、豎起耳朵聽著從天花板懸下的電視正在播報的新聞。

「事隔八十三小時後，打撈船終於將第一大和丸打撈起來，船內發現了二十具屍體，已經送往相關單位。」

隨著畫面出現，傳來主播激動的聲音。大型特殊怪手吊起了第一大和丸，船身流下大量海水，畫面上出現了船尾被嚴重擠壓的特寫鏡頭。

所有遺體都送往海上自衛隊橫須賀地方總監部，傷心欲絕的家屬將在那裡迎接親人的遺體。

「家屬抱著用毛毯裹住的屍體問，是不是很痛苦？是不是很冷？這樣的畫面令人為之鼻酸。」

主播說完後，一旁的名嘴補充說，罹難者全都是溺水而死，沒有發現任何外傷或是骨折的情況，然後再度發表了強烈的抨擊。

「但是，『國潮』在發生碰撞之後，沒有直接和附近的民間船隻聯絡，而是透過遠處的海上自衛隊艦艇，向上層組織的司令部請求救援，實在太令人驚訝了。他們完全沒有透過無線通訊發出遇難訊號，也沒有打信號彈，更沒有用擴音器呼籲鄰近船隻救援，捨棄近鄰，向遠方自家艦艇求助的做法很可能耽誤了救援工作，造成這麼大規模的傷亡。這起事件充分暴露出潛艦的隱密路線大有問題。」

賴子完全同意主播和名嘴的意見。

花卷曾經很謙虛地說，當初進入防衛大學，只是因為喜歡游泳這個單純的動機。果真是這樣嗎？花卷看起來很單純，難道也只是言行不一的膚淺之輩嗎？遭到背叛的痛苦讓賴子的一雙大眼睛中含著淚水。

＊

七月二十九日。發生碰撞事故至今已經一個星期。

天色矇矇亮起，「國潮」仍然停留在橫須賀基地的第五碼頭。艦組人員除了維修機械和裝備品以外，並沒有其他事可做，當海上保安廳的第一波調查告一段落後，除了幹部以外的六十多名艦組員終於能夠以三組輪流的方式上岸回家，但幹部仍然必須置留在艦內，每天都有人被叫去海上保安廳接受偵訊。

「早安。」

操舵員山本二曹沿著上甲板中部艙門的梯子來到指揮室。

「早安。這麼早就回來了，孩子不知道你離開了吧？」

剛好在指揮室內的朔太郎回答。

「孩子年紀還小，問題還不大，但老婆在我面前大哭，說艦上有七十幾名艦組員，竟然沒有人去救落海的人，身為艦員的妻子，她感到無地自容。我把事實告訴了她，她又開始生氣，說媒體為什麼總是把自衛隊污名化……。先不管這些，昨天的晚報又大肆抨擊我們。」

山本二曹遞上報紙。

「不好意思，我已經不想看了。」

花卷搖了搖頭。

「你們難得可以回家，卻不得不在天黑之後才離開這裡，趁天還沒亮就回來，全都是因為媒體脫離常軌的報導造成的，老實說，我已經不在意他們亂寫什麼了。」

朔太郎抿起了好勝的嘴角。

「你說得沒錯，但我認為這篇文章必須要看一下。」

操舵員山本十分堅持。

值更的艦組員一個、兩個聚集過來。山本是艦上最熱血的操舵員，但此刻眼中露出了哀傷。原本不願意再看媒體報導的花卷忍不住看向他遞過來的報紙。

操艦技術令人不敢恭維

第一大和丸船長指責潛艦

社會版頭條刊登的這篇採訪報導旁，刊登了有著一頭像是天然微鬈頭髮的安藤茂船長戴著淺色墨鏡的照片。

——請問你目前是怎樣的心情？

我要再度向因為信任船長而搭上第一大和丸的乘客致歉，雖然我努力到最後的一刻，但以結果來說，這些乘客還是因我而死。

——請問你有什麼話要對罹難者家屬說？

我會親自前往悼念罹難者，當面向家屬致歉。一旦看到那種東西（潛艦），就不必管什麼海上碰撞預防法的規定，為了保護船上的乘客，應該先逃再說。

——請問你被貨船的橡皮艇救起後，為什麼想要再度跳入海中？

因為身為船長的我既然已經獲救，當然想要多救一名乘客。

——事故發生之前，看到「國潮」時為什麼會減速？

因為只是不假思索地減速讓他們，一旦遇到「軍艦」，民間的船隻只能這麼做……雖然這種慣例很莫名其妙。

——所以，第一大和丸有優先權嗎？

當然啊，但在東京灣，「軍艦」向來不避讓，但沒想到開到我們面前時，突然避讓了，我只能說，那個艦長太缺乏經驗了。

——日後進入海難審判階段，可能會追究各種責任。

我相信海保所做的一切。為了協助海保查明原因，我有問必答，也盡力提供了協助。我的駕駛絕對沒問題……

花卷看完之後，直覺地感受到安藤船長背後的影子——八成是律師。因為他之前的一味道歉，如今突然開始抨擊「國潮」。花卷對山本說出了自己的感受。

「你果然這麼認為嗎？」山本二曹說，「對日本來說，自衛隊到底是什麼？簡直把我們當成了國賊……」

說到這裡，懊惱的淚水在他眼眶中打轉，其他艦組員也都溼了眼眶。雖然潛艦艦員是從四萬名海上自衛隊成員中，精挑細選出來的百分之五菁英集團，但無法獲得社會認同的狀況仍然持續，令他們懊惱不已。

八月十一日——。事故發生至今已經二十天，中元節也快到了。

「國潮」仍然停在第五碼頭。

潛艦的錨地位在美軍基地內，水上艦的艦組員不太願意進入基地，其他潛艦的艦組員也會避免靠近。在積雨雲滾滾湧現的夏日天空下，「國潮」孤單落寞的影子越來越深。

「啊，那就是『國潮』啊！」

一群身穿工作服，搭小巴士來到基地內的中年女人肆無忌憚地走了過來。她們是在美軍基地負責打掃工作的清潔工。「國潮」前方雖然拉著黃色和黑色相間的封鎖線，但她們毫不在意，鑽過封鎖線走了過來。

「潛艦那麼牢固，沒想到還凹了這麼一大塊，可見當時真的亂來。」

「所以那艘漁船被撞之後，馬上就沉沒了。啊，太可怕了。」

她們好奇地打量著露出海面的艦首損傷部分，七嘴八舌地議論著。

在上甲板站崗的年輕海士聽了很生氣，大聲驅趕她們：

「這裡禁止進入，不是拉起了封鎖線嗎？」

那幾個清潔工一臉快快不樂，故意大聲叫囂，態度不要這麼惡劣，引發那麼可怕的事故，有什麼好神氣的。一群人氣鼓鼓地坐上小巴士揚長而去。

花卷剛好從艦內來到上甲板，目睹了這些清潔工肆無忌憚的樣子，忍不住咬著嘴唇。不光是這些在美軍基地內工作的清潔員，他去陸上的司令部報告時，每次和其他潛艦艦組人員擦身而過，對方就會巧妙地避開。潛艦艦員都有點迷信，很擔心發生事故的潛艦艦員身上的衰神上身。

花卷被海上保安廳傳喚，正要前往接受偵訊。這已經是第二次了。

被稱為「海上警察」的海上保安廳並不屬於警察廳的管轄範圍，而是隸屬運輸省，包括運輸大臣在內，運輸方面相關政治人物的想法都會影響第一線處理問題的態度，經常令艦組員欲哭無淚。

不知道今天又會問什麼？又要重複問相同的問題嗎？光是這樣也就罷了，如果被指出和其他艦組員證詞的出入，或是被懷疑「國潮」上所有人都在隱匿事實，更令人感到不堪。

因為規定要穿便服接受偵訊，所以他穿了一套薄質羊毛西裝，配上深藍色領帶。雖然這身打扮比較不引人注目，但在身穿制服的海保職員面前，還是感覺自己矮了一截。

花卷在門口攔了計程車，告訴司機前往海保的巡邏船停泊的長浦港。因為並不是在橫濱的保安總部進行偵訊，而是在潛艦停泊基地對面那座山後方，停靠在四公里外長浦港的巡邏船上進行。

聽著計程車內廣播播放的音樂，他突然想起了小澤賴子。

在澀谷公園路的二手唱片行找到的那張巴赫唱片轉錄到錄音帶後，他在艦上反覆聽了好幾次，有時候甚至陷入一種錯覺，覺得那是賴子親自吹的旋律，情不自禁地思念她的臉、她的身影。

雖然賴子寄來了東洋交響樂團在上野文化會館舉行的演奏會，但花卷還是無法前往。他在透過司令部轉到艦上的郵件中，發現了賴子寄來的信，但裡面只有入場券和印刷的邀請函，並沒有任何她手寫的片言隻字。雖然花卷知道自己該寫信道謝，並說明無法前往聆聽的理由，但他不知道該說什麼。賴子看到報導後，也許會輕視自己，覺得自己是一個滿嘴仁義道德的虛偽小人，但現在的他無意辯解。

長浦港以前是前海軍的港口，目前由海上自衛隊、海上保安廳和民間船舶公司共同使用。花卷抵達時，只有遠方對岸停了一艘護衛艦。

花卷在烈日下，沿著海岸旁的路走向停靠在後方棧橋旁的海上保安廳的巡邏船「伊勢」。凹凸不平的柏油路上還可以看到貨物列車支線的鐵軌，聽說戰前透過這些貨物列車，把各種物質搬進海邊各倉庫。長浦港後方就是山，交通很不方便，如今只見零星幾棟屋頂的鐵皮已經生鏽的房子和修船的小屋，到處雜草叢生，人影稀疏，簡直和廢墟沒什麼兩樣。

眼前的景象對即將接受偵訊的花卷來說，無疑也成為一種壓力。他在碼頭角落擦著汗，停下腳步彎腰擦去皮鞋上的灰塵時，看到周圍的舊纜繩和舊輪胎，心情更加沮喪了。

「請問你是『國潮』船務士的花卷先生嗎？」

突然聽到說話的聲音，花卷驚訝地抬起頭，看到一個比他稍微年輕的男人滿頭大汗地站在那裡。

「我是神奈川新報的記者。」

那個社會部記者遞上了名片。花卷之前就曾經聽說有報社記者埋伏在這裡，想採訪來海保接受偵訊的「國潮」艦組員。

「我現在要去接受偵訊，所以無法回答任何問題。」

花卷沒有接過名片，用力瞪了記者一眼。眼神中充滿了不知道會被記者寫什麼的警戒，和對目前那些報導的憎惡。

甩開記者後，他快步走向前方棧橋旁的海保巡邏船「伊勢」。那是一艘兩千噸的大型船。周圍戒備森嚴。兩名掛著警備救難部名牌的職員一看到花卷，立刻一前一後地帶著他走上舷梯，然後由另一名職員把他帶進船內。經過一條從大型船外觀難以想像的狹窄走廊，來到一個小房間。

小房間內的天花板很低，管線都露了出來，只有一張鐵桌、兩張有扶手的椅子和另一張沒有扶手的椅子。花卷從上次的經驗知道，沒有扶手的椅子是被當成嫌犯的自己坐的位置。花卷檢查了自己的衣服是否凌亂。不久之前，還為因應突發魚雷戰和追蹤蘇聯核潛艦繃緊神經的訓練日子一下子變得很遙遠。

門外傳來咳嗽聲，和上次一樣，兩名身穿制服的人走了進來。三十多歲，個子不高，戴著眼鏡的人是三等海上保安正，比他年輕五、六歲，個子高大的人是一等海上保安士。如果在海上自衛隊，三等保安正相當於三尉，一等保安士相當於海曹。

「我們分成五個小組，連續多天偵訊各位，但你們各說各話，讓我們很傷腦筋。你的證詞對照之後其他人的證詞後，也發現很多出入。」

三等海上保安正戴著眼鏡的雙眼注視著花卷。

「因為事故發生得很突然，包括我在內的艦組員都慌了手腳，要回憶每時每刻的正確行動，記憶很可能模糊不清……」

花卷解釋道。

「事故都是突然發生才稱為事故，聽說海上自衛隊的潛艦艦員平時進行各種訓練，因應各種突發狀況，你們這些潛艦艦員不是海自內首屈一指的菁英嗎？」

三等保安正語帶挖苦地說道，花卷沒有回答，一等保安士在一旁打開厚實的筆錄卷宗問道：

「花卷先生，你上次說，在碰撞發生時，你在指揮室擔任值更官助手，值更官助手負責哪些工作？」

他顯然是明知故問。

「確認艦位數據、雷達數據以及其他相關數據，在航運上輔佐值更官。」

「比方說，像這次進入浦賀水道駛向橫須賀時，具體要做什麼？」

一等保安士又重複了和上次相同的問題。

「首先透過潛望鏡以陸上物標為基準確定方位，傳達給航海科員，由航海科員在海圖上記錄艦位。除此以外，還要用潛望鏡負責觀測，把相關資訊提供給雷達員，還有其他所有航海相關的事務也屬於我的任務範圍。」

「事故當時的時間帶，原本應該由值更官擔任船務長，但因為水雷長最近要升任船務長，為了訓練，所以讓他站在艦橋上，對嗎？」

「沒錯。」

「潛艦上經常有這種情況嗎？」

「對，如果不用這種方式訓練，一旦正式擔任職務時，無法及時做出適當的指示，所以會在事先多次訓練。」

花卷回答。

「你上次的證詞中提到，在看到第一大和丸之前，看到了遊艇，具體時間是什麼時候？」

戴著眼鏡的保安正雙手放在椅子的扶手上，探出身體問道。

「應該在十五點三十四分到三十六分之間，我立刻通知了雷達員，雷達員向艦橋報告發現了遊艇。」

「之後呢？」

「為了確認遊艇是否發現本艦，我用潛望鏡看了對方，發現掌舵的人並沒有看向這裡的方向，但甲板上的人一直看著我們，所以把潛望鏡轉向艦首，在轉到右舷前時，發現了漁船。當時並不知道船名，但在碰撞後，得知是第一大和丸。」

「你有沒有通知別人發現了大和丸？」

「我通知了雷達員。」

「請你再詳細說明一下當時的情況，因為每個人說的版本都不太一樣。」

花卷再度重複了上次已經說過的事實，他看到保安士在對照當時的筆錄。

原本以為自己在潛艦多年，早就適應了黑暗狹窄的空間，但被眼前這兩個人輪流問話，努力回想當時的正確情況時，還是感到很有壓力。當他努力正確回答時，不發一語地聽著他陳述的保安正開了口：

「在下達停止命令，然後又加速前進之後呢？」

他突然問了之後的事。

「呃，我連續聽到了短一聲、右舵滿和停止的命令，沒多久又聽到原速後退和後退滿的指令。我們當時在指揮室，不瞭解外面的狀況，所以聽到這一連串的命令，以為是針對遊艇，所以我再度尋找遊艇，只是有點忘了是在三十六分測定艦位之前還是之後，總之遊艇相當接近，我還忍不住說了聲『別做這種危險事』。」

「之後呢？」

「在這一連串的動作之後不久，聽到艦橋上傳來緊張的聲音，只聽到有兩、三次不知道是『右舵滿』還是『後退滿』，聲音很急迫。因為之前的一連串動作都很平靜，雖然艦橋上傳來的聲音很緊張，但操舵員確實執行了命令，所以我在回答時也有點納悶，為什麼一直重複相同的命令。這時，我看到艦舵向右打滿，艦體開始震動，我知道開始後退了。」

「當時你有沒有看時間？」

正在記錄的保安士突然問道。花卷立刻閉了嘴，他在思考為什麼要問這個問題，但保安士立刻催促他。

「我記得在值更交接的十四點三十分確認了指揮室的時鐘，但之後應該沒有看。」

他回想起指揮室那個螢光的掛鐘回答道。

「你怎麼知道和漁船發生碰撞？」

戴著眼鏡的保安正追問。

「聽到發出命令的聲音很緊張，我就覺得奇怪，原本去艦橋的五島船務長剛好走到我旁邊，所以就請他看潛望鏡。船務長把潛望鏡轉向艦首的方向，絕望地叫了起來：『我們轉右舵避讓，他們竟然轉左舵，到底在想啥啊！』不一會兒，就聽到碰撞警報，艦內廣播也傳來不知道是『發生碰撞』還是『即將碰撞』的通知，然後身體感受到一點衝擊。」

「衝擊有多大？」

「我不記得當時曾經重心不穩，或是抓住什麼東西。」

「當時是因為有人指示，所以才會測定艦位嗎？」

「船務長命令我『開始記錄』，我立刻跑到潛望鏡前，記錄了三方位。雖然我不記得是在碰撞後幾分鐘記錄方位，但我看到第一大和丸慢慢沉了下去。」

「你通知哪些單位發生了碰撞？」

「當我在記錄艦位時，艦橋傳來『趕快向第二潛水隊群司令報告，本艦和漁船發生碰撞，漁船正在下沉』的聲音，接著又聽到『向水上艦請求救援』的命令，我立刻向第二潛水隊群司令報告，並通知一起進行展示演習，剛好也在附近的護衛艦『釧路』，『本艦和漁船發生碰撞，請求援助』，對方都回答收到了。」

「為什麼沒有想到聯絡海保呢？在事發二十分鐘後，才終於通知我們吧？」

保安正語帶責備的語氣發洩了平時不受重視的鬱悶。

「我在上次接受偵訊時，也已經為此事道歉，並不是刻意隱瞞，我們在自衛隊多年，已經養成了一旦發生狀況，就向上級報告的習慣，然後就等待上級的命令。現在回想起來，這種想法的確太缺乏彈性了。」

花卷冒著冷汗道歉著。看到他率直的態度，保安正有點洩氣，沉默不語，沒有繼續追究下去。

「對了，你記得碰撞的時間嗎？」

「船務長命令我記錄時，我聽到旁邊有人說碰撞時間一五三八，立刻把時間通知了航海科員。」

「除此以外，還有沒有什麼特別想說的？」

戴著眼鏡的保安正雙眼發亮地問。

「雖然媒體報導說我們對落海者見死不救，但潛艦艦員也是大海的兒子，絕對不可能對眼前落海的民眾見死不救。」

花卷語氣強烈地說道。

「我問的並不是這種情感的問題，你都說完了吧？」

「還有另一件事……，在發現漁船後，因為遊艇突然靠近，所以分了心，但我很後悔當時應該指示在海圖上記錄下漁船的位置。」

花卷說完，低下了頭。那並不是他事先想好要說的話，而是在接受偵訊的過程中，越來越感到自責。

這次造成三十名民眾死亡，身為值更官助手的自己也有責任……

花卷陷入了自我厭惡，甚至不知道偵訊是在什麼時候結束的，也不知道什麼時候離開了「伊勢」，當他回過神時，發現自己在烈日下走在荒涼的碼頭。

計程車來到橫須賀美軍基地的正門時，花卷請司機停車後下了計程車。美軍士兵戒備森嚴地守在大門前。

身穿迷彩服，身上佩著槍的警衛兵仔細確認了身穿西裝的花卷所出示的證件。

「Thank you, sir.」（謝謝長官。）

士兵向他敬禮。

「Thank you.」（謝謝。）

花卷點頭後小聲嘀咕了一句，走向第五碼頭。颱風快來了，上午還是晴朗的天氣，如今已經變了天，遠處雷聲轟隆，下雨前的熱風吹了過來。

從大門到「國潮」停靠的第五碼頭走路將近二十分鐘，但他希望在上艦之前，平靜一下因為接受偵訊而產生的鬱悶心情。

「Hi, hanamaki.」（嗨，花卷。）

聽到叫聲，花卷轉過頭，看到CTF-74（第七艦隊潛艦部隊）司令部的幕僚戴維・楊格大尉一身卡其色短袖襯衫和長褲向他走來。雖然那只是平時的制服，但他左胸口袋上方金色的海豚徽章，以及一整排紅、藍、黃色等鮮艷勳章略顯得格外刺眼。

「What happened? You look so tired.」（發生什麼事了？你看起來很疲憊。）

楊格看著他，似乎很擔心他的氣色這麼差。

「I am fine.」（我很好。）

花卷努力擠出開朗的笑容。

「But my wife worries about you.」（我太太很擔心你。）

花卷定期向楊格太太學英文，事故發生之後，他甚至無法通知楊格太太，自己必須暫時請假，聽到楊格太太為他擔心，他深感歉意。

「As you know, “submarine kunishio” collided with a fishing boat……」（你應該聽說了，「國潮」和漁船發生碰撞……）

他告訴楊格，目前還需要留在艦上，無法離開基地自由行動。

「We are deeply concerned about it.」（我們也很擔心。）

楊格大尉也是潛艦艦員，並沒有向他打聽事故的內情。

「Take care.」（保重。）

他用力握著花卷的手激勵他，然後走向司令部。

Take care。花卷對這句話感到格格不入，抬頭挺胸地走去潛艦的方向。因為他不知道哪裡會有人看他。

身穿迷彩服和水手服的士兵，軍用卡車和小客車在寬敞的道路上來來往往。

這裡是夏威夷美軍太平洋艦隊所屬第七艦隊的基地，第七艦隊有五、六十艘艦艇，兩、三百架戰機，約四萬名官兵，但只有航空母艦「中途島」等二十多艘主要艦艇以橫須賀為母港，戰鬥機集中在厚木基地，巡邏機集中在三澤基地，分散在四處，橫須賀基地內不太能夠感受到軍隊的規模。海上自衛隊的潛艦基地也在橫須賀港。

花卷走向第五碼頭時，一輛深藍色廂型車停在他身旁，隔著車窗，看到身穿制服的原田一尉坐在車上。原田打開了窗戶問道：

「你剛從長浦回來嗎？」

他似乎知道花卷去海保接受偵訊的事。

「對，我剛回來。」

看到車上還有幾名幹部，花卷立正後回答道。

「剛好，你告訴我一下是什麼情況。」

原田說完，對車上的人交代了幾句後下了車。花卷覺得無論是他頭上的白色帽子，還是身上的制服，和自己身穿便服的邋遢樣子相比，有一種迥然不同的凜然，讓人看得著了迷。

原田大步走向他，在他耳邊小聲地說：

「走在基地內，別露出一副好像幽靈的表情。」

花卷今天穿著西裝，所以走路時特別抬頭挺胸，沒想到剛才的楊格大尉，似乎也看透了他的內心，令他忍不住嚇了一大跳。

「先去軍官俱樂部喝一杯再回去。」

原田說完，攔下了剛好經過的計程車，把花卷推上了車子。

美軍基地內除了餐廳以外，還有學校、醫院、超市、網球場、棒球場和住宅，儼然形成了一個小城鎮。

推開軍官專用餐廳厚實的大門，是一個插著大型鮮花的大廳，牆上掛著第七艦隊現任司令官和參謀長等五名高階將領，和日本方面同等級的司令官等五名高級將領的肖像。

原田把帽子掛在走廊旁的衣帽架上，推開了大廳深處的門。鋪著厚實地毯的寬敞餐廳內，有好幾排鋪上黃色桌布的桌子和高背椅，正前方有一個演說和現場演奏的舞台。這裡不像是餐廳，更像是宴會廳的感覺。冷氣很強，感覺有點冷。

餐廳經理微微欠身致意，原田回以瀟灑的笑容，來到服務生帶位的餐桌旁，示意花卷在對面坐下。雖然是將近下午兩點的尷尬時間，但有七、八名美軍軍官在稍遠處窗邊的座位旁用餐，花卷暗自慶幸周圍沒有任何日本籍的幹部。
「現在總不能喝啤酒吧？」
原田向來點餐的服務生點完冰紅茶後，一雙瞇瞇眼立刻露出親切的笑意。
「海保的偵訊怎麼樣？」
「又問了和上次相同的問題，我都快被他們搞昏了，但總算撐下來了。最頭痛的問題，就是他們不停地問，為什麼那麼晚才向海保通報。」
「這也難怪啊，因為你們晚了二十分鐘才向海上警察通報。」
花卷無言以對。
「聽說包括吳在內，潛艦隊目前停止了所有的作戰訓練，開始進行防止碰撞事故的特訓。」
「沒錯，要趁這個機會徹底訓練，」原田點了點頭，「所以，你們暫時還無法恢復自由身嗎？」
冰紅茶送了上來，花卷點頭說：「是。」然後用吸管一口氣喝完了半杯。他太渴了。原田目不轉睛地看著他，好像在觀察。
「你哥哥上午來這裡，我和他見了面，向他說明了情況，請他不必為你擔心。你哥哥明天要去名古屋總行參加分行經理會議，所以沒辦法等到傍晚，要我轉告你，等可以休假時，回去看看你媽媽。」
花卷很感謝原田沒有告訴哥哥，自己去海保接受偵訊的事。
「我哥哥說，光看報導，無法瞭解事故的真相，希望見面直接向我瞭解情況。我告訴他，再過一陣子，我就可以回家了，不需要為我擔心，沒想到他直接找上門來。對不起，給你添麻煩了。」

花卷低頭道歉。哥哥是中日銀行大阪分行的經理，看到ＮＨＫ不斷報導在釣船上打工的女生說「『國潮』的艦組員見死不救」，以及弟弟穿著夾克站在艦上的身影，很擔心弟弟會被追究罪責。

「家人當然會擔心得坐立難安，你哥哥很關心你，讓我也希望自己有兄弟。」

他發自內心地感到羨慕地說完，喝了冰紅茶，突然改變了話題。

「小澤賴子小姐有沒有和你聯絡？」

花卷搖了搖頭。

「那你有沒有和她聯絡？」

「沒有，我們的關係並沒有那麼熟……」

「是嗎？她看到那個畫面，應該也很受打擊。」

原田故意語帶調侃地說。

「造成三十人死亡，的確必須低頭道歉，所以也一直忍耐，但媒體只會煽風點火，不由得火冒三丈，覺得這個國家的媒體到底是怎麼回事？沒有人報導真相嗎？難道他們以為只要抨擊自衛隊，自己就成為正義的使者或是菁英了嗎？」

原田沒有回答。

「……自衛隊在日本到底算什麼？陸上自衛隊會因為被派赴救災現場，所以受到災民的歡迎，但這並不是自衛隊原本的任務。我們潛艦艦員長時間潛在海底進行警戒監視活動，對國防有所貢獻，但民眾根本不知道。」

花卷喝完杯底的紅茶，原田仍然沉默不語。

「日本在憲法上主張放棄戰爭，那些人抨擊，既然不打仗，為什麼要有二十多萬自衛隊員，為什麼裝備要搭載最先進的技術，到底有什麼必要？我對自衛隊根本就像紙老虎這件事越來越感到空虛。」

花卷把這一陣子壓抑在內心的憤怒和悲傷都說了出來。

「如果自衛隊可以參戰，你就認為有存在的意義嗎？」

「我並不是這個意思，只是無論在哪一個國家，投入國防工作的人都會受到民眾的敬愛，恐怕只有在日本會遭到嫌惡。自衛隊教隊員的事太脫離現實，自衛隊的最高指揮官雖然是內閣總理大臣，但一旦發生事故，總理大臣和官員，還有其他政治人物都只顧著明哲保身，簡直把自衛隊員當成了罪犯，這個國家的自衛隊到底是怎麼回事？」

花卷憤慨地小聲說道，以免被旁人聽到。

「我並不這麼認為。日本因為敗戰所受的重傷還在，無法在一朝一夕消除。我們必須顧慮到這種國民感情，在這個基礎上，我們必須在我們的時代改變自衛隊，讓國民能夠接受。至於某些不實報導，必須發揮耐心，在今後的海難審判和法庭上明確真相，努力讓民眾瞭解。」

原田靜靜地說道。

「學長，你不是當事人，所以可以說這些理想論，『國潮』的艦組員都快撐不下去了。」

懊惱的感覺湧向喉嚨。

「花卷，沒想到你這麼脆弱。可能太累了，恢復自由後，可以去聽聽小澤小姐的長笛。」

原田微笑著說：

「你差不多該回艦上了，太晚回去，其他人會擔心。聽說有不少艦組員因為拘禁壓力導致身體出了狀況，如果『國潮先生』也是其中之一，那就太沒面子了。」

花卷站了起來。

「對不起，學長，經常讓你擔心，但等到機會成熟，我會自己向小澤小姐說明，請你不要多管閒事。」

他之前去原田家吃晚餐時，曾經提起在澀谷巧遇賴子的事，還說會盡量安排時間去上野聽音樂會，因此很擔心原田為了他著想，主動去向賴子說明情況。

「什麼叫多管閒事？你這傢伙突然硬起來了，真讓人受不了。」

原田笑了笑說，自己要和剛才進來的美軍潛艦部隊司令部的幕僚談事情，叫他先離開。

花卷走出餐廳外，發現閃電劃過昏暗的天空中，好像隨時都會下雨。

回到「國潮」時，雨下大了。花卷換下便服，穿上了制服，走去指揮室時，一手拿著航行警示報告，正在看海圖的航海科員的海曹對他說：

「花卷二尉，剛才有好幾通電話找你。」

「誰打來的？」

他在反問時，艦內的值更員接起了電話。

「船務士，找你的電話。」

潛艦在停泊期間電話線路會接通，所以會接到各方的聯絡。

「我是花卷二尉。」

花卷接過電話。

「我是丹羽，丹羽秀明。」

電話中傳來一個傲慢的聲音。雖然很久沒見面，但花卷立刻知道對方是誰。他是老家豐田第一高中時的同窗，曾經一起在划船社流汗，丹羽從東都大學畢業後，在防衛廳工作。

「真難得啊，竟然在這種時候打電話來。」

「正因為是這種時候，才更要打電話聯絡啊。你還好嗎？」

他假惺惺地問。

「怎麼可能好啊！」

花卷想起丹羽以前在划船社時，因為他的自私行為和性格，造成了很不愉快的意外，忍不住冷冷地回答。

「我們教育訓練局的柳課長明天會找你們的艦長來這裡，你應該知道吧？」

「不，我聽你說了才知道。你打電話找我有什麼事？」

「我知道你很忙，但我必須在兩個小時內，把那個姓筧的艦長在事故發生之前的過程、原因和平時的操艦情況，以及身為艦長的資質這些事項，寫一份報告交給柳課長。你是船務士，應該對他有全面的認識。你寫兩、三頁要點給我，傳真到我的專線。相信你應該聽說了，我現在是柳課長手下的課長助理。」

花卷驚訝得說不出話。難得接到他的電話，竟然是為了交給上司的報告，要求平時根本沒有任何交情的自己提供資料。丹羽的以自我為中心似乎和高中時代沒什麼兩樣。

「事故原因等相關報告都已經交給潛艦隊司令部和海保了，沒什麼可以提供給你的。」

「如果是那些資料，怎麼可能現在來拜託你？你手上一定有某些沒有對外公開的資料，希望你看在老同學的面子上告訴我。」

丹羽盛氣凌人地說道。

「真相只有一個。我忘了幾年前，在吳的潛水隊群司令部巧遇時，你曾經嘲笑說，海上自衛隊都是一些腦袋單純的人，我們的確是一群老實到愚笨的人，不可能因為立場不同就有不同的資料，我在忙，要掛電話了。」

花卷冷冷地拒絕。

「先別急著掛電話，我手上有『國潮』竄改航泊日誌後交出來的證據。」

「竄改？」

「沒錯。在事故發生後，把碰撞時間改成對『國潮』有利的時間，把原本記錄的那一頁撕掉，又換上了新的一頁。我是在掌握這個證據的基礎上打電話給你，你就乖乖提供資料給我，這是為你好。那就等你囉。」

丹羽傲慢地說完，留下了他的傳真專線，掛上了電話。

*

上野文化會館的定期演奏會順利結束，被稱為冷夏的今年夏天也漸漸接近了尾聲。

銀座大道上的葉山樂器練習室內，傳來了長笛合奏的聲音。小澤賴子和另一名年紀相仿的女長笛手，以及伴奏的鋼琴手正在演奏《弄臣》雙長笛幻想曲。葉山樂器每月舉辦一次的「今宵音樂」企畫邀請了三位女性音樂家演出，下個月將在葉山音樂廳舉行演奏會。

三位音樂家都是容貌出眾的美女，是吸引眾多觀眾的賣點之一。另一位長笛手剛從法國留學回國，目前還是自由音樂人，富有個性的容貌和演奏風格很受矚目，是最近引起廣泛討論的新人。今年三十歲、從藝大畢業的鋼琴手是知名樂團指揮的夫人，也因此沾了不少光——。

這首樂曲中有〈善變的女人〉、〈親愛的名字〉等知名的詠嘆調，是觀眾耳熟能詳的樂曲，但也同時是靠兩支長笛演奏出華麗風格的高難度樂曲。

「這個旋律的地方，節奏可不可以稍微放慢一點？」
鋼琴手提出要求。留法歸國的長笛手把長笛從嘴邊拿了下來。
「我知道，但第一部放慢節奏，第二部獨奏的部分就很不容易換氣，聲音會出不來，對不對？」
她徵求賴子的意見，委婉地表達抗議。
「但我們還是試一試吧。」
賴子覺得鋼琴手的提議有道理，所以拿起銀色的長笛，發出開始的暗號後，法國歸國的長笛手很不甘願地一起吹奏起來。
練習室周圍有隔音牆，出入口是一道厚實的鐵門。
門悄悄打開，葉山樂器的營業部長肥胖的身體擠進門內。他坐在角落的椅子上聆聽著，以免打擾合奏的練習，當演奏完一曲後，他拍著手說：
「三位女性的合奏果然賞心悅目，入場券還沒開始售票就接電話接到手軟。」
他巧妙地稱讚後，擺出低姿態地問道：
「請問三位流行音樂的獨奏曲已經決定了嗎？」
要求古典音樂演奏者演奏流行音樂必須特別謹慎，但為了吸引觀眾，所以這次邀請三位音樂家各獨奏一曲流行音樂樂曲。
賴子決定演奏迪士尼電影《木偶奇遇記》的主題曲〈向晨星許願〉的變奏曲。當她們三個人分別報上各自的曲目後，營業部長心滿意足地摸著雙下巴記錄下來。

「三位的品味真是太好了，那就這麼決定了，我會請人製作海報。」
他向三位演奏者敲定後，又悄悄地從鐵門擠了出去。
練習結束後，另外兩個人匆匆離開了，賴子獨自留了下來，把今天剛拿到的〈向晨星許願〉的樂譜放在樂譜架上，把長笛舉到嘴邊，但想起剛才練習時，樂器中積了水分，於是拿出包了紗布的清潔棒插入管內清除水分。
她再度用力吸了一口氣，開始吹起了〈向晨星許願〉。

當你對著晨星許願時，你的夢想會成真……

賴子靜靜地吹著，情不自禁地想起了花卷站在潛艦上的身影。上個月底，去札幌公演時，剛好在機場看到電視上播出了打撈和觀光漁船一起落海的乘客遺體時的情況。當時之所以會流淚，是因為看到潛艦艦員對落海的民眾見死不救，甚至沒有向附近的船隻求救，導致三十條人命的犧牲，對此產生了憤怒，同時也對花卷感到失望。
這起事故完全消除了她之前在澀谷咖啡店時對花卷產生的好感，她暗自慶幸花卷沒有厚臉皮地去上野聽音樂會。
她想起ＣＤ中的歌詞，姿勢優美地擺動身體，盡情地吹奏著。
想要向晨星許願的自己，到底要許什麼願呢？賴子的心情無法平靜。

「不好意思……」

葉山樂器的事務員悄悄打開練習室的隔音門，叫了正在練習的賴子好幾次，但賴子沒有聽到。

「小澤小姐，有客人找！」

事務員大聲叫道，賴子才終於聽到，放下了長笛，回頭看著她。

「有客人找妳，等在樓下的樂器賣場。」

熟識的事務員告訴她。

「是誰啊？」

「這我就不知道了……另外，五分鐘後，已經有下一位練習者預約要來練習。」

事務員似乎暗示她趕快離開。賴子一看手錶，發現快三點了。

「對不起，我馬上整理好。」

賴子用清潔布擦拭長笛後，收進了盒子，把一疊樂譜塞進包裡，走出了練習室。

她在洋裝外穿了一件麻質上衣，快步來到樓下的樂器賣場，發現剛才的營業部長正在和她的父親說話。賴子想起吃早餐時提到今天要來葉山樂器練習，沒想到父親會來這裡。

「不好意思，練習到這麼晚。」

賴子向營業部長微微欠身。

「沒關係，妳真的很認真練習。音樂的世界有很多人只要稍微受到一點稱讚，就以為自己是天才，自以為很了不起。」

不知道是否因為父親小澤泰三在場的關係，他用分不清是奉承還是認真稱讚的語氣說道。

「爸爸，你怎麼會來這裡？」

泰三中等身材，不胖也不瘦，五官和賴子不太像，戴著銀框眼鏡的細長眼睛似乎可以看出他的頑固，或者說是不容妥協的性格。因為擔任會計師的職業關係，所以穿著打扮向來很素雅，總是中規中矩，今天這麼熱的天氣，也仍然繫著領帶。

「對面的紫文畫廊正在舉辦奧村土牛展，因為人情的關係，剛才去捧個場，想到妳可能在這裡練習，就繞過來看一下。」

「那真是千載難逢的好機會，爸爸，我有一件事想要拜託你。」

「什麼事？這麼突然。」

「我想要換新的長笛，剛好有很不錯的長笛，但我的存款不夠，所以正在猶豫。既然你今天剛好來這裡，那一定是緣分。」

賴子的一雙大眼睛露出女兒特有的撒嬌神情，營業部長也在一旁附和。

「我聽窗口說，下個月會有德國品牌的新商品進來，所以我向小澤小姐推薦。恕我多嘴，但我認為很適合令千金。」

「請你不要慫恿她，比起長笛，我這個當父親的更想幫她存嫁妝。」

泰三冷冷地搖了搖頭。

「辦公室在新宿黃金地段的小澤會計事務所老闆竟然開這種玩笑。賴子小姐總是用嶄新的方式詮釋音樂，演奏家和評論家也都對她讚不絕口，接下來才是她發揮本領的重要時期。」

營業部長把握機會為賴子說話，但至今仍然反對賴子走音樂路的泰三不為所動。

「爸爸，和小提琴和鋼琴相比，長笛並不算貴啊。如果你無論如何都不願意幫我買，那我要貸款，也不會找你當保證人。」

賴子也不甘示弱地表達了自己的決心。

「妳還是這麼倔強，那我考慮考慮。早知道妳要說這種事，我就不過來了。」

在金錢問題上很嚴苛的泰三苦笑著，向營業部長打了招呼後，和賴子一起準備下樓時，一個拎著沉重公事包的年輕男人微微欠身打招呼後，向他們走來。

「小澤先生，好久不見。」

「啊呀，這不是辰村嗎？沒想到會在這裡遇見你，你來買唱片嗎？」

「不，我很愛彈吉他，只是彈得不好，所以過來看看。」

他舉起手上捲起的吉他型錄後看向賴子。他看起來個性溫和，人品應該也不錯。

「這是小女賴子。」

父親向他介紹。

「這位是辰村晴彥，是美國註冊會計師，很熱門的企業顧問，也很能幹。」

賴子向對方打了招呼。

「雖然證照不容易考，但其實並沒有什麼。小澤先生，你才是厲害的高手，能夠把數字當成音符，資產負債表充滿了藝術感，真希望有機會好好討教。」

賴子曾經聽母親說，父親年輕時曾經在精密儀器公司擔任會計，因為國稅局到公司查稅，和高層發生了摩擦，離開了那家公司，然後乾脆考了會計師的證照。之後吃了不少苦，終於成立了當時還很少見的會計師事務所，目前是一家有五十名員工的中堅會計師事務所，成為各家企業爭相合作的對象，只不過據賴子在家中的觀察，父親頑固孤僻，和音符、藝術完全沾不上邊，所以第一次聽到有人提及父親的工作，忍不住有點驚訝。

「聽起來像是在稱讚我，但你把嚴謹的數字比喻成藝術，可能會招致誤會，所以千萬別再這麼說。」

父親嚴肅的臉上露出一絲得意的笑容。

「我記得你還是單身吧。整天忙著工作，一定都吃外食，改天來我家坐坐。我內人很喜歡下廚，也喜歡請人吃飯，一定很樂意為你秀幾道拿手菜。賴子，對不對？」

父親轉頭看著賴子，徵求她的同意。

「太榮幸了，那我就遵命他日造訪——」

對方歡心喜悅地回答。

走出葉山樂器行，午後的風微微吹來，透明的陽光灑在熱鬧的銀座大道上。

「爸爸，剛才是相親嗎？」

賴子早就識破了父親的計謀，忍不住偷笑起來。

「妳這麼認為嗎？」

父親面無笑容地問道。

「因為你以前也用過這一招。」

「是嗎？我忘記了，但有一個二十六歲的女兒，父親當然會在這方面操心啊。妳對辰村的印象如何？」

他注視著賴子的臉問道。

「他看起來人不錯，只是太矮了。」

賴子重新拿好手上的樂器盒，事不關己地評論道。

「這種評論太失禮了，俗話不是有一句巨漢什麼的嗎？」

「最大的問題，就是他竟然按照你的劇本走。這種人在關鍵時刻靠不住，千萬別找他來家裡吃飯。」

賴子叮嚀道。

「接下來的這段時間我要密集排練，為在關西一帶舉行的音樂會排練，今天的事真遺憾。」

「關西？」

「神戶、西宮，還有京都——」

賴子說完，指著銀座線的入口，向父親揮了揮手。

「上次才剛去札幌和小樽，這次又要去神戶、西宮和京都——，妳根本就像是在四處走唱賣藝。」

他擔心地目送著女兒的背影離開。

走下地鐵車站的階梯，賴子瞥了一眼車站內的報亭。今天似乎沒有任何報紙或雜誌刊登潛艦碰撞事故的重要報導，正當她打算走過去時，晚報的標題映入眼簾，她忍不住停下腳步。

揭開海洋女孩虛假的證詞

大型報社社會部記者的採訪令人譁然

「第一大和丸」上的海洋女孩，就是在船上商店打工的女店員，她之前接受各家報社和NHK等電視台的採訪，指控「潛艦艦組員對落海者見死不救」。雖然賴子猜想一定又是什麼聳動的報導，但還是無法克制想要一看究竟的衝動。

她立刻買了晚報，夾在腋下後上了車，然後把報紙摺得很小看了起來，以免影響到左右兩側的乘客。

不知各位是否還記得，「第一大和丸」上的海洋女孩A子，曾經指控潛艦「國潮」的艦組員無視落入海中的釣客求救，見死不救，因而造成多人死亡一事。這番衝擊性的證詞引起國民廣泛討論了自衛隊的角色問題，然而，目前永田町、六本木一帶紛紛耳語，這番證詞並非她親眼所見所聞，而是在某報社記者的唆使下，刻意捏造的虛假證詞。讓我們回到現場，瞭解當時談話的情況。

日前，海上保安廳再度請A子到案說明，瞭解當時的情況後，她撤回了引起軒然大波的證詞。以下的摘要內容令人震驚。

事故發生的兩天後，前往自衛隊醫院採訪的某全國性報社社會部B記者，希望A小姐能夠避人耳目地在醫院外接受採訪，A小姐偷偷溜出醫院，搭報社的車子前往附近的飯店，B記者請A小姐吃了大餐後，希望A小姐和他一起告發自衛隊。A小姐喝了幾杯酒之後情緒激動，所以就按照記者的誘導，談論了事故當天的救援情況，但因為很多地方記憶很模糊，所以點頭同意了B記者推測的內容。

翌日，A小姐參加在醫院舉行的共同記者會時，說出了B小姐授意的內容，吸引了所有媒體的焦點，報紙和電視都一再重複、大肆報導這段內容。

據相關人士透露，A小姐在出院後，接受了海保的偵訊，在根據海圖等釐清當時的事實時，發現有不少矛盾之處，令海保人員產生了疑問。

A小姐驚慌失措，立刻打電話到B記者在報社的專線商量對策，但B記者未接電話，即使留言後也不回覆，於是，她在第二次接受海保的偵訊時，終於忍不住哭了起來，把一切和盤托出。

B記者平素就是出了名的左傾思想者，向來主張自衛隊無用論，數年前，在陸上自衛隊座間駐紮地的彈藥庫襲擊事件中，也……

賴子難以置信地抬起頭。晚報上的報導是真的嗎？雖然她無法相信全國性報社的記者會做出這種行為，但她也無法相信潛艦艦組員會冷眼旁觀落海者慢慢沉入水中，卻見死不救……她的腦海中浮現出花卷穿著夾克的特寫鏡頭。

媒體到底是怎麼回事？她在感到混亂的同時，內心深處也湧起了想要瞭解真相的想法。

＊

花卷和他的長官五島船務長在JR橫濱線的町田站下車後，又搭了不到十分鐘的公車，在一所小學前下了車。雖然已是夏季尾聲，但上午已是烈日炎炎。他們正準備前往碰撞事故中喪生的死者家中道歉和上香。

放眼望去是一片老舊的農戶、新興住宅和公寓，農田點綴其間。聽說以前這一帶都是梨園，周圍一片閑靜。

因為走了一段上坡道，所以穿著西裝有點熱，但花卷並沒有脫下西裝。剛才在町田車站前的花店買了供花，他小心翼翼地抱在手上，以免損壞花束的包裝。

「前面有一棵家屬提到的大柿子樹，應該就是那裡吧？」

五島船務長擦著額頭的汗水說道。

「是啊，而且又在十字路口的右側。」

花卷對照著地圖，點了點頭。走近一看，發現長滿茂密綠葉的大柿子樹上已經結滿了碩果，只是顏色還很青。

今天是他們第一天拜訪家屬，因為是避開媒體的秘密行動，所以不能向別人問路。

眼前這棟數寄屋式建築[6]看起來像是戰前建造，屋頂的瓦片已經快剝落了，大門旁的門牌上寫著「夏目」，旁邊還掛了一塊保險代理店的看板，的確就是他們要找的人家。可能因為家中飼養的狗大聲吠叫的關係，看起來像是屋主的男人從隔著中庭的玄關探出頭。

花卷不由地緊張起來，五島也一臉嚴肅地打招呼說：

「我們代表潛艦隊司令部向家屬深表哀悼。」

兩個人一起深深鞠躬。被鐵鍊拴住的狗露出黃色的牙齒，比剛才吠叫得更大聲了。

「已經聽說了，我是他的父親夏目利之助。」

穿著短袖襯衫的夏目斥責著狗，請他們進了屋。

6. 數寄屋爲結合了茶室風格的日本建築樣式。

屋內房間的紙拉門都敞開著，後方的房間有一張佛桌。兩人跪坐在佛桌前，把司令部要求他們帶來的奠儀和供花放在桌上，對著佛桌上的死者遺照深深地低頭哀悼。得年二十八歲。花卷看到死者和自己同年，不由地感到一陣難過，跟著五島上完香後，再度對著遺照合掌。

「謝謝。」

夏目靜靜地向他們道謝。來這裡之前看了資料，得知他今年五十五歲。

「原本應該由艦長親自上門，但目前艦長還在接受各方偵訊，所以可能時間上會耽擱，司令部命令船務長的我和船務士先代表『國潮』前來上香。」

五島和花卷遞上了名片，再度向夏目致意。

「相關情況我已經聽說了，不好意思，內人剛好有急事出門，所以無法泡茶給你們。」

夏目語帶歉意地說道。

「別這麼說，不用特地費心。」五島搖了搖頭，「令郎以這種方式……我不知道該怎麼說……謹此表達由衷的歉意。」

五島表達了哀悼，夏目沉默了片刻說：

「我兒子很乖，中元節回家後打電話對我說，他打算認真鑽研保險業務，準備接我的班，剛好是他去釣魚一週前的星期六。我聽了很高興，那成為我最後一次聽到他的聲音。」

他的淚水彷彿早已流乾，淡淡的訴說反而更令人鼻酸。

「我不知道他去釣魚，所以次郎發生碰撞事故是在我去保險客戶那裡回來，傍晚六點左右——」

說到這裡，他停頓了一下，然後幽幽地說了起來，好像在說給自己聽。

住在千葉的親戚打電話來說，電視上出現了次郎的名字，問我知不知道這件事。我驚訝地打開電視，轉到ＮＨＫ，每次看到字幕上出現有人獲救的消息，就和老婆探出身體仔細看，但遲遲沒有看到……七點多時，打電話去橫須賀地方總監部，請他們一有消息就立刻通知我們，但無論等了多久，都一直沒有接到任何電話。

雖然電視的每一台都在播報這起事件，但沒有任何人聯絡失蹤者的家屬。當時真的很難熬，不久之後，親戚和保險的客戶不時打電話來，說只能去現場瞭解情況。於是，我和我老婆在天剛亮，差不多五點左右出門了。

雖然我頻頻安慰亂了方寸的老婆，但我猜想這麼久仍然沒有收到任何聯絡，應該沒什麼指望了。抵達橫須賀後，發現大家都集中在一個像體育館的地方待命，但所有家屬都累壞了。老實說，我的身體已經……沒什麼感覺了。

當天，我們在不知道是商社還是防衛廳訂的旅館內休息，我老婆一直在哭，即使躺下來，也只是昏昏沉沉，根本沒辦法闔眼。

夏目說的這些話都打進了五島和花卷的心裡。在發生碰撞事故後，艦組員大驚失色，一心在海上尋找是否還有生還者，根本沒有想到罹難者家屬的心情。

「那三天真的度日如年。」

夏目看著佛桌上和自己長得很像的兒子遺照，再度說了下去。

我們在旅館住了兩晚，當時我一心祈願著，至少不要像我那個死在戰場上的哥哥一樣。我哥哥在太平洋戰爭時是海軍的士兵，在收到戰死的通知時，我母親哭著去公所領回了白木箱子，裡面除了一張紙以外，什麼都沒有。我滿腦子不祥的預感，很擔心我兒子也死不見屍。

在體育館等待時，我也一直擔心兒子的身體是不是捲進了螺旋槳，或是沉入海中後被魚吃掉了，即使屍體打撈上來，也無法見到全屍，總之，我一直往壞的方面想。

如果找不到屍體，就會像我哥哥一樣，只剩下一張紙回到家裡。想到這可能是夏目家的宿命，就覺得快崩潰了……

不久之後，終於接到消息，說在打撈上岸的船內發現了我兒子的屍體。驗屍的時候，我暗自感到慶幸。雖然兒子死了，但能夠找到屍體真是太好了……

花卷聽著夏目的訴說，忍不住流下了眼淚。

「你今年幾歲？」

「和令郎同年……今年二十八歲。」

夏目注視著花卷，花卷坐立難安，眼淚不停地流。

「……在橫須賀時，像你們一樣年輕的記者在採訪時目中無人，實在太無知了，讓我很無言。」

他皺著眉頭。

「最讓我感到不舒服的，就是當我們和次郎的遺體一起從橫須賀回家時的事。那天，自衛隊為我們準備了廂型車。」

說到這裡，他嘆了一口氣。

五、六名自衛隊員抬著棺材，從安置遺體的體育館二樓，一路抬到車上。不知道哪一家媒體不停地拍照，遺體不是放進車內嗎？那些記者沒有一個人對著遺體合掌，甚至也沒有默哀。即使不說些什麼也沒關係，但至少應該對遺體有所表示，不是嗎？他們對其他家屬也一樣，沒有任何人表示哀悼，拍完照片後，就掉頭走人，那是人該做的事嗎？

夏目回想起當時的憤怒，肩膀用力起伏著，當心情平靜後又繼續說道：

「你是船務長先生，這位是和次郎同年的花卷先生……最近的報導都說是艦長的操艦失誤造成的，但那麼大的潛艦怎麼可能一個人操作？我認為你們也有責任，既然你們已經對著遺照合掌，我希望以後不要再發生事故了。因為自衛隊是要保護國民，雖然我很想對你們說，把兒子還給我，但他已經變成了這麼一把骨灰……我們這些家屬到死……到死為止，都必須活在悲痛中。今天請你們來這裡，是希望自衛隊能夠瞭解這一點……」

他最後語不成聲，終於發出了嗚咽。
「我們會牢記在心。」
兩個人雙手伏地，僵硬的身體再度深深鞠躬。

搭上公車，回到町田車站之前，五島和花卷都不發一語。
接下來要去埼玉縣拜訪罹難者家屬。來到車站時，五島渾身脫力般嘆著氣說：
「太難過了。如果他大罵我們，叫我們一命抵一命還比較好受……」
位在埼玉的是一位新婚不久的妻子。雖然她丈夫的遺體已經打撈上岸，但她仍然不願意接受。她丈夫的遺體在事故發生的三天後被發現，報紙上刊登了她對記者說：「我丈夫是游泳好手，即使被海浪沖走，一定會游到某個小島上活下來」，無論如何都不願意接受丈夫的死訊，不難想像她內心受到的打擊。
該如何向這位新婚妻子表達哀悼？花卷再度走進剛才的花店買了花，邁著沉重的步伐跟在五島身後走向驗票口。

＊

田坂綜合法律事務所位在銀座御幸大道附近一棟大樓的五樓，因為前往霞之關的東京地方法院和高院時的交通都很便利，所以這棟大樓的三樓至六樓有多家法律事務所。

田坂的事務所內除了田坂了一以外，還有另一名年輕律師和一名海事顧問。田坂素有「海事律師界的田坂了一」之稱，所以觀光漁船「第一大和丸」和海上自衛隊的潛艦「國潮」碰撞事件發生後，觀光漁船所屬的大和商事，和負責保險業務的昭和海上火災保險立刻委託他擔任海難審判的輔佐人（辯護人）。

「我回來了。」

田坂拎著塞滿審判記錄的皮包，斜著矮小的身體走了進來。秘書黑木朋子立刻接過皮包，為他端上日本茶。

「安藤船長打電話來問，今天要幾點、在哪裡見面。為了甩開狗仔，他必須先去繞一圈，所以希望可以提前通知他。」

田坂接每一個案子，黑木都從和委託人面談的階段開始參與，製作詳細的檔案，是田坂的得力助手。她在安藤茂船長的案子中也是從一開始就一起參與。

「每次都很傷腦筋，妳可不可以幫忙想一下？」

田坂今年五十三歲，正是在工作上得心應手的年齡，雖然有幾分老成的感覺，但一雙大眼睛有著吸引人的獨特魅力。

「安藤先生手頭拮据，連交通費都是很大的問題，也許可以去他公寓附近的車站。我可以開車。」

「太累了，今天的腰特別痛。」

田坂有腰痛的老毛病。

「那就去築地那家常去的壽司店，避開午餐時間，約下午兩點可以嗎？」

身材高挑，剪了一頭漂亮短髮的黑木看著記事本提醒道。

「那裡走路就可以到，很方便。妳算一下從他目前住的橫濱搭電車到這裡要多少車資，記得付給他。」

「我知道，那我馬上和他聯絡。」

黑木點了點頭，轉身離開。

「第一大和丸」的安藤元船長有三級海技士的證照，目前失業，也沒有收入。他的老家在三重縣尾鷲，東京附近並沒有可以投靠的親戚，而且大和商事實質上已經倒閉，根本無法在經濟上援助他，他只能每天輾轉借住在船員和朋友家。田坂的法律事務所雖然不怎麼起眼，但安藤的事件在日後的刑事審判中，需要組一個律師團，恐怕要倒貼一千萬左右，所以經費相當有限。

田坂慢慢喝著已經不太熱的日本茶，最近開庭時用過的海圖捲起後堆在辦公桌周圍，牆上的帆船油畫是他唯一的心靈安慰。

田坂並不是普通大學法學院畢業的律師，他在東都商船大學畢業後，進入日本船舶當了十年船員。有時候想到如果繼續留在船上，現在恐怕是二十萬噸級油輪的船長，在七大洋上航海，就忍不住對目前分秒必爭忙碌的日子感到一絲厭倦。

當時海運景氣長期不佳，再加上勞資雙方嚴重對立，他在眾人拜託下，接下了工會會長一職，因此被公司方面認定是左翼分子，恐怕升遷無望，於是挑戰了司法考試，改行成為律師，然而，他至今無法忘記對海洋的那份鄉愁。那片海洋充滿了夢想，能夠讓腳踏實地生活的人感受到生命的喜悅。

但是，正因為改行當了律師，才能夠負責像這次的事件，這是身為男人莫大的幸福。田坂總是希望可以幫助弱者，充滿反骨精神，無法忍受傲慢的權力。很多國民仍然認為自衛隊是「稅金小偷」，但田坂認為由內閣總理大臣擔任最高指揮官的自衛隊擁有最強大的權力，正是理想的對象。

他靠在硬邦邦的椅背上，忍著腰痛，歷歷在目地回想起受託成為這起海難審判輔佐人的經過。

碰撞事故發生的七月二十二星期六那天，他去廣島出差，晚上回飯店看電視時，得知了這起事故，覺得自衛隊的蠻橫無禮終於以這種方式浮上了檯面，剛好接到秘書黑木的聯絡，說當事人希望請他擔任這起事件海難審判庭的輔佐人，讓他覺得「正合我意」。

他帶著「一定要給自衛隊一點顏色看看」的決心，提前結束了廣島的工作回到東京，首先向「第一大和丸」的持有者，大和商事的經營團隊，和昭和海上火災保險的負責人瞭解了情況，確定了賠償給罹難者的大致金額。五天之後，才終於見到了安藤茂。原本以為可以更早見到安藤，但安藤連續多日前往海上保安廳、海難審判廳和橫濱地檢署等地接受偵訊，所以遲遲無法恢復自由。

當時，安藤為了躲避媒體，住在橫須賀的一家破舊旅館內。他一臉憔悴，看到田坂時的第一句話就說：「三十個人都死在我手上」，好像全都是他的錯。

田坂拿出事先準備的紙，請安藤用尺和圓規畫出了從看到潛艦「國潮」到碰撞為止的航軌。安藤雖然滿臉疲憊，但說話條理清晰，作圖能力也很出色。

「你從三重商船高等專科學校這麼好的學校畢業，卻成為駐厄瓜多、汶萊和馬來西亞等地的受僱船長，一定吃了不少苦吧？」

很多中小型船公司都把總公司設在東京，但實際工作幾乎都在積極進行重工業建設的開發中國家。

「比在日本時輕鬆多了。因為我讀小五時，我母親就過世了，之後和再婚的父親、繼母關係不睦，三重高等專科學校是住宿制，我也因為這個原因讀了那所學校，但隨著弟弟和妹妹出生，我越來越少回家，覺得只要遠離日本，不管去哪裡都沒關係。」

安藤像浮萍般自由自在的生活背後，隱藏了複雜的家庭環境。他穿著白色短袖襯衫，一頭沒有修剪的自然鬈頭髮，雖然外形帥氣，卻神情中有一股倔強。像這種船長遇到潛艦在海上耀武揚威，想要強行通過時，的確很可能火冒三丈，堅決不避讓。

從事務所開車送田坂到橫須賀旅館的黑木，從帶來的保溫箱中拿出罐裝啤酒，遞給田坂和安藤。田坂喝著啤酒潤了潤喉說：

「你運氣真差，相隔八年回到日本，偏偏進入了一群外行釣客自行成立的大和商事，成為用破漁船改裝的『第一大和丸』的船長——」

多次易主的漁船原本九十六噸，把之前貯藏魚的冷凍庫改成船艙和交誼廳，總噸數也變成了一百五十四噸，外觀氣派，一度被媒體稱為「豪華遊輪」。但曾經是船員的田坂很清楚，改造之後，重心向後偏，會增加駕駛的難度。

「我並沒有在大和商事任職，我在回國後，打電話給學長佐佐木先生打招呼，他那時候剛好在那裡當業務部長。他拜託我可不可以暫時當『第一大和丸』的船長，因為那時候沒有船長，公司很傷腦筋，所以我同意在他們找到新的船長之前，以打工的方式接下這份工作，一個月前上了船，原本打算這次航海之後就辭職。」

「為什麼？不是還沒有找到新船長嗎？」

「但是原本說好由佐佐木先生當下一任董事長，但公司方面反悔，而且還解僱了他，我就沒有必要繼續在那裡當船長。」

「沒想到最後一次航海竟然發生碰撞事故，運氣真的太差了。我聽說那家公司的經營狀態不佳，好像為薪水的事有點糾紛。」

「聽說從很久之前就一直拖欠薪水，公司內部的氣氛也很差。不瞞你說，那天也為這件事發生了爭執，船上的工作人員都揚言罷工，內定接任董事長的營業部長答應在這次航海結束後，讓我和廚師離職，並支付所有人的薪水，在他寫完保證書後才出發，所以延誤了十五分鐘。」

「果然是這樣。如果按照原定時間出航，或許就不會發生這起事故了。」

「你剛才說，我當上『第一大和丸』的船長運氣很差。你說得完全沒錯，我這麼多年終於回到日本，為什麼會接二連三遇到這些衰事，想起來就不由地發毛。」

安藤和其他船員一樣都很迷信，臉上露出不安的表情。

「現在想到下次不知道會發生什麼意想不到的事，就越來越沮喪。律師，有沒有勝算？」

「你也知道，海難審判並不是審判這起事件，決定誰勝誰負，而是為了釐清真相，避免類似的事故再度發生，維護海洋安全。」

田坂喝完第三罐啤酒後，腰越來越痛，說了一聲：

「我累壞了，借我躺十分鐘。」

說完，他弓著腰，在連床罩也沒有的簡陋床上躺了下來。原本打算小睡一下，沒想到一下子睡熟了，不到五分鐘就鼾聲如雷。

安藤看到他的樣子，不安地問黑木，交給這位律師真的沒問題嗎？能不能換其他律師。田坂事後反省，無論再怎麼累，第一次見到疲憊不堪的委託人，就在他面前呼呼大睡實在太失策了，但也更增加了田坂想要好好教訓自衛隊的決心，告訴自己這場戰役絕對不能輸。

隔天，他就邀請了另一位之前就很看好的海事輔佐人，正式開始投入工作。

下午兩點過後，田坂走進築地這家熟識的小壽司店，安藤茂已經到了。

來到二樓的小房間，穿著牛仔褲盤腿而坐的安藤立刻坐直了身體。

「這家店生意很好，午餐時間很多客人，所以我約你兩點見面。雖然時間有點晚，但我們先吃飯吧。我和這裡的老闆是因為他之前委託我打官司認識的，他瞭解我的經濟狀況，會為我準備好吃的壽司，你不必客氣，想吃什麼儘管點。」

田坂請老闆娘為安藤點餐。

安藤體格壯碩，滿身在船上多年鍛鍊出來的肌肉，但比第一次見面時瘦了些。安藤不好意思點餐，老闆娘說了聲：「那就由老闆決定吧。」走下了樓梯。

「橫濱地檢署的偵訊工作還沒結束嗎？」

「一方面是因為這個原因，之前交給保險公司的資料不齊全，所以由我代為準備，忙得連睡覺的時間也沒有。」

「大和商事沒有精通這方面業務的人嗎？」

「因為當初幾位股東只是基於興趣成立了這家公司，所以似乎很不擅長這些事。」

通常都由船公司的船員部或是海務部負責製作這些資料，沒想到連這些事都要由安藤處理，難怪他越來越疲憊。

「你要多保重身體。這是審判庭上可能會問到的問題集，你回家之後大致看一下，如果有自己的主張，可以加進去。」

田坂把厚厚的資料放在矮桌上。

「謝謝，我會好好拜讀。」
安藤接過資料後說：
「託你的福，現在我終於不再在意偵訊室的窗戶了。自從在記者會接受訪問後，我稍微產生了自信，也有了戰鬥的心理準備。」
「太好了。」
兩人用送上來的啤酒輕輕乾杯後，田坂開心地笑了起來。第一次見面時，安藤對田坂說，夜以繼日的偵訊讓他筋疲力盡，很想乾脆一了百了，在接受偵訊期間，滿腦子都在想，有沒有窗戶可以跳下去。田坂聽了之後，立刻提出要舉行記者會。
那場記者會不僅是為了安藤，更是向世人宣告，即使面對自衛隊，他們也絕對不會示弱。雖然田坂並沒有要求安藤把潛艦稱為「軍艦」，但也許是他那番「說話時要沉著冷靜」的激勵奏了效，安藤說了田坂希望他說的話。
原本就預料到記者會後，各家媒體會窮追不捨，沒想到遠遠超乎當初的預期。雖然在記者會上聲明，今後如果各位記者還有想要瞭解的問題，一定會再召開記者會，回答各位記者的問題，希望不要個別盯梢，但田坂事務所所在的大樓附近整天有記者打轉，甚至有一段時間，從早到晚都有某週刊雜誌的記者拿著相機在對面大樓拍照。
因為田坂和老闆有交情，所以送上來的綜合壽司雖然算不上是高級食材，但很豐盛。安藤一個接著一個送進嘴裡。他應該餓壞了。

「能不能找到工作？」

田坂喝著自己倒的啤酒問道。

「沒有，即使是在陸地工作，我暫時還沒有自信從事船舶方面的工作，也沒有太大的意願。目前暫時靠這些關心我的朋友，專心打這場海難審判。而且還要去三十位罹難者家中道歉，希望能夠在審判庭開庭之前多拜訪幾位，否則我無法安心。」

「現在已經跑了幾家？」

「五家。我努力藉由在罹難者的遺像前合掌，乞求他們的原諒，讓自己的精神狀態保持平靜。」

安藤拿起時下盛產的星鰻壽司，語氣沉痛地說道。

「是嗎？拜訪家屬或許會讓你感覺如坐針氈，但還是必須得做。」

田坂說道，得知安藤從拜訪罹難者家屬得到救贖，稍稍鬆了一口氣。

「雖然目前只有三、四戶接受『國潮』的弔唁，但海上自衛隊方面一定會傾全力拉攏家屬。在追究碰撞的責任歸屬問題上，我會全力以赴，你日後在對待家屬和媒體方面也絕對不能鬆懈。」

「我知道。但是，罹難者家屬大部分都是某家大型商社的子公司親睦會會員，那家商社出售飛機和戰車給自衛隊，所以我聽說公司方面要求他們手下留情，會不會節外生枝？」

「我記得那家商社的老闆是前大本營的參謀，即使他們想要動手腳，我也絕對無法原諒。你在操船上並沒有失誤，我之前也一再提醒你，一定要沉著冷靜，對自己有信心。」

田坂再度和安藤乾杯激勵他。

「啊，小澤小姐。」

禁足令終於取消了。相隔一個月，花卷朔太郎終於從「國潮」回到了公寓。一踏進家門，立刻接起了響個不停的電話，但應了一聲後，就再也說不出話。

「原來你在家，太好了。」

賴子在電話中的聲音很高亢。

「上野的演奏會無法前往，也沒有跟妳聯絡，真的很抱歉。」

他為雖然收到賴子寄來的入場券，但無法前往一事道歉。

「你不必放在心上，那時候我在報紙和電視上看到你穿著夾克的照片，受到很大的打擊，連話都不想和你說。如果你來聽音樂會，搞不好我會找你吵架……」

賴子突如其來的這番話，讓朔太郎說不出話。

「對不起，我現在有點醉了。」

現在還不到傍晚六點，就已經喝醉了？朔太郎很想這麼問。

「……事件發生之後，我一直覺得好像你騙了我，無法信任你，但又覺得可能錯怪你了……我打了好幾次電話，想要和你確認，但每次都忍不住退縮，好幾次都是聽到電話鈴響了幾聲就掛斷了……所以我剛才鼓起勇氣，喝了一點我爸爸的白蘭地才打電話給你。」

「我一直不在家，現在才剛進門。」

朔太郎說。

「啊，原來是這樣。我真是太笨了，對不起。」

賴子坦誠地道歉。

「沒這回事，呃……」

「如果你時間方便，我想和你見面當面問清楚。事故發生之後，有太多搞不懂的事，也有太多令人驚訝的事，我整天都坐立難安。」

朔太郎雖然一直很擔心賴子的想法，但還提不起勁向她解釋，這件事也就一天拖一天，所以聽到她這麼說很高興，前一刻的猶豫立刻煙消雲散。

「我也有很多話想告訴妳。」

「兩、三天後，你有時間嗎？」

不要等兩、三天，現在就想見妳！但是，「國潮」後天清晨就要離開橫須賀，去神戶造船廠的船塢修理碰撞事故造成的損傷，朔太郎和其他艦組成員也要同行，只是筧艦長和水雷長中筋已經被解除職務，目前留置在潛艦隊司令部，將在新艦長的指揮下完成從橫須賀到神戶的水上航行。

修理和維修至少要幾個月，在完全修復之前，絲毫不能大意。

「小澤小姐，可不可以請妳再等我一段時間，我後天要去神戶長期出差，雖然這段期間會有休假，但不能回東京。」

他痛苦地說完這句話後，立刻產生了想要收回這句話，約賴子明天見面的衝動。

「不然……」

他輸給了自己，但說到一半時，賴子打斷了他。

「出差──啊，對不起，你們潛艦艦員不可以談工作的事。我在這次事故後，不光看每天的報紙，還在車站報亭買了很多晚報和週刊雜誌，所以稍微有點瞭解了，但還是想當面問你。」

賴子因為喝了白蘭地，電話中的聲音充滿毫不掩飾的真摯。雖然之前都只是聊一些場面話，但在澀谷巧遇那一次，朔太郎覺得她很有主見。想到她為了瞭解碰撞事故的真相，甚至看了週刊雜誌，令朔太郎產生了新鮮的驚喜。

「這次的出差不需要保密，只是去神戶的造船廠修理潛艦。」

「是嗎？要去神戶──」

「妳該不會剛好要去關西表演？」

「對，我們會去各地辦音樂會，只不過可能無法剛好配合你休假的時間，所以還是等你回來再說。」

「那我回來之後再聯絡，到時候妳想問什麼都可以。」

「那就到時候……」

賴子沒有繼續說下去，陷入了一陣沉默。

「……小澤小姐，妳最近還好嗎？」
朔太郎不想這麼快掛上電話，明知故問道。
「我很好，你呢？」
「還好……我把之前在澀谷買的唱片轉錄在錄音帶上，但後來就沒心情聽了……」
「因為是非常時期，那也無可奈何啊，以後我吹給你聽。」
「太榮幸了，那我要好好期待。」
他很感謝賴子要為自己吹長笛的心意，更不願意就這樣掛電話，所以握得更緊了，但賴子掛上了電話。
原來賴子沒有忘記自己。這件事令朔太郎感到高興。原本打算放棄這段怦然心動的戀情，但聽到賴子的聲音，內心的感情立刻復活了。賴子為了鼓起勇氣向自己這個事故當事人打聽真相，喝了白蘭地才打電話的舉動也讓朔太郎覺得可愛。
今天晚上就聽聽唱片，喝杯酒吧。他忍不住露出笑容，但立刻收起了笑容。
我在得意什麼啊？
目前去拜訪了三位罹難者家屬，每次對著遺照合掌時，就覺得自己沒有資格繼續當潛艦艦員。在指揮室用潛望鏡最初看到「第一大和丸」出現在兩千公尺外，有可能發生碰撞的位置後，如果持續注意觀察，即使中途有遊艇突然靠近，也會持續觀察和觀光漁船之間的方位關係，向艦橋報告。

在拜訪罹難者家屬時，他向船務長五島提起這件事，五島斥責他：「你只是擔任值更官助手的船務士，不要把自己想得那麼重要。艦橋上有艦長、副艦長、水雷長，還有一名瞭望員。」五島或許是用這句話安慰他，但他至今仍然懊惱不已。

如今竟然因為接到賴子的電話就欣喜若狂，實在太丟臉了。

門鈴響了。是誰啊？他從門上的防盜眼中向外看，發現是「桔梗屋」的女兒池乃沙紀。他忘了自己剛才叫了豬排蓋飯。

一打開門，白色三角巾下方露出鬈髮的沙紀抬頭看著朔太郎，擔心地問：

「你生病了嗎？看起來氣色很差。」

「不，只是睡眠不足而已，不好意思，只點一碗蓋飯就要求外送。」

朔太郎不想外出，所以叫了外送。

「沒關係，我爸爸很擔心你，叫我帶鯛魚生魚片給你。」

沙紀進屋後，把朔太郎點的蓋飯放在小矮桌上，然後又把生魚片和味噌湯放在旁邊。

「謝謝你們的關心。」

朔太郎由衷地表達謝意。

「幹嘛？我雞皮疙瘩都起來了……被花卷二尉大人調侃還比較自在。」

沙紀笑得連鼻翼都皺了起來。

「要不要我服侍啊？」

沙紀勤快地為他掰開了免洗筷。

「妳不必這麼熱心，等一下會有很多客人去店裡看妳，妳趕快回去吧，代我向妳爸爸問好。」

「好久沒見，竟然急著趕人，好像等一下有人要來，或是在等誰的電話。」

朔太郎不由得感到吃驚。

「怎麼可能？我連你們店也沒去。」

朔太郎故作平靜地回答。

「也對啦……來我們店裡的潛艦艦員都在說，『國潮』被詛咒了，好像很希望趕快送修，簡直就像小孩子一樣，超好笑的。後天就要送去修理了吧？」

「沒錯，妳消息真靈通。」

「你不覺得我很適合成為潛艦艦員的太太嗎？」

她瞥了花卷一眼，窺視他的反應。

「妳可以當任何人的好太太。」

「真不解風情……」

雖然她已經二十出頭，但臉上仍然帶著稚氣，嘟著嘴，把纖細的腳伸進脫在玄關的拖鞋。

「對了，你認不認識北健吾？」

她突然回頭問道。

「當然認識，他還是我讀防衛大學時的同學，他該不會來過這裡？」

朔太郎驚訝地問。

「不是。事故發生後不久，他連續來我們店兩次，第二次喝醉酒後發酒瘋說，花卷必須辭去海上自衛隊，如果不辭職，就是死不要臉。我爸爸很生氣，抓住他的衣領把他趕了出去，我也用水壺的水淋在他頭上。」

沙紀興奮地說到這裡，突然一臉歉意，小聲地說：

「完了，我爸爸叫我千萬不能向你提這件事。因為我太生氣了，所以忍不住說了出來……是不是不該說？」

「不，沒關係。」

朔太郎送走沙紀，關上了門，茫然地站在那裡，好像被推入了漆黑的深淵。

雖然北健吾沒資格說自己死不要臉，但他再度為以後再也無法輕鬆自在地過日子感到喘不過氣。

「國潮」離開橫須賀港第三天的中午之前，抵達了神戶港。

幸好天氣晴朗，海上風平浪靜。

「國潮」進入建在海岸旁的造船廠船塢時，有幾艘拖船小心翼翼地引導「國潮」，「國潮」靜靜地駛上放在船塢底部的盤木（支撐船體的木塊）。

船塢的門關上，抽去海水後，「國潮」終於露出了全貌。「國潮」平時只有上甲板以上的部分浮在海面上，但不愧是兩千兩百五十噸的潛艦，像一座小山般龐大。

進塢作業完成後，等到連結船塢和「國潮」的棧橋固定，將近四十名海上保安廳和橫濱地檢署的相關人員迫不及待地開始對「國潮」進行現場勘驗，拍下右艦首附近在碰撞時產生的凹陷以及周圍損傷的照片。

等到現場勘驗結束之後，才會詳細討論如何進行這次大規模的定期修理和碰撞處損傷的修復作業。

*

進入正式修理作業已經一個月了。

時序已經進入九月底。

「國潮」的艦組員白天和造船廠的技術人員一起進行檢查作業，晚上就住在名為塢房的造船廠住宿設施內。

晚餐後，花卷朔太郎在船塢的辦公室內確認當天的檢查作業和數量龐大的備品庫存，並加以記錄。

「你真賣力啊！」

回頭一看，是新艦長大宅進二佐。

「因為白天來不及整理好，現在已經差不多了。」

花卷笑著回答，關上文字處理機的電源。

「是嗎？我覺得這一陣子大家的心情好像稍微平靜了，你覺得呢？」

大宅新艦長顧慮到艦組員在事故後的心理狀態，所以向上級司令部要求暫時停止未來半年之內的異動，避免艦組員在事故記憶猶新時就被分配到各地，獨自抱著具有衝擊性的體驗而感到孤立無援。

「託艦長的福，潛艦修理時難得有這麼多艦組員，所以能夠在人手比較充裕的情況下投入作業。」

「雖然我知道你們偶爾也想外出散心，但可能會遇到類似上次的抗議，一群人高喊『國潮滾出去的口號，所以暫時還是希望你們遵守夜間外出禁止令。」

「大家心裡都很清楚，不管有沒有人抗議，大家應該暫時沒有心情夜間外出。」

花卷回答道。

「我等一下要去和縣警高層應酬，壓力很大，但因為公共安全的問題想要請教他們。今天是星期五，晚上就放鬆一下喝幾杯吧？」

這是大宅第二次擔任艦長，經驗豐富的他發揮了對艦員的關心。

花卷走出辦公室，騎腳踏車回到附近的宿舍，來到位在三樓的房間。花卷和長門輪機士住在同一個房間，但長門不在。

如果是每隔半年的定期維修，艦員通常會邀家人來漂亮的神戶觀光，利用這段時間好好陪伴家人。單身的艦員就會徘徊在霓虹燈街頭，在熟識的酒家喝酒到天亮。

門打開了，長門探頭進來。他穿著polo衫，雙手拎著的超商塑膠袋內裝滿了啤酒和零食。

「副艦長和其他人決定在後面的房間喝酒聊天，你要去嗎？」

「當然要去啊，還要不要買其他東西？」

「艦長也送了東西過來，什麼都不需要了。」

「好，那我來拿一袋。」

花卷接過塑膠袋，走向後方那個平時用來開會的房間。

房間內，副艦長佐川、五島船務長和小野田輪機長都坐在椅子上，喝著啤酒和日本酒閒聊著。想到平時遇到這種場合，大個子的水雷長中筋總是特別忙碌，也很會帶動氣氛，心情就特別複雜。

「喔，花卷，你來得正好。」

五島船務長對他說道。

「什麼事？」

他在五島對面坐了下來。

「聽說地檢署認為航泊日誌有遭到竄改的嫌疑，防衛廳的人也這麼對你說吧？」

「雖說防衛廳的人這麼說，但如同我之前所報告的，只是我高中同學剛好在教育訓練局的課長助理，打電話來問我正式事故報告以外的真相，我拒絕他，說真相只有一個，結果他用威脅的口吻說，他知道我們竄改了碰撞的時間。但到底是哪裡傳出來竄改碰撞時間的消息？我在接受保安廳的偵訊時，他們並沒有問我這個問題。」

「不知道，發生碰撞事故的那天晚上，救助落海者的活動告一段落，大約八點多的時候，筧艦長召集我們在軍官室集合，命令我們整理交給司令部的報告。當時在碰撞時間的問題上，指揮室周圍的航海科員記錄為十五點三十八分，駕駛室的速力通信受信簿上寫的是十五點四十分。」

他看了看花卷，又看了看輪機士的長門。

「你命令我做記錄時，我聽到附近有人叫，碰撞時間一五三八，所以就把這個時間告訴了航海科員。」

「因為我接到命令，要把速力通信受信簿交到軍官室，所以並沒有特別確認，就直接交過去了，事後才聽說當時記錄的時間是四十分。」

長門輪機士回答。

「地檢署認為，既然有兩種不同的記錄，艦長卻認定是四十分，並根據這個時間修改了碰撞後的艦位，認為這就是竄改，航海科員橋本去地檢署接受偵訊時遭到疲勞轟炸，精神狀態好像都出了點問題。」

花卷參加那天晚上的艦內會議時，認為在當時的混亂中，碰撞時間的些許差異並不是什麼重要的問題，但筧艦長似乎很在意。一旦改了時間，碰撞之後的三十九分的艦位就有問題，最後都在艦長的命令下，修改了延遲兩分鐘的數字，但這件事並不會影響事故的本質。

花卷坦率地說出了當時的狀況。

「艦長和我們的立場不同。老實說，無論三十八分還是四十分，對事故的本質都沒有影響，但在四十分時，『國潮』完成了原速後退、後退滿等一系列動作，已經停止了，代表是我方已經避讓的觀光漁船衝撞過來，這麼一來，就可以明確證明『國潮』的正當性——」

佐川副艦長用沉重的語氣嘀咕道。

「我知道，但這並不是那麼重要的事，不是嗎？最大的爭議點應該是最初發現觀光漁船後，為什麼沒有轉右舵。」

花卷說。

「花卷，這也是我最深刻反省的問題。」

佐川痛苦地打斷了他。

「我在中筋說轉向右側，被筧艦長否決時，也曾經感到納悶，但以前遇到這種情況時，漁船經常會突然調頭，如果因為我方是避航船，每次都轉舵的話，有時候可能會碰撞到其他船隻，所以我也能夠理解筧艦長對水雷長完全按照規定操艦感到不耐煩，但最後發生了碰撞，還造成三十名犧牲者，我深刻瞭解到，自己沒有資格當副艦長。副艦長是輔佐艦長的角色，必須有進言的勇氣。」

佐川說完，看向被海風吹起的蕾絲窗簾外，海港內閃爍的燈光，重重地吐了一口氣。

「筧艦長信任我，所以我期待他會在不久的將來推薦我當上艦長……，但是，我無法成為艦長……我沒那種能耐。」

他語帶顫抖地說完，低下了頭，似乎忍著嗚咽。

成為一艦之主的艦長，是所有潛艦艦員的夢想，並不光是因為想要出人頭地。只有艦長能夠在充分瞭解大海的基礎上，帶領艦組員進行各種訓練，完成自在地操縱潛艦，遏止來自外國的威脅。

「我恐怕也得離開『國潮』了。」

五島船務長幽幽地說。

「為什麼你要……？」

花卷很受打擊。

「船務長和輪機長的地位僅次於艦長和副艦長，事故發生當時，我應該在艦橋上，所以我也有責任。」

他很有擔當地說道，一旁的小野田輪機長也點了點頭。

「既然大家這麼說，我在指揮所當值更官助手，也有責任。」

花卷坦誠地說出了自己的想法。

「我說過很多次了，你和我承擔責任的方法完全不一樣。你和長門要繼續留在『國潮』守護，我已經做好心理準備了。」

五島不再喝啤酒，開始喝兌水的威士忌，似乎早就下定了決心。

「不要同情我，我原本進入海自就不是因為想要成為潛艦艦員。」

他鎮定自若地笑了起來。

「什麼？船務長當初在儲備幹部學校不是以第一名畢業的嗎？」

長門問道。

「我和你們防大組的菁英不同，是從海曹升為幹部，也就是所謂B幹中的第一名畢業。」

五島在杯子中加了冰塊，走到窗邊。

「我從小就喜歡飛機和船，想要加入自衛隊，但因為父母極力反對，只好進了私立大學，但我這個人本質調皮搗蛋，所以在某次打架後，和父母斷絕了來往，我也從大學退學，參加了一般隊員的錄用考試。面試時，面試官說，放棄學業太可惜，建議我等大學畢業後，去讀儲備幹部學校，不需要跑來當士兵，但我再三懇求，一定要馬上就僱用我，才終於加入自衛隊。所以，我是從士兵出發，根本沒有思考國防的事。入隊後，在舞鶴教育隊學習時，想要在水上艦上當發射大砲的射管員，結果把我分到潛艦學員組，當時還很失望呢。」

「五島船務長，你在三十四歲時被拔擢為潛訓（潛艦教育訓練隊）的教官後，副艦長建議你去讀儲備幹部學校。」

小野田輪機長插嘴說道。

「是啊，因為入學的年齡限制到三十五歲為止。」

從防大和一般大學畢業後，以儲備幹部的身分加入自衛隊者稱為A幹；以一般隊員身分加入自衛隊，升上海曹後，通過幹部升級考試而成為幹部者稱為B幹。由於成為幹部的起點相差十年左右，所以B幹幾乎不太可能超越A幹，只有少數幾個優秀的B幹才有可能成為潛艦的艦長。

「因為之前也曾經有以第一名畢業的B幹當上了艦長，所以當我升上船務士時充滿自信，以為自己也有機會，但我想得太天真了。」

五島語帶懊惱地說，抓起杯子中的冰塊。除了優秀的技術或是理論很強以外，想要成為艦長，還需要具備其他的資質。

「我一直相信筧艦長會進入上級司令部，但在操艦方面有時候會有危險的舉動。穿越浦賀水道時，重點在於如何進入船隻和船隻之間，但油輪等大型船隻速度比較慢，筧艦長經常會直接從這些船隻前面穿過去。今年春天，我在艦橋上當值更官時，前方有一艘二十萬噸級的油輪，筧艦長說，那艘船太慢了，想要從油輪前面穿過去，但前導船拉響了警笛，我勸他：『艦長，還是等一下吧。』但他意氣用事地說：『沒關係，鑽過去。』」

在操艦方面很有見識的五島說，佐川點了點頭。

「筧艦長有時候的確會意氣用事，但身為副艦長，沒有膽量告訴他：『艦長，這樣不行』……」

「不知道筧艦長現在怎麼樣了。」

長門不由得為艦長感到擔心。

「應該遭到隔離，為海難審判做準備吧。他一定很痛苦，中筋也一樣。」

佐川副艦長一臉痛苦地聽著遠方傳來的汽笛聲。

那天晚上，花卷回到宿舍後，遲遲無法入睡。

聽說水雷長中筋目前也在司令部遭到了隔離。

他和同房的長門躺在床上，聊了一會兒中筋水雷長的事，但長門可能很快就睡著了，突然不再回答。這起事故發生後，三個月前剛訂婚的長門做好了被對方解除婚約的心理準備，但他的未婚妻很善解人意，根本不需要他當面澄清事故的情況。

賴子離得太遙遠，無法把她想像成自己的未婚妻，更何況目前花卷對自己身為潛艦艦員這件事有越來越強烈的否定。

自衛隊努力低調處理這起事故的態度形成一股無形的壓力，曾經令花卷尊敬不已、也視為自己奮鬥目標的筧艦長在事故發生後，竟然做出了自保的行為，花卷自己內心無法置身事外的愧疚也揮之不去——在這種狀態下，他不認為自己能夠繼續勝任艦員。

雖然和賴子約定在「國潮」修理完畢後見面，但到時候會在怎樣的狀況下面對她？他不知道答案，鬱悶地在床上翻了身。

第四章

海難審判

十月三日上午八點前——兩輛計程車停在JR櫻木町車站附近五層樓的橫濱港運輸綜合辦公大樓前。

「國潮」的前艦長、第二潛水隊群司令和其他三人走下計程車。從今天開始，將針對七月二十二日發生的「國潮」和觀光漁船「第一大和丸」碰撞事故進行海難審判。

為了避開媒體，他們刻意比開庭的九點半提早一個半小時到達，但所謂「道高一尺，魔高一丈」，等在前院樹後的電視台記者一看到他們，立刻衝了過來。

「你是筧先生嗎？可不可以請問你目前是怎樣的心情？」

記者遞上了麥克風，攝影機開始拍攝。筧被突如其來的採訪嚇了一跳，但立刻面無表情地走了過去。除了電視台的記者以外，報社記者也紛紛擠了過來。

「至今為止，你對事故始終保持沉默，可不可以請你在開庭前說一句話？」

記者擋在綜合大樓的門口前，打開手上的記錄紙，閃光燈對著筧不停地閃。筧始終不發一語，和群司令等人走過記者身邊，搭上了電梯。他們要先去五樓的休息室。

筧在八月十六日被解除艦長職務，留置在潛艦隊司令部後，一直在橫須賀基地內生活，接受海難審判廳的偵訊和處理事故的後續事宜。這段期間內，只回家了兩天。原本一身黝黑的他變白了，再加上身上穿了一套灰色西裝，渾身散發出一種寂寥。

事故發生之後，筧只有去拜訪罹難者家屬和共同追悼會時在公開場合露面，而且在媒體前始終保持沉默，所以記者覺得他「連一句道歉也沒有」，對他的評價很負面，他在審判庭上會說什麼也受到了矚目。

三十分鐘後，「第一大和丸」的安藤茂前船長在三名輔佐人的陪同下現了身。

安藤前船長之前曾經舉辦記者會，也曾經接受電視的採訪，眾人對戴著墨鏡，一身休閒服裝的魁梧身影很熟悉，但今天他戴著淡棕色的眼鏡，一身深藍色西裝，一頭鬈髮剪短了。或許是因為這樣的關係，讓他看起來反而比三十歲的實際年齡更蒼老。

「安藤先生，今天終於開庭了。」

之前已經認識的記者對他說道。

「昨天我住在這附近的朋友家，因為怕塞車，萬一遲到就糟了。」

他無力地回答，臉上的氣色不太好，昨晚似乎沒睡好。聽說他去拜訪罹難者家屬時，經常哭倒在遺像前，陪同他一起前往的大和商事員工曾經挖苦說：「你真輕鬆，只要流眼淚就好，我們卻要不斷鞠躬。」所以媒體為他取了「哭神茂」的綽號。

「田坂先生，你們已經做好了萬全的戰鬥準備嗎？」

熟識的司法記者詢問站在安藤身旁的田坂了一律師對此案的信心。

「這次的審理恐怕會超過半年，我已經充分鍛鍊身體，以免因為腰痛倒在審判庭的地上。」

田坂的一雙大眼睛中露出帶著調皮的自信，但並沒有多說什麼，向兩名海技士的輔佐人使了眼色，一起走進了電梯。

最先抵達的罹難者家屬是一名失去父親的二十六歲年輕女性。

當記者圍上前時，她口齒清晰地回答：

「我代表我母親、弟弟，還有其他留下的家屬來旁聽。」

「妳對潛艦艦長和觀光漁船的船長有什麼希望？」

「光從媒體的報導，無法瞭解真相到底是怎麼一回事，我希望他們雙方都說實話，釐清為什麼會發生這種事故的原因。我也是為了瞭解真相而來。」

雖然她對迅速圍上來的記者感到有點害怕，身體都僵住了，但還是毅然地回答了記者的問題。比她稍晚到達，正在接受其他記者採訪的夏目利之助看到了她，立刻輕輕把她拉到自己身旁。保險代理店老闆夏目在這場事故中失去了二十八歲的兒子，因為他很懂得照顧人，所以很快成為家屬中的意見領袖。

現場聚集了將近五十名的媒體記者，已經有記者站在綜合辦公大樓前對著鏡頭進行報導。

「海難審判是根據海難審判法，查明海難事故的原因，以期避免類似事故再度發生的『海洋審判』。這是二審制的審判，和司法審判不同，審判庭並非針對犯罪行為進行審判，審判官的裁定具有執行海技執照等行政處分的權限——」

記者看著事先準備好的白板，開始說明一般民眾不太瞭解的海難審判。

上午九點五十五分，比預定時間晚了二十多分鐘後才開庭。寬敞的審判庭正前方中央稍高的台上坐著「審判長」，左右兩側是兩名陪席「審判官」。三名相當於檢察官的「理事官」坐在背對著左側牆壁的位置，海難審判的辯護人稱為「輔佐人」，右側是「國潮」方面的三名輔佐人和「第一大和丸」的三名輔佐人分別坐在前、後兩排。

審判官和理事官都有一級海技士的執照，只要曾經擔任超過一千噸船隻的船長或輪機長兩年以上，就有資格擔任。大部分都來自業界最大的船舶公司，不僅會從地方審判廳調到高等審判廳，也會在不同時期擔任理事官和審判官累積經驗。審判長的年齡四十七歲，其他兩名審判官也都是四十幾歲。

只要是律師，或是有一級海技師證照，曾經在船上負責輪機、航海、通訊等船員都可以登記為輔佐人。

相當於被告的「指定海難關係人」有兩方，「國潮」方面是筧前艦長和海上自衛第二潛水隊群的泉谷司令。「第一大和丸」方面，分別是相當於被告的「受審人」是安藤前船長，以及大和商事有限公司董事長穴吹。這四個人在可以放下海圖的大型證人台前，面對正前方的審判官席坐成一排。筧因為自衛隊法的關係，不適用船舶職員法，沒有海技的資格，也因此雖然筧和安藤都是船長，但在審判庭上有不同的稱呼。

大約一百名旁聽人和媒體人，因此無法全都坐在椅子上，一部分的人只能站在後方的牆壁前。

「在宣佈開庭前，先默哀一分鐘，為罹難者祈禱。」

消瘦的審判長嚴肅地說道，所有人都站了起來，低頭默哀數十秒……家屬席上傳來忍不住發出的嗚咽聲，可能回想起再也回不來的親人……

默哀後，先確認了四名指定海難關係人和受審人的身分。首先是筧，他挺直了身體回答：

「我是筧勇次，住址是橫須賀市……啊，不，是橫濱市磯子區——目前是自衛官。」

不知道是否太緊張了，他把自家的住址說成了之前住了相當長一段時間的司令部所在地。接著是泉谷司令，第三個輪到安藤站了起來，他緩慢而大聲地陳述：

「我是安藤茂，住址是名古屋市北區——目前無業，有三級海技士的執照。」

最後由船公司的穴吹董事長回答。他的本業是經營一家自來水管修理公司，他和安藤一樣，態度從容鎮定。

「審判開始，接下來朗讀陳述書。」

十點零二分，理事官開始朗讀相當於刑事審判中檢方起訴書的陳述書。

個子高大，端正的五官很像武士的理事官聲音十分洪亮。由於事先已經將陳述書要點發給記者，記者紛紛翻著資料，對照文字上的微妙不同，隨時用筆做記錄。

雖然理事官朗讀了陳述書，但因為內容太專業而難以理解，所以家屬注意力漸漸分散，有人看著艦長和船長的背影，也有人低頭看著膝蓋。

二十分鐘的陳述終於結束。審判長看著前方的指定海難關係人和受審人問：

「各位對剛才的陳述有沒有意見？」

筧前艦長立刻站了起來。

「有些部分和我所看到的事實有出入。」

他冷靜而堅定地提出自己的意見，和剛才說錯住址時的樣子判若兩人。到底哪裡有出入？庭內的視線都集中在他身上。

「首先是碰撞的角度，我記得當時的角度並不是右十度，而是左十五度。另外，碰撞時的速度並不是三節（時速約六公里），而是幾乎等於零，其他方面並沒有太大的出入。」

筧前艦長一開始就擺出了戰鬥的態度，想要藉此表明潛艦在碰撞前採取了避航行動，對方因為駕駛錯誤而撞上來。

展示演習時，坐在其他潛艦上指揮兩艘潛艦浮上和潛入的泉谷司令簡單地回答：「沒有意見」，暗示並非整個海上自衛隊一起加入鬥爭的立場，安藤和穴吹兩人都回答：「交由輔佐人判斷。」

之後，在審判長的指示下，開始調查理事官提出的證據，針對事故相關人員的偵訊筆錄、救助情況示意圖等總共超過三百件。三名審判官仔細確認，但無法完全看完，上午十一點五十分後宣佈暫時午休。

旁聽的民眾紛紛從摺疊椅上起身離開，走向電梯。

身穿米色套裝的小澤賴子也坐在後方，她從至今為止的報導中，在某種程度上瞭解了情況，但還是聽不懂理事官的陳述書和審判官對證據的調查。

賴子最關心的當然是筧艦長，他突然反駁「和我看到的事實有出入」時的表情冷靜而充滿自信。下午的審判庭將開始訊問艦長，她打算趕快吃完午餐，盡可能坐在前面的座位旁聽。

「妳該不會是小澤小姐？」

賴子目送擠滿人的電梯關上門，正在等下一班電梯時，背後傳來聲音。回頭一看，一個年輕男人笑嘻嘻地看著自己。他雖然稱不上是馬面，不過那張長臉似曾相識，但一時想不起來他是誰，所以只能微微點頭示意。有時候可能會遇到音樂界的同行或是樂迷，所以她不想失禮。

電梯上來了，賴子被周圍人推進電梯，那個男人站在她身旁。他比賴子高一個頭，可以隱約聞到他頭上整髮劑的味道。賴子努力在記憶中搜尋，他笑著看向賴子，似乎樂在其中。

來到一樓走出電梯時，男人才終於開了口。

「真遺憾，原來妳把我忘得一乾二淨。我是丹羽，防衛廳的丹羽秀明，曾經在柏林見過妳。」

好像有這個人……

「我們不是一起為日德青年交流會的活動做準備嗎？因為妳要表演，我們還討論了曲目。」

想起來了。丹羽當時說，他在防衛廳工作，自費到英國牛津大學留學，利用暑假時間前往布魯塞爾和柏林，瞭解北約各國的軍事形勢。柏林的日本領事館要舉行日德青年交流會，所以找來留學生幫忙，那時丹羽剛好正在柏林，和幾名年輕的書記和打工的專門職員一起忙進忙出。

「我記得你那時候在牛津讀碩士。」

「妳終於想起來了嗎？託妳的福，順利學成歸國了。剛進防衛廳時，幾乎沒做什麼工作，整天被人指使接電話、影印，和那些女事務官沒什麼兩樣。我從東都大學畢業，不想為這種雜務浪費寶貴的時間。」

丹羽站在大廳中央滔滔不絕地說了起來，似乎無意停下來。

「不好意思，我趕著去吃飯——」

賴子很在意時間，忍不住說道。

「前面的馬路上有幾家餐廳，我們一起去。」

丹羽說完後，又開始說留學的事。

「我提出要去留學時，被上司罵了好幾次，說我太任性了，但最後還是同意以留職停薪的方式讓我出國，學費則是拜託父母，當時吃了不少苦呢。」

「為什麼會去讀牛津呢？」

「當時人事院的進修都去美國，這種機會根本不可能輪到還是小嘍囉的我，不過，牛津的碩士很吃香，當初的決定是對的。」

丹羽一臉得意。他太長舌，已經錯過了好幾家餐廳。

「我要去這家。」

賴子指著眼前的蕎麥麵店。

「對不起，因為太懷念那時候了，忍不住一直說自己的事。要去這家麵店嗎？」

他點了點頭，輕輕推著賴子走進店內。幸好店內並沒有太多人，服務生送上了小毛巾和焙茶。

「一眨眼就三年了。」

丹羽用小毛巾擦拭著，撇嘴而笑的臉湊到賴子面前。賴子再度聞到了他頭上整髮劑的味道。

「差不多吧。」

「當時妳還是一副學生的樣子，現在變得很成熟，也很漂亮……我今天是因為防衛廳的工作關係來旁聽，沒想到妳這位音樂家也會來旁聽，該不會是妳的家人或是親戚……」

他擔心地小聲問道。

「不，『國潮』的艦組員曾經幫過我的忙……事故剛發生時，我受到媒體的影響，對自衛隊竟然做這麼過分的事感到很生氣，但也因此想要瞭解真相。」

丹羽聽了，立刻放下打開的菜單。

「『國潮』的艦組員？誰？」

他追問道。

「名片上寫是船務士——」

賴子含糊其辭地回答。

「妳是說花卷朔太郎？」

他立刻提高了嗓門問。

「你認識花卷先生？」

「怎麼可能不認識？他是我高中同學，我們還一起參加了划船社。」

「你們讀哪一所高中？」

「愛知縣的豐田第一高中，之後我進入國立東都大學，他去了防衛大學。」

他再度強調自己是東都大學畢業，然後沒有問賴子的意見，就點了兩份天麩羅蕎麥麵。

「真令人在意啊，妳怎麼會認識花卷的？」

賴子簡單地告訴他，四個月前，在接到恩師病危通知後急著趕往醫院，剛好遇到花卷和他的學長，在他們的親切幫助下，順利趕到醫院，為恩師送了終。

「是喔，沒想到他還真有兩下子。他在高中時笨頭笨腦，而且超木訥，從來沒交過女朋友。」

他的嘴角露出笑容。賴子對奇妙的緣分感到驚訝，但覺得繼續聊花卷的話題似乎不太妥當。

「聽上午的檢察官……不，是理事官的陳述，好像認為『國潮』的艦長判斷失誤，站在告發的立場，的確會有這種論調，但事實到底怎麼樣？」

「艦長不是一開始就咄咄逼人嗎？他徹底反駁理事官的陳述，但我們自家人防衛廳的見解也認為是『國潮』有錯。」

他事不關己地說完，吃著送上來的天麩羅蕎麥麵。

「我記得之前在報紙上看到，防衛廳長在國會答辯時說，考慮到造成這麼多犧牲者，應該考慮限制艦長的行動自由，今後艦組員的行動也會遭到限制嗎？」

「妳是在問花卷的情況嗎？」

賴子點了點頭。

「他在事故當時只是值更的軍官之一，雖然不能說不需要負任何責任，但以他的立場，不需要負那麼大的責任。事實上，當他被留置在『國潮』艦內時，我很擔心他，還打電話給他。那時候他剛好不知道第幾次去海上保安廳接受偵訊回到艦上，聲音聽起來很沮喪，所以我就鼓勵了他一下，為他加油。」

他一副高高在上的態度。

「要接受很多次偵訊……」

她想起自己完全不瞭解這些情況，那天還在喝了父親的白蘭地壯膽後打電話給花卷，不由得感到羞愧。丹羽瞥了她一眼說：

「海難事故的審理和陸地上火車或是汽車發生事故不同，幾乎沒有什麼證據，所以很難做出判斷。比方說，一旦船沉了，甚至很難判斷發生碰撞的海域位置，有時候船長和船上的人員死亡，就無法瞭解碰撞發生的經過，從這個角度來說，這起事件留下了很多證據。」

「什麼證據？」

「首先，雙方的船長和船員都活著，而且沉沒的漁船也從海底打撈上岸了，這是很難得一見的情況。只不過打撈的費用要一億圓，得由我們防衛廳出這筆錢，想到當時的辛苦，真的是──」

他故弄玄虛地停頓了一下。

「要請各部會分擔這筆費用，但每個部門都不願意被人瓜分已經到手的預算，誰都不願負擔，高層又命令我負責張羅，我只好去各部門打招呼，總算籌到了一億。」

賴子對打撈費用這麼昂貴感到驚訝，同時也從丹羽的話中，感受到他誇示自己年紀雖輕，但在防衛廳內很有實力。

「另一方面也是因為在現場對『國潮』進行了實地勘驗的關係。制服組那些人向來以潛艦是防衛的機密為由，對我們防衛廳也隱瞞很多事，那些人菁英意識特別強烈，都是一些固執的傢伙。」

他語帶挖苦地說道。賴子很想趕快吃完，但已經沒了食慾，放下了筷子。

「怎麼了？不合妳的胃口嗎？這也難怪。我們難得重逢，改天我帶妳去好吃的餐廳，妳是在東洋交響樂團吧？那裡是超一流，下次我一定要去欣賞。」

說完，他看了一眼手錶。

「很不巧，今天下午我無法去旁聽。防衛廳派了職員會在旁聽席聽一整天，下午也會有人來接我的班，很遺憾，今天就只能先告辭了。」

他注視著賴子遞上名片，毫不掩飾內心的遺憾。

「因為工作的關係，我過著二十四小時待命的單身生活。無論妳想關心審判庭的情況，或是擔心花卷，都可以和我聯絡。我會盡力幫妳，因為花卷是我最好的朋友。」

他巧妙地在名片上留下了住家的電話。名片上印著——

防衛廳 教育訓練局訓練課 部員

「部員聽起來很蠢吧？防衛廳原本是警察預備隊總部，但顧慮到國民的感情，所以至今仍然用部員的職稱，部員上面才是書記官等職位，真的很受不了。」

他苦笑著說完，自信滿滿地離開了。

為了能夠在下午聽「國潮」前艦長的意見陳述，賴子立刻回到了海難審判廳所在的建築物。她的腳步稍微變得輕盈，也許是因為遇見了自稱是花卷好朋友的丹羽，只不過他們的性格完全相反。

回到審判庭，旁聽席已經坐了八分滿。想要坐在前排細聽的賴子在中央通道左側第五排找到一個空位，小心翼翼地坐了下來。

旁邊是一對看似六十歲左右的夫妻。兩個人湊在一起竊竊私語，但賴子很自然地聽到了他們的說話聲。

「……之前打電話時，她說會來，但我沒看到她……智也的屍體被發現時，她還哭喊著要一起去死……」

「是啊……我那時候還很擔心，萬一她真的拋下孩子尋短……沒想到得知可以領到補償金，一下子就變得那麼現實。我才不要把智也的骨灰交給這種媳婦。」

老婦人用手帕掩著嘴，拚命忍著嗚咽。

賴子也從報導中稍微瞭解補償金的事。在三十名罹難者中，除了「第一大和丸」的兩名船務員以外，自衛隊將賠償二十八名罹難者總共二十一億圓，已經有四分之一的家屬接受。慰問費一律兩千萬，再加上假設對方活在世上可以獲得的金錢收入，以霍夫曼公式計算後相加，所以一名正值壯年的男人將可獲得將近一億圓的補償金。

然而，如果罹難者家屬為了補償金衍生出新的問題，導致彼此憎恨，無疑是雙重悲劇，令人感到鼻酸。

賴子的淚水在眼眶中打轉。身旁那對老夫妻看起來溫文儒雅，但在公共場合談論這種事，是因為已經失去了理智嗎？還是被極度的悲傷擊垮了？

不一會兒，宣佈下午的審理開始。

原本以為會馬上訊問筧前艦長，沒想到先繼續調查理事官在上午提出的證據。

理事官出示了每一件證據，審判長大聲朗讀。在刑事審判的法庭上，為了避免法官產生成見，所以會在必要時才提出證據資料，但在海難審判時，都會事先統一提出。

旁觀席的人都無所事事，有人開始交頭接耳，也有人慌忙忍住呵欠的聲音。

審判庭採納了三百一十九件證物，將近下午兩點時，才終於開始訊問筧前艦長。

庭內鬆懈的氣氛頓時緊張起來。

「審判長！請等一下。」

輔佐人後排座位上突然響起一個聲音。前排是「第一大和丸」方面的輔佐人，後排是「國潮」的輔佐人，起身說話的是田坂了一。曾經是大型船舶公司的船員，目前是律師的田坂被認為是最厲害的海難審判輔佐人。消瘦的審判長露出納悶的眼神問：

「怎麼了？」

「根據筧指定海難關係人第72和75號偵訊筆錄，這兩次訊問並不是在橫濱的海難審判廳，而是在自衛隊的橫須賀第二潛水隊的辦公室進行，請理事官解釋一下原因。」

他一雙大眼睛中充滿怒氣。

審判長皺著眉頭說，如果有疑問，應該在調查證據之前提出。他似乎很在意拖延了審理的時間。

「在理事官向審判庭提出筆錄之後，才知道偵訊的方式並不公平，我對此提出異議。」

田坂大聲說道。三名理事官不以為然地紛紛說：

「地點在哪裡有什麼問題嗎？」

坐在田坂旁的年輕輔佐人強烈抗議不公平。

「理事官，那就請你說明一下。」

審判長嘆著氣說道，其中一名理事官站了起來，冷冷地回答說：

「當時負責偵訊的理事官想要親眼確認一下潛艦這種特殊的船艦，而且筧艦長連續多日在橫須賀接受海上保安廳的偵訊，遲遲無法來橫濱，所以七月二十八日和二十九日由我方前往橫須賀。之後都是筧艦長來此接受偵訊。」

「但這是一起深受國民矚目的事故，理事官親自前往自衛官所在的地方，卻要求民間人士的船長到海難審判廳接受偵訊，不是太奇怪了嗎？自衛隊不是應該保護日本國民嗎？」

田坂緊咬不放，毫不退讓。

安藤前船長的輔佐人試圖訴諸輿論，海上保安廳和海難審判廳禮遇自衛隊，在偵查過程中放水。一旦發生造成三十人死亡，十七人輕重傷的業務過失致死傷事件，當然應該強制搜索家宅，但這一次既沒有逮捕任何人，也沒有搜索住宅，顯然很不尋常。

「本海難審判廳完全沒有你指出的意圖，之後如果有任何疑問，可以隨時釐清。」

理事官猜到了田坂的戰術，並沒有繼續討論下去。

「那我方要申請追加證據。」

田坂繼續說道。

「（一）、申請八月十三日海上保安部進行的現場勘驗筆錄，理由是為了證明『國潮』的機動性。

（二）、申請事故當時的雷達影像照片。理由是為了瞭解兩艘艦船的接近情況。除此以外，還要傳以下證人到庭。防衛廳長宮田義郎、海上幕僚長東俊一、第三管區海上保安總部警備救難部長……」

聽到防衛廳長的名字，記者席上一片嘩然，但田坂一鼓作氣地繼續列舉了「國潮」的副艦長，以及事故當時負責操艦操舵的九名艦組員的名字。

坐在旁聽席上的賴子身體抖了一下。因為她在田坂申請「國潮」艦組員的證人名單中，聽到「值更官助手・二尉・花卷朔太郎」的名字。雖然輔佐人所申請的包括防衛廳長在內的證人並不是都會到庭作證，但花卷會出庭嗎？

輔佐人和理事官之間劍拔弩張的攻防終於結束，終於聽到審判長說：

「筧指定海難關係人，請上前——」

筧站在證人台前。

「審判長，在此之前，我有話要說。」

筧說完，轉身面對旁聽席上的家屬深深鞠了一躬說：

「這次的事故造成三十人死亡，我在此衷心表達道歉。隨著日子一天一天過去，我的歉意越來越深，也越來越感到自責。」

——假惺惺。

坐在賴子身旁的老夫婦不悅地說道。「我們家就在世田谷，這麼近的距離，如果他真的想道歉，事故發生後馬上就可以來了……結果拖了一個月才……」那位太太用指尖拭著淚水。

筧道完歉後，審判長終於開始訊問。

訊問從事故當天展示演習的情況開始，然後訊問了發現「第一大和丸」的時間點，漸漸進入核心。

賴子因為在證人名單上聽到花卷的名字，所以不免有點在意，但還是仔細聽了十五分鐘的訊問內容。

審判長結束訊問後，由老練的右陪席審判官發問。

「我想請教你最初看到『第一大和丸』時的情況。是在擔任值更官的水雷長向你報告後才發現，還是之前就已經發現了？」

水雷長和艦長、副艦長一起站在「國潮」的艦橋上，因為他即將升任船務長，所以由他擔任值更官進行訓練。

「我親眼看到並確認後，明確瞭解了那艘漁船的存在。」

覓並沒有直接回答到底是誰先發現漁船，強調了自己的判斷。

「根據偵訊筆錄，水雷長在以航向兩百七十度駛向橫須賀港途中，最初發現『第一大和丸』是在右舷艦首大約三十度、兩千公尺的位置，接到你命令『報告漁船目前的方位』，用電羅經測量後，向你報告『漁船的方位稍微落下（方位偏向自艦的右側艦尾方向）』，對不對？」

「沒錯。」

如果從橫濱駛向大島方向的漁船航向轉向潛艦艦尾的方向，就不會在海洋上交集，不會引發任何問題。

「如果漁船的方向明確向右轉，潛艦就可以從漁船前經過，但如果稍微落下的話，就有可能發生碰撞。你當初認為可以安全通過，在你認知中的安全是多少距離？」

「我認為可以在四百五十公尺的距離外通過。」

「水雷長用電羅經測量，但你說自己靠陸地的固定物標進行判斷，你能夠靠陸地的固定物標，就這麼有把握地認為可以通過嗎？」

「因為周邊海域、山脈和塔等陸地物標都已經看了多年，之所以下令水雷長報告方位，只是為了補充確認。而且水雷長每次看電羅經的時間大約二十秒左右，所以只看了兩次，我從之前就很熟悉周圍的環境，根據我的判斷，只要保持本艦的方位，完全可以先行通過，所以我以自己的判斷為優先。」

根據海上碰撞預防法，當兩船可能發生碰撞時，如在右舷側看到對方船隻，則應盡可能立刻大幅右轉，或即刻停止，避讓對方。審判官對於當水雷長不是報告「落下」，而是報告「稍微落下」這麼微妙的情況時，艦長為什麼沒有採取避航行動一事，追究他的責任。

坐在旁聽席的賴子豎耳細聽覓前艦長的答辯。他看起來很擅長施謀用智，也充滿了自信，但賴子很難想像在偌大的東京灣，兩艘船相距兩千公尺，為什麼會像磁鐵般相互吸引，進而發生碰撞。

當她蹺著二郎腿的腳準備換姿勢時，鞋尖不小心碰到右側中年男子的褲腿。她慌忙低頭道歉，兩隻腳向前並攏時，審判官已經開始問下一個問題。也許海上的狀況真的是瞬間萬變。

「接下來是關於那艘遊艇的狀況。副艦長說內容和報告，與你的筆錄有點出入，所以我向你確認一下。副艦長說，遊艇出現在左舷艦首六十度方向，距離約六百公尺，但你的筆錄上說，當你看向左方時，看到遊艇出現在左舷正橫（正側面）六百公尺的距離，斜向進入本艦的航道。副艦長報告時還在左前方，不可能立刻出現在正橫的位置，是不是你記錯了？」

「你這麼一說，我想起來了，的確是稍後之後，才來到正橫的位置。」

他難得坦率承認自己的記憶錯誤。

「關於遊艇的速度，副艦長、你和遊艇船長的回答都不一樣，所以我再確認一下。副艦長說是六節（時速約十一公里），遊艇船長說是四節（時速七公里），你說比潛艦的速度更快，所以到底怎麼樣？」

「我認為和本艦速度幾乎相同，或是比本艦更快。」

「所以，你在下令停止後，又發出超長一聲的警告，當時從你的位置來看，遊艇的方向和距離如何？」

「已經接近本艦正橫兩百到三百公尺的位置。」

「既然在左正橫的位置，就沒有碰撞的危險，根本不需要停止，不是嗎？」

「不，遊艇出現在左正橫的位置，和本艦平行航行，好像在參觀本艦，所以我希望立刻消除這種情況。」

輔佐人席上的田坂律師立刻向身旁的輔佐人咬耳朵。田坂之前就推測是因為遊艇出現，篔忙於處理遊艇問題，導致沒有及時判斷可能和「第一大和丸」發生碰撞，也許聽到篔剛才的陳述，讓他自己的推測更有信心。媒體記者對田坂的動作有了敏感的反應，紛紛討論起來。

審判官輕咳了一下，示意旁聽席安靜。

「經常遇到他船靠近參觀潛艦的情況嗎？」

「不時會遇到。」

「發生這種情況時，停下不是很危險嗎？」

「因為對方是遊艇，如果一直和本艦近距離平衡航行，很可能會因為被風一吹，就倒向意想不到的方向。而且，『第一大和丸』出現在右舷，為了避免在不安定的狀態下被兩方夾住，所以我決定停下。」

篔的態度似乎在說，本來就應該這樣操艦。

「和遊艇之間的關係解除之後，你對『大和丸』做出了怎樣的判斷？」

「『大和丸』仍然保持落下的方位，所以我判斷可以安全通過，就下令加速前進。」

「但是，在之後和『大和丸』之間只剩下七百公尺的距離時，你認為應該轉右舵避讓。當時的七百公尺是目測嗎？」

「是的。」

「關於接下來一連串的命令，在轉右舵後停止，接著又發出了原速後退、後退滿的命令，下達這些命令之間有間隔嗎？」

「……不，應該是連續發出命令。」

「通常在轉右舵避讓就很安全了，但如果停止，反而會影響舵效，而且之後又原速後退和後退滿，輪機長和水雷科操舵員在筆錄中說，這不是平常的輪機使用狀態。輪機長說，他在自衛隊十多年期間，第一次遇到這種情況。駕駛室人員也說，通常在後退時最多只有半速，所以感到非常異常。當時的情況急迫到非要採取這麼緊急的措施嗎？」

筧得知「國潮」的艦組員在接受理事官的偵訊時這麼回答似乎有點吃驚，他愣了一下，但隨即恢復了平靜的表情。

「當時的情況並不至於急迫，因為我向來認為，這是在避讓對方的同時，以最短距離停止的最佳方式，所以毫不猶豫地命令後退。」

「平時在操縱和操艦時，也總是緊急採取後退滿的方式嗎？」

審判官語帶諷刺地問道。

賴子聽到身旁的老夫妻小聲嘀咕：「到底怎麼樣？」似乎在催促筧回答，她忍不住苦笑起來。

「必須視當時的實際情況而定。」

筧冷靜地回答。

「關於剛才提到七百公尺的問題，副艦長和水雷長在筆錄中說是五百公尺至六百公尺，你目前仍然認為是七百公尺嗎？」

審判官的言下之意，就是正因為已經接近到只剩下五、六百公尺，才會慌忙下達可說是不同尋常的命令。

「在我做出判斷時，大約是這樣的距離，他們的回答應該是在我下達命令之後觀測到的距離。」

筧前艦長用各種方式徹底強調自己的正當性。審判官對筧的陳述產生了強烈的懷疑，但因為時間有限，所以繼續訊問。

「根據筆錄，你之後採取了短一聲（本艦轉向右側）的避航措施，艦首朝向對方船隻，距離大約四、五百公尺，你認為這樣應該沒問題了。對方船隻的航向如何？」

「我不記得有太大的變化。」

「那你的船呢？」

「可以用肉眼感覺到稍微向右旋轉。」

筧用驚訝的表情說明了當時他再度下令右舵滿舵，以為可以避開碰撞，「第一大和丸」突然轉向左側，朝向「國潮」衝了過來。

「我和其他在艦橋上的人都拚命向『大和丸』揮手，示意他們向右轉。」

他一再強調「國潮」大幅度右轉避讓「第一大和丸」，但「大和丸」轉左舵，幾乎是直直地衝撞過來。

「接下來要請教關於碰撞時的角度問題。你在上午的開庭陳述時，要求將碰撞角度更正為左前方。」

審判官向法警示意，把筧的筆錄中所附的海圖放在證人台上，上面有「國潮」和「第一大和丸」碰撞時雙方的位置和角度，筧前艦長想要特別強調這張海圖上的角度應為左十五度。

「這張海圖是什麼時候的？」

「我站在艦橋上的時候，所以是碰撞時的圖。」

「這和站在艦橋上的其他艦組員的陳述都稍有出入，有人說是正面碰撞，也有人說是右十度。所以在此確認一下，在碰撞前的距離最多只有十五、六公尺吧？」

「對。」

「在這麼短的距離，當對方船一下子衝撞過來時，能夠睜開眼睛，看清楚角度嗎？」

「我的確看到了，而且還記得『大和丸』在碰撞之後繼續向左旋轉。」

他自信滿滿地回答。

「但是雙方都有一定的速度，即使在瞬間用力碰撞，下一瞬間就已經發生了變化，而且因為當時的角度和記憶的不同，每個人對碰撞角度的認識會不太一樣，這張圖確實是你在碰撞時看到的狀況嗎？」

「沒錯。當時我站在艦橋最高處，水雷長和副艦長的位置因為被帆罩稍微擋到了，所以應該不容易看到艦首附近的情況。」

筧前艦長一再主張自己的認識最正確。

「對方船傾倒或是大幅傾斜時，你有沒有看到船上的人落海？」

「因為漁船倒向左舷側，所以無法看到當時的情況。」

筧前艦長說完，露出滿臉愁容。

「你在筆錄中對於沒有發出遇難信號一事解釋說，因為已向潛艦『松潮』和護衛艦『釧路』救助，所以期待該艦趕到現場，但你不認為根據海上碰撞預防法，比起向遠處求援，應該向就近的船隻發出信號嗎？」

曾經擔任過船員的審判官語氣中帶著嚴厲的指責，認為此舉太缺乏常識。

「當時只想到通知僚艦，同時努力操艦，避免本艦的螺旋槳朝向落海者的方向，並努力救援落海者，並沒有想到要發出遇難信號。」

他第一次帶著歉意低下了頭。

下午五點過後，訊問仍然沒有結束，但因為時間到了，所以審判長宣佈兩天後繼續開庭審理。媒體記者都追著筧前艦長，希望他發表意見，但筧在相關人員的包圍下，一言不發地坐上了停在門口的小巴士。

安藤前船長和輔佐人田坂在三樓的記者室舉行了記者會。田坂意有所指地說：

「筧艦長的證詞有很多矛盾之處，我方將在今後的審判庭中指出具體內容。」

然後，很快結束了這場記者會。

賴子來到大樓外，秋陽已經西斜。從今年春天開始舉辦的「未來博覽會」熱鬧的聲音隨著音樂一起從海港的方向傳來。

走去櫻木町車站的路上，想到剛才坐在旁邊的老夫婦不知道帶著怎樣的心情踏上回家的路，不由得感到難過。兒子的死、家庭關係的破裂和前途茫茫的審判庭——

賴子對筧前艦長堅韌的毅力感到驚訝。賴子是外行人，不瞭解船舶的專業知識，也不知道他身為艦長的操艦是否有疏失，只是忍不住存疑。但是，筧前艦長在眾目睽睽之下，受到這麼大的指責，卻仍然不為所動，從某種意義上來說，的確很了不起。

花卷不像是這麼能言善道的人，但在那位艦長手下磨練多年，也許也很堅強。之前覺得花卷謙虛、見識廣，給人的印象很不錯，她不由得想像著花卷在防衛廳的丹羽和剛才的筧艦長等看似複雜的人際關係中如何生存，但最後還是無法順利想像。

*

秋高氣爽的天空中，點綴著幾朵像魚鱗般的雲。

十月二十日——今天是橫濱地方海難審判廳第三次開庭審理，「第一大和丸」的安藤茂前船長將在今天的庭上陳述，所以前來領取旁聽證的民眾一早就大排長龍。橫須賀潛艦艦員經常造訪的食堂「桔梗屋」的店花池乃沙紀也排在隊伍中，她一頭鬈髮，仿香奈兒的針織套裝和細高跟鞋穿在她身上顯得婀娜多姿，在隊伍中十分引人注目。她從剛才就一直在觀察排在前面的一個男人。

「你是不是北先生？」

她語帶責備地問道，穿著運動上衣和牛仔褲的男人一臉狐疑地轉過頭。

「果然是你，碰撞事故發生後，你來我家的食堂，喝醉酒時說了花卷先生很多壞話。你還記得嗎？」

周圍人的視線都集中在男人身上。右側臉頰和脖子上都有幾顆小痣的北健吾窘迫地低下了頭。

安藤前船長走到證人台前。十月三日第一次審判時剪短的頭髮已經稍微變長了，天然鬈的頭髮出現了一點捲度，更適合那張戴著淺棕色眼鏡的臉，只是他看起來仍然很憔悴。筧前艦長可能在第一、二次審判庭中已經陳述了他想要表達的內容，所以泰然自若地坐在泉谷司令旁。

開庭後，首先由審判長開始訊問，先問了安藤成為「第一大和丸」船長的經過。

「我在今年六月才回到日本，打電話給三重商船高等專科學校的學長佐佐木先生打招呼，在大和商事當業務部長的佐佐木先生說，他們公司剛好缺船長，拜託我在他們找到新的船長之前，短時間幫忙一下。原本我拒絕了，但因為佐佐木先生一再拜託，所以我就在六月二十四日或是二十五日，成為本船的船長。」

「你有沒有見過前任船長？」

「當時他已經離開了。」

安藤推了推眼鏡回答。他似乎有點緊張。

「本船是由鮭鱒漁船改造的觀光漁船，船體的穩定性如何？」

「船本身的重心很穩。」

審判長接連問了有關船體構造的問題，安藤也逐一回答。

接著，右陪席審判官探出身體。前兩次開庭時，他對筧前艦長的訊問十分犀利，是三名審判官中的關鍵審判官。

「先請教一下你的航海經驗，在這起事故之前，你有幾次在伊豆大島一帶航海的經驗？」

「六次往返。」

「乘客人數每次都和本次相同嗎？」

「不，據我所知，第一次載這麼多人。」

「在之前的航海經驗中，平均大約有多少人？」

「有時候只有五個人，也有時候有十二個人，只有一次有三十個人，但平均大約二十名左右。」

之後，針對乘船名冊問了幾個問題。安藤說，在事故當時的航海時，並沒有事先拿到乘船名冊，以及從橫濱出發之後，才知道有三十九名乘客，船員九名，總計四十八名，超載了四個人。

「這不太妥當吧？公司方面沒有指導必須遵守定員人數嗎？」

「那是特別……在那次之前，從來沒有發生過超載的問題，所以公司方面也沒有特別指導。」

「接下來請教一下安全航行的問題，你是用什麼方式觀測？」

「視當時的狀況而定，在觀音埼之前，視野特別不佳，或是乘客在甲板上時，會請甲板員或是事務長在船頭或交誼廳上甲板觀測。」

接著訊問了操舵問題。

「根據筆錄，在經過橫濱港第一號燈浮標的兩、三分鐘後，改為全速自動操舵，是嗎？」

「是。」

「海上保安廳三管本部發佈了行政指導，要求在東京灣內避免使用自動操舵，你知道嗎？」

「隱約知道，所以我會視實際情況改成手動，然後再改為自動。」

「剛才審判長也已經問過，這艘船的上甲板出入口，左舷側有四個，右舷側只有一個。通常船隻都是左右對稱，你沒有感到奇怪嗎？」

「我的確覺得有點奇怪，也曾經問過為什麼只有一個門，真正的理由我不太清楚，但當初只告訴我是為了通過檢查。」

「還有另一個結構方面的問題。由原本魚的冷凍庫改裝的船艙，像是這裡，還有上面的食堂和交誼廳內有很多乘客因為無法逃生而死亡。在傾斜嚴重時，是否有什麼類似置物櫃之類會移動，進而堵住出口的東西？」

「幾乎沒有。」

因為有很多乘客被關在船內而死亡，因此審判官針對這一點問了幾個問題。

「和室椅前的桌子雖然很長，但即使風浪很大，也不會移動，冰箱和其他東西都綁得很牢固。」

安藤回答。

「對於船隻的穩定性，你是否有過任何擔心或是不安？」

「我剛才也說了，船本身重心很穩，所以從來沒有這方面的擔心。」

他瞥了一眼坐在輔佐人座位上的田坂律師後回答。

午休之後，由關鍵審判官繼續訊問。

訊問漸漸逼近核心，目前正在訊問安藤看到「國潮」之後的經過。

「以距離來說，大約是什麼時候發現『國潮』的？」

「最初是兩海里（大約三千七百公尺）左右。」

「距離多近時，你覺得可能會出問題，才開始注意？」

「我記得在最初發現後，曾經用窗框觀測了方向，但在更接近之後，才開始認真注意。」

「多接近的時候？」

「不到一海里的時候。」

「船上不是有電羅經嗎？你有沒有用羅經測量方位？」

「不，沒有。」

「你幾乎都是只靠窗框觀察方位的變化嗎？」

「對。」

「理事官曾經問你，是不是剛好看到潛艦，為了取悅乘客，所以主動靠近。你回答說，絕對沒有這種事。」

「以前曾經有一、兩次遇過潛艦，我記得當時潛艦都是強勢從船前經過，我才不會那麼笨，主動去靠近。」

安藤前船長甩著留了微捲頭髮的腦袋，露骨地皺起眉頭。

「那就繼續下一個問題。在碰撞三分鐘前左右，為了避免繼續接近，你把引擎的轉速調到兩百六十。為什麼這麼做？是原本以為『國潮』會往右（擦身而過），但後來發現有危險嗎？」

「沒錯。」

「你之所以覺得對方或許會改變航向，是因為你知道自己是權利船，『國潮』是避航船嗎？」

「當然有這種想法。」

「但在三分鐘前你開始減速，避免繼續靠近，當時和對方船之間的距離是多少？」

「當時以為有一千幾百公尺，但現在仔細想一想，可能是一千公尺吧。」

「你完全沒看雷達。」

審判官嚴厲地說道，安藤原本放鬆的表情露出一絲慌亂。

「在那個時間點，不需要看雷達。因為已經進入了視野，應該比三番兩次離開舵輪前去看雷達更直接吧。」

安藤不以為然地回答，他似乎向來憑感覺駕駛船隻。

旁觀席上的沙紀一臉受不了的表情看著安藤前船長。從很久以前開始，潛艦和護衛艦的艦員一上岸就會去「桔梗屋」把酒言歡，但她從小就知道他們訓練有素，一旦上了船，就是出色的船員，所以一直希望在店裡的客人中尋找以後出嫁的對象。

在她周遭的朋友中，漂亮聰明的女孩都不會去普通的公司行號上班，通常都會在橫須賀周圍的酒吧、酒店打工，對自衛隊的菁英分子虎視眈眈，想要飛上枝頭變鳳凰。日本沒有戰爭，自衛隊員的生活有保障，而且很少有機會和女生接觸的自衛隊員很容易上鉤。

兩年前，沙紀看到第一次和「國潮」的同事一起來店裡的花卷朔太郎，頓時有了心動的感覺。她並不是基於算計想要高攀，而是基於純粹的感情，她的父母也默默聲援她。

然而，花卷一直把她當成小孩子，邀他看電影也從來沒有獲得正面回應。最近可能因為發生這起事故深受打擊，整個人都變了，不再像以前那樣有話直說，也沒有以前那麼親切。全都是那個毛躁的船長和那家破船公司害的。如果沒有發生碰撞事件，也許有機會和花卷二尉約會，說出自己的心意……

而且，那些乘客搭上了那種完全不注重安全管理的船，如果只是落海也就罷了，很多人被關在船內死了，實在太可憐了。沙紀帶著這兩種心情仔細聽著審理。

北健吾在旁聽時，一直覺得坐在斜前方那個定食店的傲慢女孩很礙眼。一個女生一副很在行的樣子，跑來旁聽什麼海難審判，一定是受到去店裡的那些海上自衛隊的傢伙的影響，而且一身不合時宜的穿著，簡直貽笑大方。事故發生後，他的確曾經去橫須賀找花卷，但得知暫時不會回家，就跑去「桔梗屋」喝酒。

「國潮」無視海上碰撞預防法，想要從民間海釣船前強勢通過，才會造成這起碰撞事故，但在事故發生翌日，海幕長已經發出聲明，聲稱「國潮」的操艦並無疏失。三十位民間人士下落不明，海上自衛隊的態度竟然如此傲慢，不由得令他生氣不已。那天在那家店時說花卷「死不要臉」完全是真心話，竟然被緊抱海上自衛隊大腿的老闆抓住衣領轟了出來，而且還被那個女生用水淋了一身。他越想越火大，雖然是死對頭，但看到那個女生一臉嚴肅的表情，還是覺得很滑稽。

北健吾原本很希望在筧前艦長應訊時來旁聽，但因為他除了大學的課業以外，還要打兩份工賺學費，整天忙得暈頭轉向。尤其在出版社週刊雜誌的工作很忙，那天雖然在橫濱，卻為了追蹤政治人物的緋聞，被安排去跟蹤盯梢，沒辦法抽空來旁聽。

因為之前去讀防大浪費了時間，所以即使從二橋大學畢業，恐怕也無法進入股票上市公司任職。北健吾雖然才二十八歲，卻已經飽嘗了人生的挫折，整天鬱鬱寡歡，所以今天無論如何都要來旁聽。

從他的座位只能看到筧前艦長的背影。這個艦長害死了三十條人命，竟然還這麼鎮定自若，一副自以為菁英的樣子讓他很不高興。像浮萍般在外國當了多年船員的安藤前船長無論再怎麼有理，自衛隊這個巨大的組織都會把他玩弄於股掌之間。想到這裡，安藤覺得自己也像是一條敗犬，不由得感到懊惱不已。

防衛大學的課業水準很高，他也樂在其中，但既然學校的使命是要保護國民和國土，就不要整天把時間浪費在戰史或是老一套的體力鍛鍊、基本訓練上，為什麼不更明快地教導專守防衛的軍事策略？一年級的時候整天扛著沉重的槍，在原野上練習匍匐前進簡直太蠢了，這些課程很快澆熄了他的熱情。室長原田正親切地找他談了好幾次，兩個人也爭辯了好幾次，最後還是無法說服他，他執意退了學。雖然目前好像在懸崖邊討生活的日子充滿屈辱，但他對自衛隊沒有任何留戀。

安藤船長，加油！有很多國民支持你！北健吾在內心聲嘶力竭地不斷大喊。

審理庭上，「國潮」從發現漁船後，直至逼近到彼此只剩一千公尺時，仍然沒有改變航向這段內容已經審理結束，開始討論遊艇出現時的情況。安藤前船長看到「國潮」從遊艇前強勢通過。

「所以我覺得也一定會強勢從我們面前通過。」

安藤說。

「既然這樣，你為什麼沒有發出警告信號或是疑問信號？不是應該發出信號嗎？」

「但是，我用望遠鏡看了對方艦的狀態，看到艦橋上有很多人，當然覺得對方已經看到我了，但還是衝過來，打算強行通過。」

「你為什麼沒有發出警告信號？」

「……」

「你認為他們很快會轉向嗎？」

「我猜想他們應該會採取某些措施。」

安藤的回答缺乏自主性。審判官繼續訊問和對方船只剩下三百公尺時的情況。

安藤沉默片刻後，瞥了一眼輔佐人的方向後回答：

「在接受理事官的偵訊後，曾經去勘驗了現場，我才回想起來當時的距離應該不是三百公尺，而是一、兩百公尺，已經相當接近了。」

「在距離這麼近之前，你都一直沒有行動嗎？你沒有停止，也沒有繼續減少引擎的旋轉次數嗎？只要把翼角（螺旋槳的槳葉角度）降為零，就會立刻喪失推進力。」

「但當時我覺得與其在這個時候停止引擎，然後再重新出發，還不如駛向對方的艦尾。」

「在碰撞不到三十秒前，你認為對方潛艦會直行，所以就左轉，想要繞去艦尾嗎？」

「對。」

「如果你把左舵打滿，以你那艘船的迴旋圈來說，並不會發生碰撞。你雖然想要繞到對方的艦尾，但左舵並沒有打滿，而是打到左十度或十五度，在慢慢扭轉時，看到了對方潛艦的右舷，對不對？」

「不，不是這樣。當時距離已經很接近，根本不可能這麼從容，我左舵打滿了。」

安藤十分堅持這一點，似乎認為這個問題是關鍵。

「那我換一個問題。是關於你接受理事官偵訊的筆錄上，『有關信號或汽笛鳴笛的聽取狀況』的部分寫道，在將船左舵打滿，同時減速、鳴笛等一連串動作的前後，記得聽到了『國潮』的汽笛聲，汽笛的種類不明。在那個時間點之前，你認定對方會通過你的船前嗎？」

「對。」安藤點了點頭。

「所以，這裡所說的汽笛種類不明是指？」

「在那個時間點，已經對於對方艦的避航動作不抱期待了。」

「我問的不是你的期待，而是汽笛的事。在猜想對方會右轉時聽到信號，當然代表操船信號，否則不可能毫無意義地鳴笛，不是應該確認是不是短一聲（向右轉）嗎？」

「是。」

「你說汽笛種類不明，為什麼沒有搞清楚呢？那是在你把左舵打滿之前，不是嗎？」

「應該是。」

「難道你沒有想到要先確認汽笛的意義，瞭解對方船的動作後，再決定自己的船要右轉還是全速後退嗎？」

「我並沒有聽清楚汽笛，只是隱約記得好像有類似汽笛的聲音。那時候距離已經非常近，已經看到對方艦的艦首，所以我判斷和原來的航向沒有太大的改變（直線前進），才決定向左轉。」

「但是兩艘船接近，必須發出操船信號時，你只覺得好像有類似汽笛的聲音嗎？」

「不，因為兩艦船越來越靠近，所以我覺得只能左轉。」

「也就是說，在聽到對方艦汽笛這件事上，是因為兩艦船太靠近了，你根本來不及確認，是嗎？」

「對，應該是來不及確認。」

「在這麼緊迫的情況下，只要全速後退就可以簡單化解。只要把變距螺旋槳的速度放慢，就可以在短時間內停止或後退，為什麼你沒有這麼做？」

「因為我想到舵效可能變差，所以想要趕快閃過艦尾。」

他拚命解釋，但不難瞭解到，他從發現「國潮」，到兩船異常接近過程的操船判斷都很被動。

「請你在那裡用船的模型表示後，把圖畫出來。你說最初相距三千公尺，請你畫出當和對方艦的距離只剩下三百公尺，你想要駛向對方艦尾方向之後，兩艦船的距離和相對關係圖。」

審判官靜靜地命令道。

「第一大和丸」的模型和白色的紙攤在巨大的證人台上。

雙方的主張完全對立，顯然還需要很長一段時間的審理，才能釐清碰撞事故的真相。

星期六早晨，花卷朔太郎在空蕩蕩的辦公室內整理好之前未完成的資料時，忍不住看向外面的風景。港灣旁的大型建案和建案之間，是生機勃勃的神戶港，有一個巨大的怪手宛如撕裂藍天般移動著。八月底來到神戶修理「國潮」至今已經兩個月了。

他不時聽到橫濱召開的審判庭相關情況，聽說「第一大和丸」方面申請的證人名單中，也有自己的名字。

安藤前船長在昨天的第三次審判庭上，拚命想要將自己在碰撞之前轉左舵的行為正當化，但反而讓人瞭解到他缺乏基礎知識，同時操船的技術也不嫻熟。

但是，自己並沒有資格批評安藤前船長。隨著日子一天一天過去，他更強烈地感受到自己在碰撞事故中的責任。可以相互傾訴這種內心糾葛的同事也一個又一個離去，就像梳子上的齒一根一根斷裂。

佐川副艦長、五島船務長為了接受頻繁的偵訊，被調到陸地勤務，召回了司令部，之前在塢房住同一個房間的長門輪機士也被調往他艦。

花卷打開皮夾，拿出一張入場券。那是今天下午，東洋交響樂團在三宮的國際會館舉行音樂會的入場券。他騎腳踏車去鬧區買秋天的生活用品時，剛好看到了音樂會的海報，在衝動之下，買了入場券。

自己為是否該離開潛艦一事深陷煩惱，有什麼臉去聽音樂會？雖然他猶豫不決，卻無法克制想要最後再聽一次賴子的長笛，遠遠地看她的渴望。

第五章

是否該離開？

花卷朔太郎快步經過神戶三宮國際會館的大廳，推開音樂廳旁厚實的門。音樂會下午一點半開始，他稍微遲到了。

燈光調暗的音樂廳內，在小提琴的寧靜節奏後，法國號和大提琴奏出了明朗的旋律。正在演奏的是約翰．史特勞斯的《藍色多瑙河》。

朔太郎彎下身體，屏住呼吸，經過已經在座位上的觀眾面前，在自己的座位上坐了下來。因為剛才一路跑過來，心跳還很快，他低著頭。

或許是因為這場演奏會以「家庭音樂會」為賣點，所以有不少攜家帶眷的觀眾。坐在旁邊座位的少女露出責備的眼神瞥了朔太郎一眼。

雖然朔太郎看到海報後，買了入場券，但另一個冷靜的自己提醒說，不應該繼續接近賴子。今天中午，他打算離開船塢時，收到「國潮」的航海科員橋本因為自律神經失調症，住進了自衛隊橫須賀醫院的通知，他忙著打電話做善後處理，所以耽誤了出門的時間。

之前也有幾名艦組員在接到海上保安廳和地檢署的傳喚到案說明後開始陷入憂鬱，在海難審判開始後，發現小野田輪機長等人在接受理事官的偵訊時，筆錄上的證詞內容和筧前艦長的主張不同，他們紛紛解釋「當初並不是這個意思」，也為此感到煩惱，陷入極度沮喪。

朔太郎並不認為筧前艦長在海難審判時的證詞都是事實，雖然不至於是偽證，但身為組織的一分子，為了保護海上自衛隊，有時候需要徹底自我辯護。

令人難以承受的悲劇接連不斷，他的心情盪到了谷底。既覺得根本不應該去聽音樂會，又覺得無法忍受連賴子都無法見到的折磨。至少希望能夠在觀眾席的角落看著賴子，把她的身影烙在腦海裡。直到最後一刻，他終於再也無法克制，向造船廠內和他關係很好的技術人員借了車子趕來這裡。

呼吸終於漸漸平靜，朔太郎注視著舞台。小澤賴子和雙簧管、單簧管演奏者一起站在弦樂器後方，優雅地舉著長笛，隨著指揮的指揮棒搖晃著身體吹奏著。朔太郎的目光完全被她吸引。

賴子的長笛隨著華爾滋的節奏閃著銀光，整個音樂廳籠罩在好像正在舉辦舞會的華麗氣氛中，一千名觀眾聽得如癡如醉。

演奏完三首維也納華爾滋後調暗的舞台燈光再度亮起，立刻響起長笛清澈的旋律。朔太郎張大了眼睛，發現賴子正在舞台上獨奏。

朔太郎聽得出了神，很快就發現那是根據迪士尼的〈向晨星許願〉改編的樂曲，意外的選曲令他感到新鮮。賴子每次換氣時，齊肩的濃密黑髮隨之擺動，一縷頭髮落在臉頰上。朔太郎不禁為優美的音樂，和賴子楚楚動人的美貌倒吸了一口氣，聽眾也對能夠將富有透明感的高音和醇厚的低音完美融合感到陶醉不已。

朔太郎聽著小時候熟悉的旋律，告訴自己這是最後一次見賴子，自己必須和賴子分手。他感到一陣心痛，甚至忍不住顫抖。他再度告訴自己，賴子對自己來說，是遙不可及的女人。

一曲終了，歷史悠久的音樂廳內響起了如雷的掌聲。旁邊的少女也不停地和家人說話，用力拍著手。

中場休息後，開始演奏柴可夫斯基的芭蕾組曲〈胡桃鉗〉。

一個小時後，音樂會帶著華麗的餘韻結束了。

朔太郎帶著不捨的心情，置身於滿場熱情的觀眾之中。三個半月前，在東洋交響樂團的音樂會上第一次聽到賴子吹的長笛，立刻陷入了陶醉。他仍然記得帶著玫瑰花束去後台時的悸動。之後和賴子一起在酒吧喝了雞尾酒，高興得簡直飛上了天，覺得自己遇到了真命天女，帶著怦然心動的感覺回到家後仍然興奮不已。之後，在他一踏進橫須賀的家中，立刻接到了賴子的電話，約定從神戶回去後見面，如今，殘酷的現實卻讓他必須不告而別……

周圍座位上的觀眾漸漸離去，朔太郎帶著依依不捨的心情站了起來，跟著人群一步一步走上音樂廳的樓梯前往大廳。在嘈雜的人群中，更加深了他的寂寥感。

來到大廳時，一名胸前別著工作人員標識的年輕男人確認了朔太郎身上深藍色的夾克後對他說：

「請問你是坐在一樓座位，遲到的那位觀眾嗎？」

「是啊……」

朔太郎略帶警戒地點了點頭。

「長笛手小澤小姐託我帶信給你。」

男人說完，交給他一張印有三宮國際會館圖案的便條紙後匆匆離去。朔太郎事先並沒有聯絡賴子，所以帶著納悶的心情打開了對摺的便條紙。

歡迎你——要不要來後台找我？

雖然寫得很潦草，但字跡很漂亮。

朔太郎的心情還沒有整理出頭緒，就撥開擁擠的人群，沿著通道來到後台，在後台門口說明了來意，身穿黑色襯衫和長裙的賴子立刻現身了。

「謝謝你來聽，你等一下有時間嗎？」

賴子臉上帶著演奏後的興奮還沒有平息的動人表情問道。朔太郎有點不敢正視她。

「妳怎麼知道我來……」

「你不是遲到了嗎？所以在舞台上看得很清楚。」

原來是這樣。朔太郎點了點頭。

「既然你已經來了，我想和你聊一聊。」

朔太郎簡直懷疑自己的耳朵，因為他前一刻還因為這場戀愛已經畫上句點的絕望深受打擊。

他愣在那裡沒有回答。

「那就四十分鐘後。這棟會館旁有一家『西野咖啡廳』，要不要去那裡？」

賴子問。朔太郎離開船塢時很匆忙，只在格子襯衫外套了一件夾克而已，此刻突然為自己隨興的衣著感到無地自容，但是，他無法繼續猶豫下去。

「我知道那家店，反正我等一下沒事，妳慢慢來。」

朔太郎說完，帶著好像走在雲端般的心情離開了後台。

「西野咖啡廳」這棟紅磚建築的外牆上爬滿藤蔓，別具一番風情。朔太郎和賴子在二樓吃完簡單的法式料理後，正在吃甜點。他們原本約在樓下，得知二樓是餐廳後，雖然還不到晚餐時間，但還是決定到比較安靜的樓上用餐。

兩人享受著濃縮咖啡的香氣，侍者為桌上的蠟燭點了火。

「太好吃了，雖然還不到晚餐時間，但我吃了不少吧？我們的工作要靠體力。」

賴子開心地笑著。皮膚白皙的她穿了一件酒紅色洋裝，更襯托出她的高雅氣質，雖然她整個人的感覺和「體力」這兩個字格格不入，但朔太郎很喜歡她率真的性格。

「哪裡哪裡，我也好久沒有吃得這麼香了。」

對他來說，享受用餐樂趣已經是很遙遠的事，所以，能夠和賴子共進晚餐成為一種幸福。

「我在舞台上看到你走進來時，真的嚇了一大跳。在東京打電話給你時，我猜想你來這裡出差期間應該很忙，所以並沒有告訴你在神戶表演的日期。」

「在潛艦修理期間，整天都滿身油污地和造船廠的技術人員一起，拿著手電筒檢查艦內幾千條管線和閥門，但現在已經過了最忙的時候。在橫須賀時，即使回到家，也不知道什麼時候會被召回，在這裡就不一樣了，所以看到演奏會的海報，我就衝過來了。」

雖然這並不是他內心的真實想法，但他努力用開朗的語氣說道。賴子一雙大眼睛目不轉睛地注視著朔太郎。
「潛艦真的很複雜，我去橫濱旁聽了海難審判第一次開庭。」
「啊？」朔太郎把手上的咖啡杯放回了托盤。
「因為那天只有排練，所以我就請了假。我擔心領不到旁聽證，還特地一大早就出了門。雖然像是一些費解的專有名詞和船的進入角度之類都聽不懂，但還是很想知道你們的潛艦和觀光漁船發生碰撞的直接原因……」
朔太郎再度為賴子的行動力感到驚訝。
「雖然我是外行人，但艦長越是振振有詞地說明自己並沒有過失，反而讓我留下不怎麼好的印象，是不是我誤會了？」
「這是妳的真實感受，所以無法說妳不對，只是站在艦長的立場，他必須明確主張自己的判斷。因為他背負著我們七十四名艦組員的信賴，也帶著自己的信念在指揮潛艦，我相信他當然有話要說。」
「原來是這樣。雖然也覺得如果對方船公司確實做好安全管理，船長也有高超的技術，或許不至於造成三十人死亡……不瞞你說，剛才意外發現你的時候，很想向你確認一件我很擔心的事，所以才急忙請音樂廳的工作人員帶了紙條給你。在海難審判庭上，大和丸的輔佐人申請到庭的證人名單中也有你的名字，我一直放在心上……聽說在碰撞發生時，你是值更官助手，那是在哪裡、做哪些事？」

「當時我在指揮室看潛望鏡，觀測周邊海域，所以漁船在兩千公尺外時，我就已經發現了，但中途因為旁邊出現的遊艇分散了注意力，無法事先通知有碰撞的危險——」

朔太郎用力咬著嘴唇。

「原來是這樣……」

「我一直很懊惱，也在反省，如果當時多注意觀察就好了……但是，我隨時做好了被傳喚作證的心理準備。」

朔太郎停頓了一下，語帶佩服地說：

「不過，我很驚訝妳去旁聽海難審判，還有之前去柏林留學的事，妳好有行動力啊。」

「那是因為你是『國潮』艦組員的關係。對了，防衛廳的丹羽先生是你的好朋友吧？」

賴子突然問道，他再度感到驚訝。

「妳認識丹羽？」

「也不算認識，以前曾經在柏林見過。那天他也去旁聽，只是在他叫我之前，我完全忘了他。」

賴子小聲地笑了笑，告訴花卷，在留學時代，曾經和丹羽一起協助日本領事館為青年舉辦的活動。

「原來是這樣，出國會有各種不同的經驗。」

「聽說你和丹羽是同一所高中，也是一起參加划船社的好朋友，沒想到這麼巧。」

她舉著咖啡杯，注視著朔太郎。

朔太郎忍不住在內心咒罵，丹羽在划船社做了那麼卑劣的事，不知道怎麼有臉說和自己是好朋友……這次在「國潮」謄寫的航泊日誌，也嚷嚷著說遭到竄改，不知道因此造成艦組員多大的痛苦。

朔太郎越想越生氣，絕對不能讓那種男人靠近賴子！

「……要不要去兜風？以前也曾經因為潛艦維修的關係，在神戶住過一段時間，所以對附近的環境還算熟。」

朔太郎對自己因為對丹羽的憤怒，竟然脫口邀賴子去兜風感到有點不知所措。

「好啊。你開車來的嗎？」

「對，因為音樂會快遲到了，所以向造船廠的朋友借了車。」

賴子答應後，朔太郎起身去停車場開車。

朔太郎沿著表六甲汽車道的崎嶇山路往上開，發現福斯車的避震系統比想像中更好，暗自鬆了一口氣。

秋天的太陽漸漸下山，山路上很少看到車子。

「你開車技術很不錯。」

坐在副駕駛座上的賴子把圍巾蓋在腿上，抬頭看著朔太郎說。

「這是向別人借的車子，所以車況還不怎麼熟悉，妳記得繫上安全帶。」

六甲山的汽車道很崎嶇，有很多急轉的彎道，朔太郎不時看向照後鏡，慢慢加快了速度。雖然太陽已經西斜，但在山上看到的天空仍然有殘光，深淺不一的紅色雲層相互交錯著，在天空中拉得長長的。然而，一旦太陽完全下山，九百公尺的山頂上應該會一片漆黑，那就不太妙了。

來到海拔四百公尺左右時，山峰之間的天空更遼闊，臨海工業地帶的工廠區，碼頭的煙囪和巨大的怪手輪廓在薄暮的天空中形成了壯觀的景象。

來到半山腰的急轉彎處，用力轉動方向盤小心經過後，前面就沒有太多急轉的彎道了。

「如果時間更早一點，現在差不多是可以欣賞紅葉的季節，只不過在傍晚的時候，被夕陽染成相同的顏色，有點可惜。」

他瞥了一眼窗外，赤松的樹木沿著深V字形的稜線形成暗影，靜靜地連成一片。

隨著海拔越來越高，天空的顏色也從深紅色變成了淡紫色，星星點點的神戶街燈在腳下閃爍。

「好漂亮。」

一直看著窗外的賴子小聲驚呼著。朔太郎想要帶她見識更美的風景，轉過了最後一個急轉彎道。往山頂的路上，有一個可以眺望夜景的瞭望台。

車子以驚人的速度行駛在車道上，朔太郎來到瞭望台後，把車子開到空地停了車，眼前一片紅、黃、藍、綠的閃爍光帶好像全景圖般呈現在眼前。

「真的太美了，從三宮開過來這裡才三十分鐘左右吧？」

「對，只有在六甲山，才能這麼近距離地看到往東西方向延伸的神戶風景，那裡不是有一條彎向左側的光帶嗎？那就是大阪、和歌山一帶。」

賴子聽了朔太郎的說明，點了點頭，打開車窗，看得出了神。

「天上有很多星星……你知道在我們頭頂上那兩顆很亮的星星叫什麼名字嗎？」她仰望著天空中特別明亮的兩顆星星問道。朔太郎是潛艦艦員，當然對天文也很熟。

「天琴座α星和天鷹座α星，也就是織女星和牛郎星。」

「這個季節也可以看到牛郎星和織女星嗎？這兩顆星一年只能見到一次的故事太悲慘了……」賴子說道，「我想到剛才演奏的〈向晨星祈禱〉，現在許願的話，應該可以實現。」

她仰望著天空，朔太郎看著她，很慶幸剛才邀她來兜風。正因為秋天的空氣特別清澈，所以星星和地上的光帶都很明亮，充滿動感地閃爍著。

「我想下車去看看。」

賴子說完，拿起放在腿上的圍巾下了車，走到瞭望台的欄杆旁。朔太郎也跟著她走了過去，站在她身旁，看著宛如寶石般璀璨的神戶街道。

「我沒有想到〈向晨星祈禱〉可以改變成長笛樂曲，妳的演奏很打動人心。」

朔太郎哼起了旋律。

「太好了，以前我曾經在葉山樂器的音樂會上表演，意外收到好評，今天的演奏會是家庭音樂會，所以樂團首席建議說，這首樂曲比較適合前半場最後的曲子。我剛才對著牛郎星和織女星，還有街道上的每一顆燈光許願，希望你的心情趕快好起來。」

「謝謝妳。」

沒想到賴子竟然為自己祈禱。朔太郎感到內心有一股暖流，但賴子似乎覺得有點冷，把圍巾圍在肩上。

「上面可能有柴油的味道……」

朔太郎把身上的夾克披在賴子肩上，這時，「國潮」發生碰撞事故後，自己站在甲板上時的景象掠過腦海。他穿著短袖的夏季制服來到上甲板時，沒想到外面吹著冷風，忍不住縮起了肩膀。這時，一位資深的海曹脫下身上的夾克借給他禦寒。

雖然夾克有點短，但他穿著夾克，茫然地看著已經沒有漂流物，只剩下一片油污的海面。這時，一架媒體的直升機飛過頭頂，攝影師不斷對著他拍照。當時毫無防備的身影出現在翌日的報紙上，而且還配上了「不援助落海民眾，袖手旁觀的艦組員」如此惡劣的標題，相同的畫面還被電視的新聞一次又一次反覆報導。

「你怎麼了？」

賴子穿著夾克，關心突然不發一語的朔太郎。

「是不是很冷？回車上吧。」

朔太郎說道，賴子雖然有點不捨，但朔太郎打開車門時，她把身體滑了進去，把夾克還給他。朔太郎回到駕駛座上，鼓起勇氣說：

「小澤小姐，今天之所以沒有事先通知妳，是因為我原本打算不再和妳見面了。」

賴子聽了他突如其來的話，不知所措地張大了眼睛難以接受地問：

「為什麼？我們彼此還沒有很瞭解啊。」

「因為我覺得以後可能無法繼續當潛艦艦員了。我去一個和我同年的罹難者家中弔唁，聽到他父親說的話，覺得無地自容……」

然後，他把罹難者家屬說的話一五一十地告訴了賴子，賴子靜靜地聽著。

「帶著這種迷茫的心，不要說繼續在潛艦上，甚至無法繼續留在自衛隊。雖然我很想和妳談有關於這次事故的事，但現在既然有可能離開潛艦，就無法說太多……得知妳去旁聽了海難審判後，我覺得妳很堅強，也不是普通的女人，讓我深感佩服。」

朔太朗充滿真心地說。

「你這麼袒護艦長，自己卻打算辭職……請你說得詳細一點，我完全是外行，只旁聽了一次，根本不可能瞭解真相。」

賴子追問道。

「如果把內心的想法統統說出來，或許會比較輕鬆，但是我做不到。」

朔太郎語氣堅定地說道，賴子沒有回答，陷入了沉默。

「時間不早了，妳住在三宮的飯店嗎？我送妳回去。」

朔太郎無法忍受這份沉默，轉動車鑰匙，放下手煞車。賴子纖細的手放在朔太郎的手上，似乎想要制止他。

「我會耐心等你的答案。」

聽到賴子意想不到的話，朔太郎內心的千頭萬緒湧上心頭，忍不住用雙手握住賴子冰冷的指尖。賴子也回握了他的手，朔太郎再也無法抵抗激烈的衝動，把賴子苗條的身體用力拉了過來。

＊

花卷朔太郎從新神戶上車後，如今倚靠在新幹線的窗邊，一次又一次地回想著「國潮」的繼任艦長大宅進二佐對他說的話。

「你想離開自衛隊？沒想到會從你口中聽到這種話。」大宅艦長再也說不出話了。當時，大宅艦長命令他去參加潛艦司令部將召開海難審判相關的緊急會議，他表達了辭意。

但是，大宅艦長立刻勸他改變主意。

「這是我第二次擔任艦長，我很清楚你是一名優秀的潛艦艦員。你認為自己在這起碰撞事故中有責任，想要遠離潛艦的心情很真摯，也很有決心，但是你竟然沒有考慮到未來，這點讓我感到失望。」

新艦長直截了當地說。他和筧前艦長迥然不同，很懂得照顧下屬。

聽到新艦長對自己失望，花卷無言以對。

半個月前，他臨時邀小澤賴子去六甲山兜風，訴說自己的苦惱時，賴子對他說：「我會等你的答案。」但是，他打算離開海上自衛隊後，就真的再也不和她見面了。那天之後，賴子寄來卡片，為那天請她吃晚餐一事道謝，但隻字未提在六甲山的事，只說目前和幾位從事音樂工作的朋友去晚秋的歐洲旅遊。雖然朔太郎覺得有點意猶未盡，但還是告訴自己，這樣就好。

還有一個小時才到新橫濱，他閉上眼睛，打算小睡片刻。擁抱賴子時，她的髮香和柔軟嘴唇的感觸隨著長笛的旋律在他腦海中迴盪。雖然很想忘記她，卻怎麼也忘不了——他不禁為自己的優柔寡斷嘆息，但也終於稍微睡著了片刻。

翌日早晨八點，他來到橫須賀的潛艦司令部，在大門前遇到熟識的潛艦艦員，對方愣了一下，停下了腳步，露出有點害怕的表情注視著花卷。「怎麼了？」花卷忍不住問。「沒事，你好……」對方結結巴巴地打了一聲招呼，匆匆從岔路離開了。花卷感到納悶，在玄關的大鏡子前照了一下，剛整理好的五分頭很整齊，鬍子也刮得很乾淨，和平時沒什麼兩樣。

但是，那位同事的反應明顯很不自然。啊，知道了——輪機士長門調去其他潛艦時，曾經沮喪地打電話給花卷說：「不知道是否因為我曾經是出事潛艦的艦員，大家都會避開我，好像把我當成了幽靈。」花卷聽了之後一時說不出話，長門又接著說：「我猜想……不，他們絕對不希望我來這裡，我只能忘記一切，努力投入工作。」說完之後，傷心地掛上了電話。

碰撞事故發生後，長門指揮大家把綁在艦上機械室內的逃生用小橡皮艇抬到上甲板，努力進行救援活動，但是，就連那天非值更的長門，都被認為是發生事故的不吉利潛艦艦員，讓人避之惟恐不及嗎？

更何況自己當天是值更官助手在指揮室當值，大家當然會保持距離。

原田正一尉穿著黑色雙排釦制服，和其他同事一起大步走了過來。花卷克制著相隔三個月見面的興奮向他敬了禮。

「喔，你回來了。」

原田一如往常地大聲向他打招呼，走到他身旁時，對他咬耳朵說：

「聽說你向大宅艦長提出很荒唐的請求。」

花卷大驚失色。潛艦部隊的消息太靈通了，原田竟然已經知道他提出離職的事，同時也後悔自己沒有最先向一直以來都照顧自己的學長報告這件事。但是，這種事無法從神戶打電話說明，而且當原田強烈阻止時，他也沒有自信能夠違背學長的意思。花卷只能帶著歉意，深深地向他鞠躬。

「無稽之談，你這個笨蛋。」

原田似乎發自內心感到生氣，用幾乎震破花卷耳膜的強烈語氣斥責後，追上了已經走去前面的同事。

「國潮」的前艦組員被秘密召集在會議室內，這些人都是在海難審判中，被「第一大和丸」方面的輔佐人申請出庭的證人，為了避免在出庭時彼此的證詞有出入，所以要先套好招。

「各位看起來都很不錯啊。」

前副艦長佐川三佐向輪機長小野田三佐、前船務長五島一尉、前水雷長中筋一尉、操舵員山本二曹等坐在桌子對面的艦組員打招呼。

佐川被從神戶的造船廠召回後，暫時在潛艦隊司令部接受海難審判廳和橫濱地檢署的偵訊。同時擔任訓練幕僚的輔佐，成為和美軍進行聯合演習的聯絡窗口。目前調至運用開發隊，研發新的長魚雷（潛艦用魚雷）。五島前船務長也在同一個部隊勤務，他們以後應該不會再回潛艦工作。

在座的所有人中，中筋將最早作為證人出庭，但也許是因為事故發生後，就一直滯留在司令部的關係，三個半月不見，他多了不少白髮，讓人看了鼻酸。

司令部的後勤幕僚走了進來。

「各位都到齊了，那就開始吧——」

他巡視所有人後，打開筧前艦長和安藤前船長在至今為止四次審判庭上的證詞記錄。

幕僚希望在避讓「第一大和丸」時操舵的相關證詞上，艦組員和筧艦長的證詞不要有出入。

當他說完之後問：

「五島一尉，你是否有什麼意見？」

五島板著臉，冷冷地說：

「作證時，只要說出自己所見所聞，不是就好了嗎？根本不需要特地調整意見，我們艦組員很團結。」

「但是，有時候會有記憶錯誤的情況發生，而且對方船的輔佐人是以前在海運業界主導勞資爭議的極左翼分子，我們必須統一意見，避免讓對方挑撥艦長和艦員之間的敵對關係。」

幕僚嚴厲訓斥道。因為極度精神壓力，導致胃潰瘍住院的操舵員山本二曹說：

「我在事故後接受海保和審判廳偵訊時，說出了記錯的事，結果審判庭上拿出理事官做的筆錄，說成好像我在批判艦長，讓我大吃一驚，我認為必須正確釐清記憶，以免在今後的審判庭上再度發生類似的情況。」

他語氣堅定地提議道，難以想像他剛出院不久。

「是啊，我當時也只是不經意地說，艦長在化解遊艇危機後，下達原速後退、後退滿的命令，是我在自衛隊十多年中第一次遇到，結果也被理事官記錄下來，變成我在批評艦長，讓我很驚訝。我知道日後一定會要求我出庭，所以正在煩惱要怎麼應對。」

輪機長小野田三佐也不安地說。

花卷不發一語地聽著其他人說話。理事官偵訊他時，主要問了他身為值更官助手在指揮室內的行動，所以應該和筧艦長對操艦方面的證詞並沒有出入，但是，海難審判的目的是為了查明原因，避免相同的事故再度發生，必須據理力爭，充分主張「第一大和丸」的安全管理有問題，以及船長的操船技術不熟練，也因此必須建立避免失敗的作戰。

「我忘了說，花卷二尉，雖然你來了，但昨天對方輔佐人把你從一審證人的名單上刪除了。」

花卷聽了，忍不住有點洩氣，所有人的目光都集中在他身上。雖然沒有人說話，但都露出「你這個傢伙運氣真好」的表情。花卷搞不懂為什麼會臨時刪除自己，心情十分複雜，但也只能點頭。

這天傍晚，花卷接待了陪著防衛廳教育訓練局柳課長一起來橫須賀的丹羽秀明。

「聽說你剛好回來這裡，我也有事要找你，所以特地過來，要不要去喝一杯？」

他的長臉上露出笑容，大步走到花卷的桌旁。花卷可以隱約聞到他抹的整髮劑味道。之前在神戶三宮時，從賴子口中聽到丹羽的事，再度對他感到厭惡，沒想到他竟然出現在自己面前。

「我兩個月沒回來這裡了，積了很多工作要處理，有什麼事就直說吧。」

「你還是這麼冷漠無情，我是為了東洋交響樂團小澤賴子的事想要拜託你。」

丹羽小聲地說，花卷忍不住倒吸了一口氣。沒想到丹羽的手已經準備伸向賴子，他不由地警戒起來。

「什麼事？」

他努力克制內心的緊張，面無表情地問。

「你也太不解風情了，不至於要我在辦公室談這種事吧？我知道橫須賀中央車站附近有不錯的酒吧，我請客，怎麼樣？」

「不好意思，我現在沒心情喝酒，如果去大門前的水溝蓋街，我倒是不介意。」

花卷整理著資料，沒好氣地說。

「喔，我一直很想去那裡，只是聽說很危險，所以遲遲沒有機會，如果有你帶路就安心了。」

他一臉好奇地笑了起來。

夜幕降臨後，橫須賀水溝蓋街上色彩鮮豔的霓虹燈廣告看板不停地閃爍，整條街上有五、六十家英文店名的酒吧和酒家，街上來往的男人中，有七成來自前面美國海軍基地的年輕海軍士兵。

和朝鮮戰爭、越南戰爭時期相比，以美國海軍士兵為對象的酒吧只剩下當時的五分之一，但今天剛好是美國每月兩次發薪日的十五日，再加上幾艘四千噸級的巡防艦和洛杉磯級核潛艦入港，所以街上到處都是穿著便服或水手服，各種不同人種的美國士兵，變成了一個國籍不明的地區。

花卷和丹羽坐在一家掛著「TOMMY'S」藍色霓虹燈招牌的酒吧吧檯，首先點了啤酒，然後先付了錢。這是美式現金酒吧的規矩，酒單上除了日圓價格以外，還有美元的價格。

酒吧內有一張可以容納八個人的吧檯，和五個包廂席，中央還有一片空間不大的舞池，還有自動唱片點唱機和彈珠台。昏暗的店內，節奏強烈的搖滾樂開得震天價響，剛上岸的美國海軍士兵喧嘩不已。

丹羽脫下西裝上衣，穿上走進酒吧前，在美軍用品店買的迷彩夾克，完全融入了店內。

丹羽接過剛才點的小瓶百威啤酒，模仿周圍的美國士兵，直接拿著瓶子喝了起來。

「太好了，謝謝你帶我來這裡。」

他興奮地說，還得意地搭訕在隔壁座位圍著高大黑人士兵打轉的日本年輕女子，但對方根本不理他。她們的目的是想和黑人士兵一夜情，所以當然不可能理他。

花卷也拿起啤酒瓶喝了起來。這幾個月的苦悶日子，他體內的狂浪漸漸變得洶湧，也許是因為今天再也無法克制，所以才會帶丹羽來水溝蓋街。

「他們大部分都是從中東回來的嗎？」

「也不一定啊，雖然兩伊戰爭剛結束，但科威特和伊拉克又為了盜採石油劍拔弩張。」

花卷回答。

「所以，海珊也並非完全不可能進攻科威特。」

丹羽巡視著店內，一臉得意地點著頭。在這條水溝蓋街上，即使不需要聽政治人物和官員高談闊論，也可以相當精準地掌握世界情勢。

花卷喝完小瓶啤酒後，又點了波本酒加蘇打水。他遞上五百圓硬幣後，酒保在裝了冰塊的杯子裡倒了傑克·丹尼爾和蘇打水，丹羽也點了相同的。

「在喝醉前先問清楚，你找我到底有什麼事？」

「對了對了，我在上次的審判庭上，遇到了三年不見的小澤賴子。我去牛津留學時，曾經去西柏林旅行，在領事館遇見她，在海難審判廳重逢後，對她一見鍾情。聽說你是曾經幫她解決困難的恩人，所以希望你安排我們三個人一起吃頓飯，把我介紹給她。」

他厚顏無恥地提出要求。

「我拒絕。」

「你真冷漠，我在認真拜託你。」

「我無法把你這種卑劣的人介紹給小澤小姐。」

他大口喝著波本酒，狠狠瞪著丹羽。

「說話真不客氣，打算和我翻臉嗎？」

丹羽面露慍色，狠狠瞪著花卷。雖然兩個人說話都很大聲，但淹沒在周圍喝醉酒的美國士兵的吵鬧聲和隨著搖滾樂狂舞的男人叫囂聲中。

「我一直在等待你對當年在划船社的卑鄙行為有所反省，也希望你去木村的墳墓前道歉，在此之前，我無法相信你這個人。」

「你還真會記仇，這種事一直記到今天嗎？」

丹羽冷笑著。

「難道你從來都沒有想起過這件事嗎？學弟因你而死啊！」

花卷嚴厲訓斥道。這時，那些海軍士兵突然吵了起來，相互爆著粗口。不知道是否有人動了手，男人的影子在昏暗的店內移動，接著聽到啤酒瓶打破的聲音。如果店家向美軍通報，憲兵隊會立刻趕來，所以不至於演變成流血衝突。花卷身體貼著吧檯，看著那些人吵架。丹羽一臉害怕地靠了過來，花卷不由得想起至今都無法原諒的往事。

那是高中三年級夏天快要來臨時的事。

花卷和丹羽就讀的愛知縣立豐田第一高中是一所很重視划船社社團活動的學校。貫穿西三河地區的一級河川矢作川就在附近，因為治水的關係，所以河流途中設置了好幾個水壩，水流量很豐沛。除了豐田第一高中以外，附近其他幾所高中也都有划船社，相互競爭十分激烈。

在愛知池漕艇場舉行的日本中部賽艇大賽時，豐田一高獲得高中部第二名，當時還是中學生的花卷去觀賽加油，迷上了這項競技，也因為受到這件事的影響，才會加入划船社。船身線條纖細，在舵手的號令下，四名划船手背對著前進方向，步調一致地用槳划船，以爆發般的能量衝向終點——

進入一高後，他對棒球社和足球社的邀請不屑一顧，毫不猶豫地加入了划船社。丹羽秀明也是划船社的成員，花卷當時瘦瘦高高，丹羽就像摔角手般身材壯碩，力大無比，沒有人能夠贏過他。

在高中賽艇比賽中，體力比作戰策略更重要，所以丹羽很快就成為社團內舉足輕重的划船手。

划船社的練習場主要在矢作川上游勘八峽的水壩湖，位在離學校五、六公里的上游，社團成員通常都騎腳踏車來回。單程騎約三十分鐘的上坡、下坡道雖然很累，但剛好可以鍛鍊腰腿。

一年級生在勘八峽的社團活動室內學習練習前的暖身，和如何準備賽艇。瞭解這些基礎知識後，才終於能夠在穩定性高的四人座練習船上，學習划槳的基本。腳下的鞋子要用魔鬼粘固定，靠雙腿彎屈和伸展，移動可以在軌道上前後滑動的座位，用船槳划水前進。

升上二年級後，才終於能夠坐上四人座的競技船。舵手的學長是大家口中的魔鬼學長，從來沒有人看過他的笑容。他激勵學弟說：「如果用賽馬來比賽，你們這些划船手就是賽馬，我是騎手，你們要聽從我的指示用力划船。」丹羽不滿地說：「我們為什麼是馬？」雖然他這麼說，但在划船時還是發揮了天生的蠻力，划槳能力也無人能出其右。

由於練習太辛苦，原本同年級的十名成員只剩下三名，學長更加器重丹羽，丹羽也因此更加自以為了不起，在魔鬼學長的舵手畢業前往他縣後，他揚言：「我不參加練習也沒有關係。」

學弟木村很有正義感，對於丹羽的這種行為總是抱著批判的態度。

事件發生在六月的某一天，當時正為了能夠參加全國高中運動會，在原本刻苦練習的基礎上更加賣力練習。那天雖然是星期天，但為了參加預賽舉行了特訓。

上午的湖面還很平靜，正午過後，突然出現了風浪。花卷提議等湖面平靜後再練習，但丹羽說：「傍晚補習班要考試，所以要提前離開」，於是再度開始練習，但是果然不出所料，大浪打向纖細的船身，船身翻覆了。因為大家都是游泳好手，即使掉落湖水，沉入水中，也都很快就浮了起來，抓住了船底向上、翻覆的船，卻不見二年級的木村。

丹羽沒有想去找人，反而抓著船緣冷笑著說：「他很笨。」花卷立刻在水中尋找，發現木村喝了大量水，渾身無力，差一點失去意識。在湖岸參觀他們練習的民眾協助下，緊急把木村送往附近醫院，總算沒有釀成大禍。木村說：「固定鞋子的魔術氈完全解不開」，所以腳被卡住了，無法游出水面。

指導老師立刻趕到，調查原因後，當時四名划船手之一的二年級生哭著說：「丹羽學長說要教訓木村，找我一起幫忙」，結果他在木村的魔鬼粘上動了手腳。

這種行為太惡劣了，花卷多次要求丹羽：「去向木村道歉」，但丹羽始終不肯認錯，最後甚至卑鄙地威脅說：「如果繼續冤枉我，那我乾脆退出社團。」

「那你就退出吧。」花卷沒有和教練商量，就直接頂了回去。

少了丹羽的一高那一年無法進入全國高中運動會，富有多年傳統的社團顏面失盡，校友都紛紛指責社團成員，但花卷沒有辯解，為了重整划船社，一直延到秋天才退社，比之前更加投入訓練。木村起初在花卷的激勵下投入練習，但後來認為自己傷害了社團的名譽，提出了退社申請。然後……他申請休學，一月的某一天，在幾乎凍結的水壩湖面，發現他的屍體浮在湖面上。

花卷始終無法忘記當時那種無法宣洩的悲傷和對丹羽的憤怒……。

酒吧內的打架風波不知道什麼時候平息了。

「喂，花卷，關於剛才提到的小澤小姐的事。」

丹羽醉得滿臉通紅，再度執拗地提起小澤賴子的事。

「既然你這麼喜歡她，就自己去追她啊。」

「你真不夠朋友，如果你幫我順利追到她，竄改航泊日誌這件事我可以當作不知道，在野黨的那些政協議員很有興趣，一直吵著要我說明。」

也許是因為難得來美軍酒吧有點興奮過度，丹羽喝酒喝得太快了，所以變得糾纏不清。花卷很想把杯子裡的波本酒潑向他令人厭惡的馬臉，但身為潛艦艦員的矜持讓他克制了自己。

「即使你威脅說是竄改，我們沒有做任何虧心事，隨便你想怎麼樣，我要走了。」

花卷用眼神向酒保示意自己要離開後，從高腳椅上站了起來。

「你要把我一個人留在這裡嗎？」

丹羽慌忙向他求助，但花卷沒有理會。他難以忍受這麼卑劣的人從事國防工作，覺得自己想要離開海上自衛隊似乎是一種逃避……

來到國道上，只見一片黑暗的夜晚，不一會兒，在遠處看到巨大的船影。我接下來該怎麼辦？花卷漫無目的地走在街上，重重地嘆著氣。

花卷朔太郎十點過後才回到公寓，去神戶將近三個月，始終沒有打開的房間充滿了溼氣和霉味。打開房間電燈的開關，天花板上的日光燈亮了一下，但很快就熄了。以前他就發現燈管發黑，一直想要換，卻遲遲沒有換，現在終於壞了。他懶得立刻更換，乾脆摸黑打開窗戶透風，想起了剛才和丹羽的談話。

丹羽仍然像高中時一樣自私，而且比之前更加刁滑，變得更加惹人討厭了。因為自己即將辭去潛艦艦員，以後再也不會見到他，所以今天終於把壓在心裡多年的話一吐為快。然而，想到這種毫無品格的人以後將在防衛廳內橫行霸道，無論自己的將來如何，都覺得無法原諒……

黑暗的房間內，只有掛鐘的螢光秒針無聲地移動。這個掛鐘和「國潮」指揮室的掛鐘很像，頓時覺得自己好像身處「國潮」，忍不住眼眶泛紅。

至今為止苦學十年，超越忍耐極限的訓練到底是為什麼？終於獲得海豚徽章時，一輩子都難以忘記的感激，和再度令自己充滿使命感的興奮難道都是虛幻嗎？一切都將消失無蹤嗎？

我比從防衛大學休學，至今仍然沒有找到目標投注熱情的北健吾更加優柔寡斷。

但是，自己和北健吾不同，進入防衛大學後，一直喜歡潛艦，如果沒有發生這起造成三十名罹難者的事故……不，因為罪惡感到心生害怕的自己再怎麼喜歡潛艦，應該也無法繼續留在艦上。

想到這裡，事故以來壓抑的各種感情頓時湧上心頭，衝到喉嚨的嗚咽再也無法克制，終於全身顫抖地痛哭起來。

沒想到自己的人生還沒有走到一半，就承受了這樣的結局，身心都支離破碎——

黑暗的房間內響起電話鈴聲。他的嗚咽無法停止，所以沒有接電話。鈴聲停止片刻後，再度在黑暗中響起。他用面紙用力擤完鼻涕後，接起了電話。

「朔太郎嗎？」

電話中傳來母親的聲音。

「……對，是我。」

「我打去神戶，得知你暫時會留在橫須賀，所以打了好幾次電話……你感冒了嗎？」

母親敏感地察覺到朔太郎聲音不對勁，擔心地問。

「有一點……我剛進家門，有什麼事嗎？」

朔太郎用手背擦著順著眼角流下的淚水。和母親說話時，他都會不自覺地帶著三河方言的口音。

「爸爸臨時決定明天從聖保羅回國，朔太郎，你能回來嗎？」

父親要回國？真的好久沒見到父親了！

「我當然想回家，但要向隊上申請。雖然沒辦法明天馬上回家，但如果隊上同意，我就會回家。」

朔太郎紅著眼鼻，發自內心地想要和父親見面。

＊

從新幹線的名古屋車站改搭名鐵名古屋本線特急列車，在知立車站下車。搭電車回老家時，還要再搭三河線轉公車，將近一個小時才能到家，所以通常請朋友到特急列車停靠的知立車站來接自己。因為父母是德島人，這附近幾乎沒有親屬，之前幾乎都請中學或高中時的好朋友來接，但這次不想麻煩他們。

嫁到茨城酪農家的姊姊在生了女兒之後，終於生了兒子，這次特地帶回來給父親看，所以朔太郎就請姊姊來車站接他。朔太郎走出人煙稀少的車站正門剪票口，發現偌大的圓環內空空蕩蕩，不見姊姊的車子。朔太郎等候的時候打算買車站前的「知立名產大豆餡捲」，選好之後，正打算拿皮夾，聽到姊姊不顧周圍有人，大聲地叫著：

「小朔，我在這裡。」

回頭一看，一輛白色小轎車繞過圓環，停在他面前。她已經是兩個孩子的母親，和姊夫一起養了七十頭乳牛，個性依然潑辣。

朔太郎坐在副駕駛座上。

「你瘦了，有沒有好好吃飯？」

她沒有提事故的事，關心著他的身體。

「有啦。」

朔太郎剛開口，姊姊就猛踩下油門。

「姊姊，妳不要違規超速，中年大嬸被警察開超速罰單太丟臉了。」

朔太郎身體微微後仰抗議道。

「我才三十六歲啊。」

姊姊若無其事地反駁。正因為她屬於這種性格，當年在名古屋工作，她的同事向她求婚，說自己要回茨城老家繼承家業當酪農，希望可以帶她一起回家時，搞不好她根本沒有猶豫就嫁過去了。如果姊姊知道自己正鬱鬱寡歡，一定會嘲笑吧？朔太郎為自己這麼大了還無法擺脫么子的任性感到羞愧。

「我想稍微繞點遠路，去我喜歡的松樹道。」

知立的松樹道歷史悠久，也曾經出現在廣重的東海道五十三次浮世繪中。七公尺寬的道路兩側都是四百多年的松樹，延綿五百公尺，形成一條濃綠的隧道。

「那是妳確認自己年輕時代美貌的重要地方，妳可以盡情享受。」

朔太郎調侃道。姊姊年輕時眉清目秀，二十歲時，曾經在這條松樹道附近的寺院舉辦的「燕子花廟會」中獲選為「燕子花小姐」，看她目前脂粉不施的外貌和大剌剌的性格，難以想像她曾經有過那樣的時代。

姊姊假裝沒有聽到弟弟的調侃，背起了在原業平在這裡寫下後，收錄在《伊勢物語》中的詩歌。

美衣身上披
麗妻留家中
燕遠飛如吾……

姊姊慢慢行駛在松樹道上，但穿越松樹道後，立刻靈活地轉動著方向盤，恢復了剛才的快速。

老家所在的豐田市每年都有變化。隨著愛知汽車的規模逐漸擴大，原本建在周圍的甜甜圈形宿舍消失了，宿舍原址建了好幾棟和周圍環境格格不入的現代化研究所大樓，大樓之間是鋪著草皮的庭院。

隨著愛知汽車興建研究所大樓，朔太郎的老家也南遷到兩公里之外，周圍的房子幾乎都是愛知汽車和關係企業員工的住家。

朔太郎出生的翌年，他們從以前住的平房宿舍，搬到了在一百五十坪的土地上，建造的這棟兼具日式和西式風格的兩層樓房子。父親當時應該是想到家中有三個孩子，所以咬牙買下了這棟房子，但父親目前住在巴西的聖保羅，三個孩子也都住在他縣，只有母親獨自住在這裡。附近的鄰居都是兩代同住，隔著樹籬，可以看到停了兩輛車子，只有花卷家顯得格外冷清。

姊姊把車子停進車庫後，朔太郎先下了車。

「我回來了——」

他打開玄關的拉門。

「回來啦。」

沒想到父親站在脫鞋處。

父親每年會在每年一度回總公司開會，或是利用休假時回國，但有時候朔太郎在吳訓練，有時候剛好在艦上，所以很難得見到父親。

父親今年七十一歲，雖然白髮變多了，但身上的紅色毛衣很襯他被南國的太陽曬黑的臉，日本人很少穿這種顏色，他看起來比實際年齡年輕很多歲。

「對不起，我這麼晚才回來。」

朔太郎為自己無法在父親歸國當天回來道歉，母親急忙出來迎接。

「你回來了，肚子會不會餓？」

「我在車上吃了鐵路便當，這是伴手禮。」

他遞上了橫濱特產的燒賣，和剛才在車站買的「大豆餡捲」。

「謝謝，小朔竟然會買大豆餡捲，真難得。」

母親顯得十分高興。比起伴手禮，她更高興家人難得歡聚一堂，家中突然熱鬧起來。

「碰撞事故讓你擔心了。」

朔太郎首先向父親道歉。

「我從日本報紙的國際版和新聞報導瞭解了大致情況，但沒想到剛好就是你勤務的那艘潛艦。」

父親注視著朔太郎，他的眼神仍然銳利。可能是因為姊姊的孩子在廚房哭鬧，父親沒有多說什麼，在母親催促說：「大家一起進來喝茶」，轉身走進屋內。朔太郎想要看看新外甥，也準備跟著走進去，母親看著二樓說：

「先去換衣服吧。」

上樓來到自己房間，發現床罩上整齊地放著內衣褲、毛衣和牛仔褲。對母親來說，無論自己幾歲，都是什麼都不會的么子。雖然曾經好幾次告訴母親，在防衛大學和儲備幹部學校時，只要聽到起床號，就必須立刻換衣服，把毛毯摺疊整齊，在數分鐘內就要到操場集合，母親還是不願相信。

換好衣服，朔太郎不經意地坐在舊書桌前。書架上放著防衛大學、東都工業大學的入學考試題集。

剛才打開門時，看到父親站在門口有點驚訝，但父親打算繼續留在巴西嗎？父親在聖保羅的巴西愛知汽車當了五年董事長和兩年總裁，之後又當了兩年半榮譽總裁。日本汽車在聖保羅的市場很大，或許其他人至今仍然無法取代父親在當地的人脈，但父親真的只是因為這個原因不回日本嗎？還是……

父親在之前的戰爭中，開戰不久就成為美軍的俘虜，度過了四年的俘虜歲月，昭和二十一年（一九四六年）正月才回到日本。一年後，和相當於遠親的母親相親結婚，遠離四國德島來到愛知縣，進入了愛知汽車——

愛知汽車在汽車業中起步較晚，父親進入愛知汽車後負責業務工作，在國內外奔走推銷車子。當公司打開知名度後，又積極製作獨特的課程培訓員工，各處都邀請他舉辦進修課程。他去巴西至今已經十年，是名副其實的企業戰士，但朔太郎的腦海中仍然清晰地記得可能是父親成為美軍俘虜時寫下的辭世歌。

櫻花凋零紛隕落　今日悲戚溼枝葉

曾經和父親一起在戰場上生死與共的戰友，至今還活在世上嗎？聽說當年在戰爭中倖存的海軍戰友經常舉辦「戰友會」，相互傾訴往日痛苦的經驗，也參與了戰史的編輯工作，但父親受到邀請時，每次都以工作忙碌為由缺席。難道他有什麼苦衷不想見到戰友或是海軍士兵學校的同學嗎？每次想到那首辭世歌，朔太郎就忍不住產生了疑問。

當然，他從來沒有問過父親，況且，父親在家中沉默寡言，很少和兒女提及戰爭期間的事。

「小朔，你趕快下來啊。」

姊姊在樓梯下方叫道，朔太郎這才回過神，急忙站了起來。

十一月中旬的清晨，氣溫相當低。

父親在早餐前出門散步，朔太郎跟著父親出了門，在附近的矢作川河岸旁跑步。遠遠看到了父親的背影，父親穿著厚質開襟衫，抽著雪茄，慢慢走著。

堤防上既沒有車輛，也沒有人影。朔太郎叫著父親，追了上去。

「怎麼跑得這麼喘？」

父親緩緩轉頭看著朔太郎。

「爸爸，你沒有時差問題嗎？」

朔太郎很納悶，悠然地抽著雪茄的父親臉上沒有任何疲憊，忍不住問道。從聖保羅到成田機場，然後再回到知立家中的距離和時間都很驚人。

「昨天和你們一起喝了酒，所以睡得很好，時差就消失了。」

父親笑著說。朔太郎在這方面很佩服父親。自己進入防大之後，接受了嚴格的訓練，對體力產生了自信，但至今仍然沒有自信是否能夠勝過父親。之前曾經聽哥哥、姊姊說，在他們年幼的時候，曾經有一場很大的颱風直撲愛知縣，父親為了避免家裡的門被吹走，獨自擋住門四、五個小時，超乎常人的體力在小孩子的腦海中留下了深刻的印象，即使在長大之後，仍然不時提起這件事。父親驚人的體力似乎都來自江田島的海軍士兵學校時代接受的訓練。

「日本的河流真好……」

父親並沒有把朔太郎內心的驚訝放在心上，抽著雪茄，深有感慨地說道。眼前的矢作川河面清澈，滔滔地流向三河灣。

河邊的蘆葦和竹林茂密，一排鴨子在水中游泳，吃著水草和水中的昆蟲。

每年春天，兩岸的櫻花樹爭奇鬥豔，初夏之後擠滿釣香魚的釣客，夏天時可以聽到小孩子在河裡戲水的熱鬧聲音。朔太郎以前也經常在這條河中游泳、釣魚。高中參加划船社時，都在稍微上游練習。

「昨天你說打算辭去潛艦艦員，現在是為了這件事來追我嗎？」

昨天晚上，朔太郎很想和父親好好聊一聊，但喝酒到深夜，大家都上床休息了，所以沒能好好聊一聊。

「因為我覺得這是我唯一能走的路……」

朔太郎抓著堤防上已經開始枯萎的雜草葉，咬著嘴唇說道。

「聽你的口氣，似乎還在猶豫不決。」

父親仍然看著河面，似乎已經猜到了兒子內心的想法。

「不，我已經下了決心。」

朔太郎極力澄清，然後把拜訪罹難者家屬的事告訴了父親。

「其中一名罹難者和我同年，當我在他遺照前合掌時，只覺得深感歉疚……他的父親克制了內心的悲傷接待了我們，說能夠找到遺體已經是萬幸，但這比痛罵我們一頓更令人難過。」

那是造訪位在町田市郊區的罹難者家中時發生的事，當時的歉疚再度湧上心頭，朔太郎的淚水在眼眶中打轉。

父親的表情似乎動了一下，但始終沒有說話。幾隻白鷺鷥用力拍著翅膀從上空飛過，然後停在水岸邊。

「爸爸——」

朔太郎叫了一聲，希望父親說話。

「你當初說要讀防大時，我該制止你嗎……」

朔太郎驚訝地凝視著父親的臉龐。他當初報考東都工大失利，向父親報告想要讀防衛大學時，父親只是點頭說了一句：「好啊。」他一直以為那是父親告訴他，必須自己決定未來要走的路，難道不是這樣嗎？他想起之前原田學長曾經對他說：「但不知道你父親內心到底是怎麼想的。」質疑他的想法。

漫長的沉默後，父親捻熄了雪茄。

「聽了你剛才的話，我受到很大的衝擊。不瞞你說，在珍珠港攻擊時，我曾經搭著兩人座的特殊潛艦艇偷偷前往歐胡島，結果導致當年二十八歲的下屬稻尾清司二等兵曹送了命。」

朔太郎第一次聽說這件事。

「戰後回到日本，我立刻去了稻尾兵曹的家中，對著遺照合掌祭拜時，也對只有自己活下來感到無地自容。」

朔太郎用力吞了口水。

「……爸爸……」

朔太郎不知道是怎麼一回事，所以走到父親面前。「清司」這個名字，不是和哥哥的名字發音相同嗎？父親該不會是為了向死去的二等兵曹贖罪，才為哥哥取了同音的名字？

「如果你想問我的意見，那你就想錯了。帝國海軍少尉花卷和成早就死了。」

從父親的聲音中可以發現，他身為軍人的生命已經結束了。這是他第一次在朔太郎面前說自己是「帝國海軍少尉」，朔太郎有點不知所措。

一隻頭頂是藍色的白鷺鷥飛到附近，細長的腳佇立在水邊。朔太郎看著白鷺鷥，努力使自己的心情平靜，但父親已經恢復了平靜。

「你怎麼了？是因為造成三十人死亡，失去了自信，擔心會再度發生類似的事故嗎？如果是這樣，那就辭職吧。雖然不至於要賭上性命，但如果沒有為國民奉獻生命的心理準備，就不適合當軍人，不，當自衛官也一樣，如果沒有這種心理準備，不適合從事保衛國家的工作。」

父親說的一字一句都打進朔太郎的心裡。

「正因為如此，即使到了你們的時代，在出任務之前，不是都必須寫遺書嗎？」

面對父親突如其來的問題，朔太郎有點無所適從，但還是點了點頭。

「對，的確要寫。」

潛艦艦員都必須寫遺書，以防不測。朔太郎雖然覺得沒有真實感，但還是寫了一封留給父親的遺書交給司令部，「身為自衛隊員，我已竭盡全力，了無遺憾」。雖然遺書的內容很簡短，但還是表達了內心的想法。

「在當今的日本，很少有需要在出任務前寫遺書的行業吧？這也代表是帶著自豪執行任務，同時做好了應有的心理準備。」

「但輿論認為自衛隊……不，無論輿論怎麼說，我好不容易對自己的職業產生了驕傲，卻發生了這起事故……」

「的確，這份工作無法在缺乏自信的情況下繼續下去，但是，既然要負責，你自己必須搞清楚，到底是對什麼負責。不明確的責任感或許只是感傷而已，而且，即使你辭職了，罪惡感也不會減輕——」

朔太郎覺得父親在斬釘截鐵地說身為帝國海軍少尉的自己已經死了的同時，也告訴身為兒子的自己，他以前身為軍人時的覺悟。

「你似乎很煩惱，但這樣沒什麼不好，也許代表你稍微成長了，花卷朔太郎二尉必須明確做出決定。」

父親滿是皺紋的臉上露出爽朗的笑容，轉身走回家的方向，他的背挺得很直。

朔太郎獨自留在堤防上，望著矢作川的水流，繼續思考著自己該何去何從。

＊

翌日，朔太郎回到橫須賀第二潛水隊群司令部。原本想要徵求父親的意見，沒想到反而被父親問了新的問題，他帶著沉重的心情歸隊。

他在置物櫃前脫下便服，換上了制服。黑色雙排釦的制服袖口上繡著一粗槓和一細槓，那是二等海尉的階級章。

他去了隊司令部，確認是否有來自「國潮」的聯絡。

「大宅艦長說有事要找你，請你在這裡等候。」

隊群辦公室的一尉指著一旁的摺疊椅說道。朔太郎之前為了出席海難審判相關的會議離開神戶的船塢時，向大宅艦長表達了辭意，大宅艦長對他說了逆耳忠言，所以他不由得對艦長為什麼會來到橫須賀感到不解，幸好艦長立刻走了進來。

「聽說你昨天回了老家，我昨天晚上來這裡，向群司令報告修理狀況和人事調整。有一個不怎麼好的消息，我希望當面告訴你，不希望你先從別處聽到。」

艦長停頓了一下，似乎在猶豫，然後才開口。

「關於明年一月一日的升任人事，我拿到的升任預定名冊上並沒有你的名字，所以這次無法升任。」

通常很少會發生二尉無法升任一尉的情況。

艦長可能察覺到花卷臉色大變，默默地把升任預定名冊遞到花卷面前。

標題下，按照畢業成績名次印著同期的名字。

花卷在同期一百九十八名中排名十三，他的名字應該出現在第十三名的地方，但正如大宅艦長所說的，自己的名字並沒有出現在十三名或是前後的位置。花卷一直看到最後，都沒有看到自己的名字。

「我知道了。」

花卷點了點頭，勉強擠出聲音說道，把名冊還給了艦長。

「我也覺得很遺憾，但應該是上面認為你應該負起應有的責任吧。」

艦長顧慮到花卷沮喪的心情說道。

「在碰撞事件當時，身為值更官助手所受到訓戒處分不算是懲戒，所以只要你繼續努力，訓戒處分就不會在履歷上留下紀錄，升任也是早晚的事，不會對你身為自衛官的未來有任何影響。現在或許會感到痛苦，但要咬牙撐過去。」

艦長用充滿溫暖的聲音鼓勵道，似乎忘了花卷在神戶曾經提出辭職。

「謝謝。」

花卷深深地一鞠躬後，走了出去。

他腦筋一片空白，原本應該下樓去一樓，卻搖搖晃晃來到三樓。樓梯口的窗戶因為季節的關係關了起來，他打開窗戶，橫須賀港就像一幅全景圖般呈現在眼前。初冬早晨的陽光下，可以看到美軍的驅逐艦、巡防艦，和遠處海上自衛隊艦船的輪廓。

驅逐艦桅杆之間的第五碼頭停靠著看起來像是「波潮」的艦影。自衛隊的艦旗飄揚，在朝陽下格外刺眼。可以看到艦組員在上甲板和艦橋上走來走去，為出航做準備。應該即將出航了。

這是最後一次嗎？他感慨萬千，目不轉睛地看著「波潮」。雖然他已經下定決心離開海上自衛隊，但被排除在升遷名單之外這件事仍然對他造成了極大的衝擊，但也不希望別人以為他是因為這個原因，才決定離開潛艦。

「花卷三尉，你怎麼在這裡？我一直在找你。」

樓梯下方傳來上氣不接下氣的聲音，花卷回過神，轉頭一看，原來是剛才那位在群隊處理庶務工作的海曹長。

「先任幕僚要我轉告命令，請你去參加群司令部的作戰會報（定期會議），時間快到了，請你趕快去。」

海曹長心神不寧地催促道。先任幕僚今川被稱為是泉谷司令左右手的二佐，為什麼突然要自己去參加作戰會報？況且，像自己這種尉官階級根本沒有資格參加群司令部的作戰會報。

花卷猜想可能搞錯了，但還是跟著隊庶務跑到二樓的作戰室前面停了下來。因為作戰室的門要用密碼才能打開。

「喔，花卷，終於趕上了嗎？你等一下坐在房間角落見習。」

命令花卷參加這個會議的今川先任幕僚快步走了過來，輸入了密碼。

厚實的門打開了。花卷跟在先任幕僚身後，鞠躬走了進去，發現一百平方公尺的會議室內拉著遮光窗簾，室內燈光大亮。前方的大銀幕放了下來，銀幕前方的最前排放了幾張椅子，後排也有十幾張椅子。花卷淺淺地坐在末座的座位上。

會議室內，三名幕僚忙碌地排著投影機用的報告資料，交頭接耳地確認著什麼事。

「之後有新的動向嗎？」

「目前並沒有明顯的動向。」

「除了照片以外，還準備了其他相關資料吧？」

「對，能夠蒐集到的都已經準備好了。」

花卷坐在角落聽著他們的對話，感受到和平時的早晨會報不同的緊張氣氛。

不一會兒，停泊艦的艦長、各潛水隊司令，和銀髮的泉谷司令最後走進來後，作戰會報在今川先任幕僚的主持下開始了。

最初報告了氣象概況，接著報告了接下來的主要預定和訓練等狀況，以及周邊海域的情況。

「接下來要報告昨天發現的，疑似發生火災的蘇聯N級核潛艦的事故相關情況。」

什麼！花卷忍不住探出身體。

情報幕僚站了起來。

「N級潛艦在竹島和隱岐群島之間持續以浮航狀態向北前進，從昨天一四〇〇的發現位置至今天早上〇六〇〇為止，只前進了一百二十海里（約一百九十三公里），速度只有七節（時速約十三公里）左右。」

這樣的速度和騎腳踏車差不多。

「有沒有拿到照片？」

群司令問。

「是，已經從厚木送來了。」

情報幕僚回答後，燈光暗了上來，銀幕上出現了浮航的N級潛艦照片。會議室內響起一陣驚訝聲。

N級潛艦敞開的中間艙門冒著黑煙，看起來像是慌忙逃到上甲板的二、三十名艦組員蹲在那裡。雖然是遠距離攝影，但放大的黑白照片上可以看到艦組員除了身上的衣服以外兩手空空，甚至連鞋子也沒穿，可以看出他們是緊急逃出艦外。

艦尾的部分吃水很深，幾乎都沉在水中，整艘艦呈現艦首朝上的狀態，整體的吃水也很深。

群司令戴上了眼鏡，聚精會神地看著銀幕，在場的所有人也都定睛細看。艦身後方冒出了白色蒸汽，可見艦內溫度相當高。

最初發現北約代號Z級蘇聯核潛艦的是第四航空群（厚木基地）的P-3C（反潛巡邏機）。P-3C在例行日本海巡邏飛行時，在島根縣海上約一百公里處，發現了向東北方向浮航的潛艦，根據潛艦的形狀，立刻分析出是蘇聯的核潛艦，但因為浮航的狀態非比尋常，所以確認了紅外線圖像，發現艦身後半部的溫度很高，應該是因為發生火災而浮出海面，也因此無法快速航行。

航空部隊接受到這架P-3C的報告後，持續保持適當的間隔掌握蘇聯核潛艦的動向，也隨時將最新資訊傳達給潛水艦隊。

「氣象幕僚，日本海的好天氣還可以持續多久？」

群司令看著銀幕擔心地問。深夜到黎明時分，氣溫應該會降到十度以下，如果天氣不佳，海浪會打到上甲板，根本無法避難。群司令在擔心蘇聯潛艦艦組員的安全。

按照日常的行動，如果日本的潛艦艦員在日本海域發現行動可疑的他國艦船，就會立刻嚴密警戒，但是當同樣身為潛艦艦員面臨生命危險時，就不再分彼此。

氣象幕僚在手邊的燈光下確認了天氣圖。

「日本海中部已經處在移動性高氣壓的尾部，由西而來的前線將在明天中午左右通過，海上的風浪會變大。」

花卷想像著被冰冷的大浪沖刷的上甲板，不由得繃緊了身體。

「周圍海域沒有看起來像是救援的船隻嗎？」

二潛隊司令問道。

情報幕僚收起了剛才的照片，放上另一張顯示蘇聯艦艇在日本海位置的圖，用指示棒指著圖上的某一點說：

「這個位置的目標為單艦，正以二十節（時速約三十七公里）的速度南下，猜想可能是去救援N級的艦艇。」

「會合的預定大約在什麼時候？」

「明天〇一〇〇左右。」

「應該也派了遠洋拖船（拖行無法自力航行艦船的船隻）吧。」

「應該吧，只是目前還無法識別相關目標。」

情報幕僚回答後，群司令暫時停頓，叉著手不知道在思考什麼，然後小聲嘀咕說：

「如果上甲板已經淪為地獄，艦內應該也陷入了苦戰。」

然後又嘆著氣說：

「如果火災發生在後方，會對核子反應爐和相關設備造成影響，應該是動力關係受到影響，速度才會變慢。在上甲板避難的艦組員可能受到反應爐外洩的輻射危害，不難想像艦內的艦員在承受火災的熱氣和輻射的環境下，仍然留在艦內控制危害繼續擴大，確保動力，努力返回母港。」

每一句話都讓花卷感同身受。

先任幕僚聽從群司令的指示後結束了會議。

「今天的作戰會議到此結束，祈禱N級潛艦的救援很快會趕到。」

花卷最後一個離開會議室。

因為太震撼了，身為潛艦艦員，不由得思考了很多問題，但要求自己去參加會議，是因為讓自己看到那艘蘇聯核潛艦的事故情況嗎？為什麼？

他口乾舌燥，走去洗手台，用雙手接水後一口氣喝了下去，用冷水洗了洗發燙的臉頰，有人拍他的背。回頭一看，原田正方正的臉上露出親切的笑容看著他。他慌忙擦乾臉頰。

「聽說你參加了群司令部的作戰會議。」

「對，但我不知道為什麼要求我區區船務士參加——」

「代表很看好你啊，我聽說了浮航的蘇聯核潛艦在日本海上發生火災，恐怕很難自行返回海參崴。」

「好像有艦船正南下救援——」

「是嗎？既然準備回海參崴的母港，航空部隊應該也不會深追，你運氣太好了，有幸得到這個不可多得的學習機會，我至今還沒有參加過群司令部的作戰會議。」

原田真心羨慕地說道。

「這次的事故可能代表蘇聯軍的士氣開始鬆懈。」

原田走在走廊上時說道。

共產黨總書記戈巴契夫雖然祭出「經濟改革」路線，但波蘭的團結工聯運動和捷克斯洛伐克、匈牙利的民主化運動前仆後繼，蘇聯軍方的士氣可能的確開始鬆懈。

「如果蘇聯的力量減弱，西方在冷戰中的勝利更加明確，就會迎接和平世代的到來嗎？」

「問題沒這麼簡單吧，冷戰構造中受到壓抑的民族和宗教差異導致的紛爭，或是邊境紛爭可能會浮上檯面。」

原田說完，停下了腳步，用嚴肅的口吻對花卷說：

「剛才已經接到內部通知，我在十二月的人事調動時會成為潛訓教官，我會帶全家一起去吳。」

在自衛隊工作，調動是家常便飯，但這次太突然了。花卷壓抑著內心的情緒說：

「恭喜你。在參加作戰會議前，大宅艦長通知我，一月一日無法升任一尉。」

花卷垂下雙眼，努力不讓原田察覺他內心的慌亂。

「是嗎？你向來很好勝，可能無法忍受在同期中，只有你一個人無法升任這件事，但不必太沮喪，訓誡處分半年後就會從履歷上消失。」

原田重複了和大宅艦長相同的話，鼓勵著花卷。

「今天晚上可以去你家嗎？」

他希望在最後的夜晚和原田喝幾杯。

「不行，在你還沒有改變辭職的決定之前，無法像以前那樣開心地喝酒，我不想留下這樣的回憶。」

花卷無言以對。

「小澤賴子小姐知道這件事嗎？」

原田突然問道，花卷毫無心理準備。

「不知道，她正在歐洲旅行。」

此行他更為不得不和原田道別感到難過。

「我希望你冷靜思考，真的遇到困難時打電話給我，我可以提供一次諮商服務。」

他露出充滿慈愛的笑容伸出手。他的手又厚又大，花卷回握著他的手，充分感受著他的溫暖。

鬆開手後，原田沿著走廊慢慢離去。花卷努力克制著想要追上去的心情，回到辦公室，得知群司令要找他。無論是先任幕僚邀他參加作戰會議，還是群司令親自找他，都是平時不可能發生的事。

他帶著不安和緊張確認儀容後，戰戰兢兢地敲了群司令辦公室的門。

「『國潮』船務士花卷二尉報到。」

花卷大聲報告後走進辦公室，群司令剛好掛上電話，直視著立正站在他面前的花卷。群司令袖口縫著四條金槓的一佐制服左胸前別著金色海豚徽章，和記錄至今為止各種經歷的五彩防衛勳章，象徵著他的豐富經歷。

群司令沒有提到剛才作戰會議的事，簡潔地說：

「我從大宅艦長口中得知了你的辭意。」

七月二十二日展示演習時，泉谷司令在「國潮」的僚艦「松潮」上指揮潛艦部隊的潛航和浮航表演，歸途發生碰撞事故時，他在「松潮」指揮救助作業。

「這次的事故發生後，我也受到指責，幾乎否定了我近三十年潛艦艦員的經歷，心情的確很複雜。但是，我深刻反省了這次的碰撞事故，認為有義務完成相關對策，以免類似的事故再度發生。一旦完成之後，我就會回應輿論要我辭職的要求。」

花卷完全沒有想到會從群司令的口中聽到他的辭意。

「但是，你和我的立場不同，身負的責任也不同。」

說完，他轉動了旋轉椅後站起來，走到窗邊，瞥了一下窗外，將視線移回花卷身上。

「你從防大開始至今，學習和訓練了多少年？」

「在防衛大學讀了四年，之後在儲備幹部學校一年，國內巡航三個月，遠洋航海五個月，海上勤務一年，潛艦教育訓練隊半年，實習幹部半年，然後在『國潮』上快兩年了。」

「所以，國家在你身上教育投資了七年半，你在部隊工作才兩年。」

花卷無法反駁。

「這次的集團升等把你排除在外，是為了讓你負起事故的相關責任。」

群司令明確說道。

「我經常聽人說，你是優秀的潛艦艦員，我也知道你初級幹部檢定的成績，我認為你很有前途，不愧是你父……」

他原本不知道想說什麼，但把話吞了下去。

「當然，我沒有權限執意要求你打消辭意，但是，連這麼有前途的你也和我一樣辭職，同樣身為潛艦艦員，我無法忍受。」

花卷覺得自己對這番話受之有愧，所以把頭壓得更低了。

泉谷司令打算在完成自己的職責後辭職，用眾人皆知的方式對事故負責，在此基礎上，對花卷說了這番充滿真情的話。

「我不會要求你打消辭意，但你曾經處理過海曹士的離職申請，知道即使我同意你辭職，也需要一段時間製作這類呈報文件。」

泉谷司令根本不需要向花卷特地解釋。

「我知道，我會完成應盡的義務到最後一刻。」

「聽你這麼說，我就放心了。在這段期間，我打算拜託你一件事。你在神戶有相當一段時間，或許已經聽說了，美國太平洋艦隊潛艦部隊提案派員前往夏威夷的新銳核潛艦受訓。本潛艦隊也希望派有實力的艦員，充分學習最新的戰術帶回日本，但是，下期赴美潛艦無法安排人員前往，因此，我認為你很適合，大力推薦你，也已經獲得潛艦隊的同意。在辦理呈報文件期間，希望你赴美參加這次訓練，回報國家至今為止對你的教育投資。」

泉谷司令一臉真摯的表情說道。

美國新銳核潛艦——花卷在腦海中浮現N級潛艦發生火災後，艦組員在可能受到輻射傷害的情況下，仍然努力確保發生異常的動力返回母港海參崴的狀況。

既然泉谷司令動之以情，說之以理地下達這個命令，花卷當然無法拒絕。他深深一鞠躬，走出辦公室後，被今川先任幕僚叫住了。

「事情正如司令所說的，你後天就會接到人電（人事電報）來司令部報到，所以立刻回神戶的『國潮』，辦理交接，並整理行李。在人電發佈當天完成退艦手續，就來這裡報到。關於赴美訓練的詳情，等你來這裡之後再討論。」

事情在花卷完全無法控制的情況下迅速發展。

花卷決定先去「國潮」所屬的第二潛水隊司令部，然後回神戶。

花卷走去向隊庶務說，想向新任的隊司令打招呼時，看到他正在整理分發給各艦的郵件。

「我等一下回神戶，如果有急件，我可以幫忙帶回去。」

他接過寫著「國潮」艦名的盒子後打開，發現資料中有一封航空郵件，上面清楚蓋著柏林的郵戳。花卷忍不住拿起那張明信片，果然是小澤賴子寄來的。翻過來一看，上面印著像是教堂的照片。

在威廉皇帝紀念教堂──。

昨天，隔開東、西柏林的牆壁有一部分被民眾推倒了。我們在初夏時，還在澀谷聊到這件事，沒想到現在真的發生了。

我發自內心地為和平祈禱。

威廉皇帝紀念教堂在第二次世界大戰中，遭到柏林空襲的轟炸，只剩下外形而已，保存下來作為拒絕戰爭的紀念。一股暖流流過花卷的心頭。

每個自衛官都祈願再也不會發生戰爭，因為一旦發生重大危機，就會發佈出動命令，自己或戰友將最先送命。之前的戰爭已經造成無數犧牲者，父親說，帝國海軍少尉花卷和成早就死了，但是，父親仍然背負著當年的挫折感。

花卷輕輕撫摸著賴子寄給他的明信片。

正因為自己從事保家衛國，努力避免戰爭發生的工作，即使再怎麼困難，仍然值得燃燒自己的生命。

雖然不知道自己有多少力量，但既然上級命令自己參加赴美訓練，在美國新銳核潛艦上進修，就必須完成任務。

目前無法預測自己在訓練結束後會做出怎樣的決定，但他覺得賴子從西德寄來的明信片，就像是為自己指出未來方向的指標。

前往夏威夷的訓練和進修或許就是第一步，不知道未來的世界將如何變化，更不知道未來將有什麼等待自己。

雖然有點畏懼，但更覺得可以引導他做出不可動搖的決定。

（第一部完結）

執筆之際

我從五年前開始構思這部小說，從三年前開始採訪，兩年前開始寫大綱，一年前才開始動筆。

「某個人」讓我耿耿於懷，他崎嶇的命運令我深受吸引，一直希望可以寫他的故事。

昭和十六年（一九四一年）的珍珠港攻擊中，他背負了特別的任務，卻因為成為俘虜而活了下來，戰後度過了波瀾壯闊的人生。

我曾經在《週刊新潮》上連載（一九八〇年六月～一九八三年八月）的《兩個祖國》中稍微提到過他，三十年來，我一直掛在心上。

在日本和美國用武器進行戰爭期間，他以俘虜之身，獨自經歷了一場沒有使用武器的戰爭，我認為其中隱藏著在未來的社會中，到底要走向戰爭還是和平的關鍵。

我認為絕對不能讓戰爭的悲劇再度發生，基於這種心情想要寫這個人物，但如果只寫他的故事，很容易淪為陳年往事。

我向來認為，在二十一世紀的今天，只要繼續創作小說，故事就必須具有現代性和國際性。主題是「戰爭與和平」，而且必須和目前的日本有共同點……我遇到了瓶頸，也煩惱了很久。有一次，一位專家像往常一樣，和我聊起在珍珠港攻擊中，成為俘虜的那個人物搭乘的特殊潛航艇的事時，說著說著，專家突然岔開話題，聊到了目前日本周邊海域的情況。目前經常可以看到日本周邊海域的相關報導，但在兩年前，並不是能夠輕易瞭解到的事。聽了有關日本海域目前的狀況後，深深震撼了我的內心深處，原來這就是我一直在尋找的主題。

之後，先暫時擱置了特殊潛航艇的事，開始調查海上自衛隊的潛艦，但說易行難，沒想到作家生活的最後一部作品，竟然從如此困難的採訪開始，連我自己都感到驚訝。《白色巨塔》中的醫學、《華麗一族》中的金融、《兩個祖國》中的東京審判，都曾經向專家討教學習，但當時的困難和眼下的潛艦相比，簡直是天壤之別，最大的原因應該是我對機械特別不在行吧，我必須一字一句確認，每天都在暗中摸索。

我個人絕對反對戰爭，卻無法贊同也不能具有防禦能力的論調。

在參與各方資料學習的過程中，我不禁想要深入探究「為了不參加戰爭而存在的軍隊」。即使是釣魚台列嶼的問題，也不是可以用快刀斬亂麻的方式解決的問題，在當今的時代，也無法用YES或NO來回答是否要反對自衛隊的問題。

我希望讀者能夠和我一起思考。也許目前正是重新思考這個意義的時機。

戰爭是我內心無法消失的主題。我曾經活在戰爭時代，「必須要寫」的使命感激勵我提起了筆。創作作品很痛苦的同時，當然也有樂趣。

有些小說有範本人物，也有些是完全憑空杜撰。這部小說中，這位人物的兒子——海上自衛隊的潛艦艦員並沒有範本，也因此充滿了創造角色的樂趣。主人翁是二十八歲的潛艦艦員，他如何能夠通過各種考驗不斷成長，這種思考是一種喜悅，也是最大的樂趣。

有了強大的競爭對手，主人翁也會成長。

我以前對潛艦的使命和活動一無所知，但曾經經歷過戰爭，瞭解潛艦對日本造成的威脅和對峙，想要更進一步瞭解。

二〇一三年七月

山崎豐子

＊

隨著《約定之海》的作者山崎豐子的辭世，這部作品也成為一部未完成的作品。第一部【潛艦國潮篇】二十次分（「週刊新潮」連載）的內容已經完成這件事，或許成為不幸中的大幸，但接下來將要進入主題的核心，想到作者內心的遺憾，不由得溼了眼眶。因為她向來認為，作家必須完成作品，才能因應讀者的期待。

描寫潛艦的確是一大難題，承蒙多位專家的協助，尤其是海上自衛隊前海將．潛艦隊司令官的小林正男先生提供了許多具體的建議，作者山崎豐子經常說，如果沒有小林先生，或許無法寫下去。

由於作者山崎豐子無法像以前一樣，親自自由地出門採訪，因此，責任編輯矢代新一郎先生在出版社內成立了企畫團隊全力支援，也持續激勵作者。在單行本付梓之際，容我在此介紹該團隊的成員。松田宏先生、田島一昌先生、矢代新一郎先生、加藤新先生、森休八郎先生、草生亞紀子小姐、高橋裕介先生、大曾根幸太先生，謹此對各位溫暖的協助表達深切的感謝。

二〇一三年十二月

山崎豐子的秘書**野上孝子**

《約定之海》之後

花卷朔太郎被派往夏威夷，尋找父親足跡的第二部，整體大致構想已經完成。山崎女士曾經說：「我的小說就像是高樓，必須事先畫好設計圖。」

大部分內容已經完成了初步的採訪和資料蒐集工作，編輯室已經針對第二部製作了相當於兩張榻榻米大的巨大年代表，對第三部的主要事件也製作了超過二十頁的時程表，掌握了大致的時間流程。

由於第一部已經完成，第二部以後的內容準備進入修改大綱的階段，所以尚未留下最新的完整稿，某些相關事實的查證也尚未完成。

秘書野上孝子小姐和編輯室人員，根據曾經多次聆聽山崎女士談及第二部、第三部的內容、當時的筆記，以及編輯室的採訪稿，努力嘗試拼湊出山崎女士今後可能會採取的最終方案。文責由山崎企畫編輯室全權負責。（山崎企畫編輯室）

第二部【夏威夷篇】（大綱）

一九八九年十二月二十日，花卷朔太郎奉群司令的命令，成為美國太平洋艦隊所屬的最新銳核潛艦「費城」的客座艦員，珍珠港就在眼前。核潛艦從橫須賀基地出發後的八天航海期間完全沒有浮出海面，速度也很快。朔太郎向美國潛艦艦員學到了新的技術。

艦長很理解他因為碰撞事故而喪失自信，但希望他在充分悼念罹難者後，帶著積極的心態走向未來。

「It's the past.」（都過去了。）

一旦內心軟弱，人也會變得軟弱。既然內心已有悔恨，之後更應該向前走。胸前的海豚徽章是戰士的象徵。

「費城」在拖船的引導下，進入了珍珠灣口的狹窄水道。艦橋上掛著巨大的歡迎花環，潛艦部隊司令官、潛艦官兵的家屬、戀人都來到潛艦碼頭上迎接。經過事先的抽籤，抽中幸運籤那位太太的丈夫得到第一個走下潛艦的權利，讓太太獻上親吻。

朔太郎在檀香山的潛艦宿舍內和先行抵達的「＊潮」艦組員會合。在美國潛艦訓練中心，每天在教練的指導下，接受了萬一發生火災時的滅火訓練和沉沒時的逃生訓練，那些訓練都是走在世界最先端的高水準技術，朔太郎漸漸發現自己充滿了學習意願和好奇心。（有關美核潛艦和艦長等採訪工作已經完成。）

＊

聖誕節休假結束後，花卷和其他人受邀前往美國潛艦艦員家中。羅勃特輪機長家距離珍珠港只有三點五公里，大家在他家烤肉。羅勃特的太太是菲裔美國人，他們從高中時開始交往。艦員的妻子都很團結，是「費城」所有艦組員「陸地的守護神」。

當大家在草皮上歡聲笑語時，羅勃特請朔太郎來到書房，從高達天花板的書架中，抽出一本戰史。那是一位澳洲女性戰史家寫的書。

「朔，在之前那場戰爭中，在聯合艦隊突襲之前，有五艘特殊潛航艇試圖用魚雷攻擊我方停泊在珍珠港的艦船，聽說你父親就在其中一艘潛航艇上。」

說完，他翻開了那一頁，上面的確寫著日本海軍少尉花卷和成的名字。朔太郎知道日本的戰史上也有相關的記述，沒想到連澳洲的戰史家都知道父親的事，並記錄在戰史上。

「櫻花凋零……」

朔太郎終於發現自己雖然得知父親的辭世歌，卻害怕看到父親內心深處的黑暗，始終不願意正視。（〈櫻花〉那首詩來自美國國家檔案館的機密資料。）

日美聯合演習的各種情況。

＊

之後，朔太郎決定利用訓練的空檔尋找被稱為「頭號俘虜」的父親足跡。他去找了前一年在碼頭上迎接日本潛艦的日裔朋友，第一次向他打聽了父親的事，對方承諾說：

「我聽說最初發現花卷少尉的前機場警備兵是第二代日裔，我們去找他瞭解情況。」

不久之後，對方打電話到朔太郎的宿舍，說已經找到了那個人。「他說當初的確看到花卷少尉從海灘上來，也偵訊了他。」

＊

那個週日，朔太郎前往貝羅茲海灘（Bellows beach），海上自衛隊駐檀香山的聯絡官為他開車，那裡是一片寧靜碧藍的大海，和威基基海灘完全不同。那裡是美軍的休憩地，一般民眾無法進入。

那裡正是父親投入日美開戰頭陣的珍珠港攻擊時被捕的海灘。海軍少尉花卷和成成為頭號俘虜留在戰史上，但目前知道這件事的日本人已經少之又少，父親和母親也都不提這件事，朔太郎在十幾歲時也對此漠不關心。

海上自衛隊的檀香山聯絡官出示證件後，大門立刻打開了，他們約了最初偵訊父親的泰利．久保田在這裡見面，泰利是前美國海軍中尉，有美國海軍終身身分。

「你就是花卷朔太郎嗎？真像啊！」

沙灘旁的松林內傳來用日語說話的聲音。他們相互認識後，泰利說：

「十二月八日拂曉，一個穿著白色兜襠布的男人搖搖晃晃地從那片岩礁走來，他可能沒有發現我，嘀咕著『I am cold』，渾身發抖——。看到他的兜襠布，我知道他是日本人。因為我在戰爭前，曾經去過我父親的故鄉，從本地的學校畢業後，也曾經去明治大學留學，所以很瞭解日本的習俗。我原本擔心還有大批日本兵會上岸，在海面上觀察，但並沒有看到其他人。」

朔太郎感到驚訝不已，因為在羅勃特家中看到的那本澳洲戰史家的著作中提到，父親被打到岸上時昏了過去，美軍的槍對準了他。

「我父親之後去了哪裡？」

「在機場和我一起負責警備工作的其他士兵偵訊了他，聽說立刻把他押上卡車，帶去了憲兵總部，之後就沒有消息了。」

（第二部的前半部分已經開始著手寫第一稿，所以留下了比較具體的內容〔編輯室也配合進度，為了前面幾次的連載內容，準備第三度前往夏威夷進行最後的採訪〕。在最初的寫作計畫中，打算把【夏威夷篇】作為整部著作的開始，因此，第二部的相關工作都優先進行，比方說，已經二度前往貝羅茲海灘採訪，也成功地採訪了戰爭當時的相關人員。

在下一次連載中，將從描寫海軍少尉花卷和成開始，這個角色以實際存在的「頭號俘虜」為主要範本（但朔太郎並沒有特定的範本）。時間點是一九四一年十二月。）

「殺了我，不然讓我用光榮的方式死！」

花卷和成少尉在飛機場的崗哨站喝了熱咖啡，裹上毛毯後，被帶往憲兵總部，遭到嚴格偵訊，但是，他除了說自己是「大日本帝國海軍少尉」以外，始終不發一語，最後被脫光衣服關進了營房。

在不知道第幾次偵訊時，聽到「你是日本軍的頭號俘虜」時，花卷深受打擊，但仍然堅持不開口，遭到美軍方面的威脅，要把他的照片透過中立國交給日本海軍，他無法忍受這種情況，像發了狂似的用香菸燙自己的臉，試圖改變自己的容貌。

在為花卷拍照時，他露出了笑容。美軍人員叫著「Oh, no!」、「Crazy!」，為他重拍照片，他為了不讓別人認出是他，突然露出笑容叫著：「Good!」

「你為了攪亂自己身分露出的笑容，會引起善良的美國民眾的憎惡。」

花卷聽了之後絕望不已，多次想要咬舌自盡，但都遭到了制止，即使想要絕食，也無法躲過二十四小時監視，被守衛硬是撬開嘴巴，阻止他絕食身亡。

在某天的偵訊中，花卷得知「我們發現了你的特殊潛航艇，和你搭同一艘潛航艇的士兵也溺死了，屍體被打到貝羅茲海灘，也找到了丟進海裡的一部分資料，你的緘默已經失去了意義。」

花卷得知這些話並不是陷害自己的陷阱，而是事實後，忍不住放聲痛哭。那天晚上，自從成為俘虜後，一直埋藏在內心深處的有關搭特殊潛航艇攻擊珍珠港的記憶突然湧現。（至於真實照片中，面對鏡頭的笑容，曾經多次討論，到底代表什麼意義。）

＊

某一天，母艦在檀香山的海上悄悄放下五艘特潛艇，朝向珍珠港福特島前進，但花卷的特潛艇在母艦上時，電羅經就壞了。母艦上的人問他：「沒關係嗎？」他當然不可能回答：「不行。」特潛艇在水中完全失去了方向，不停地駛上岩礁。同艇的稻尾清司二曹提議說：「這次暫時放棄，等下次參加澳洲的攻擊吧。」花卷不同意，仍然努力駛向港口，但最後連魚雷都無法發射。

於是，花卷只能命令稻尾炸掉特潛艇，然後一起跳進海中。海水比他們想像中更冷，兩個人很快就失散了。「艇長」、「稻尾」，兩個人相互叫著對方，但聲音也被海浪吞噬了。

成為俘虜後，他沒有一天不為稻尾二等兵曹擔心，得知他已經溺斃後變成了屍體，覺得自己害死了曾經想要阻止自己的下屬，幾乎被內心的苛責壓垮了。

（之後描寫父親花卷和成從夏威夷被送回美國，成為頭號俘虜的苦難日子，和朔太郎從夏威夷回到日本後，藉由體會「父親的戰爭」逐漸成長的身影，以交錯的方式展開。首先，從父親的故事開始。）

花卷搭船從桑德島的俘虜營被送到舊金山天使島，在那裡遇到了被拘留的日僑，他們得知是花卷後，紛紛問：

「你就是特潛艇的花卷少尉嗎？」

「對。」

「你果然成為俘虜了嗎？你知道九軍神國葬的事嗎？」

什麼是九軍神？原來日本方面公佈，特殊潛航艇擊沉了美軍艦船，成為開戰最初的重大戰果，但其實每一艇上由一名年輕軍官和一名士官突襲珍珠港的五艘特潛艇都沒有建立豐功，五艘特潛艇都有去無回。

除了花卷以外的九個人都被譽為「軍神」大肆讚揚，為了提升戰意，舉行了盛大的國葬。因為隱瞞了花卷少尉的事，所以有些民眾紛紛耳語，為什麼不是十個人，而是九個人，但軍方無視民眾的這些耳語。

「軍方並沒有把你成為俘虜的事告訴民眾，我們是透過美國之音知道的。」

九軍神——花卷終於知道，自己不該活在這個世上。（一度被歷史抹殺的男人，在天使島的採訪中發現，他的一張小型照片放在俘虜營的大廳內。）

＊

製作筆錄後，花卷從奧克蘭車站搭火車，被押解前往美國內陸的俘虜營，經過鹽湖城、丹佛，被移送到威斯康辛州的馬可伊俘虜營（芝加哥西北方）。

然後稍微描寫花卷在馬可伊俘虜營的生活。（雖然是靠近加拿大邊境的寒冷村莊，已經完成了第一次採訪工作，原本計畫在二〇一三年年底再度前往。那裡有俘虜營紀念館。）

＊

幾個月後，花卷獨自被帶離馬可伊俘虜營，搭上了火車。到了一個不知名的車站後，又被一輛沒有車窗的車子送去某個地方。

下車之後，發現是一片荒野，有一棟周圍種著椰子樹和雜樹的西班牙紅磚建築，那裡是暗號為「崔西」的日本俘虜秘密偵訊處。漂亮的四層樓建築原本是飯店，因為有溫泉，所以曾經是好萊塢明星、棒球選手和企業家私下造訪的度假地，但隨著溫泉水源越來越少，這家飯店也關閉了。美軍情報部接收了這家飯店，變成了偵訊處，所有的房間和大廳都裝了竊聽器，即使是日本俘虜私下交談的內容，也成為重要的情報來源。

只有被認為有高度情報價值的俘虜會被送來「崔西」，花卷在那裡驚訝地發現，瓜達康納爾島戰役中被俘的海軍官兵也在那裡，他從俘虜的口中得知了日本的戰況，也在那裡遇到了海軍士兵學校的同學谷田——谷田在那裡用了大木的假名字。偵訊官問了花卷谷田的真名和經歷……藉由描寫崔西，突顯美軍在情報戰上的壓倒性優勢，美軍非常清楚地瞭解，海軍官兵的俘虜比陸軍更有價值。

不久之後，花卷又離開了「崔西」，用搭火車的方式，被送去了其他俘虜營。

（根據崔西、馬可伊等地的採訪，和美國國家檔案館得到的資料，描寫父親花卷和成在美國大陸的故事。尤其在崔西的那段日子，將成為第二部的重點，而且將根據機密資料的「偵訊筆錄」，描寫日美的心理對決，並將在第二部中製造一個令和成在戰後也一直背負的「十字架」。

朔太郎藉由父親的這些往事，瞭解到父親成為俘虜後，一個人面對了孤獨的戰爭。俘虜生活中的偵訊和友情，戰後自律的生活方式，以及像古代武士般的身影，是不同於自己熟悉的父親的另一面。父親的故事令朔太郎振作，也有了新的認識。絕對不能讓戰前的錯誤和父親的痛苦重現，為此，必須進一步思考自己能夠做什麼。）

路易斯安那州的李維斯俘虜營。送來的日本俘虜越來越多，越來越難控制。花卷從夏威夷時代開始，和「敵國國民」（internee，俘虜營中的日僑）一起生活中，受到了他們美國式的思考方式和生活的影響，漸漸接受了尊重秩序和自由的美國人，成為俘虜後獲得了重生，漸漸明確地肯定了自己生命的意義。

然後，他再度被移送往馬可伊，那裡的日本俘虜人數比之前更多，遵守秩序的舊俘虜和新送來的俘虜之間對馬可伊俘虜營內的現狀認識差異，以及在戰場上的不同經驗，導致彼此之間產生了糾紛，和俘虜營方面也開始有了摩擦，花卷夾在兩者之間發揮緩衝作用的行為，反而讓他被關進了懲罰房。

終戰。

*

昭和二十年（一九四五年）十二月十三日。美國船「蒙馬克蓮號」從西雅圖港出發前往日本，花卷和其他人回顧著在異國鐵柵欄中，重新認識自我的俘虜生活。在航程中，俘虜之間也因為發生爭執，有人被推進海中。隔年的一月四日正午前，「蒙馬克蓮號」在浦賀海上拋下了錨。花卷告別戰友，回到了故鄉德島，但那裡並不是安居樂業的土地。

（關於父親的俘虜生活，巨大年代表上記錄了盟友和反派角色的行動，故事也在逐漸形成，可能會提及在橫濱舉行BC級戰犯審判的出庭情節。朔太郎在夏威夷的訓練已經結束，他瞭解到軍人在日本和美國的地位差異，以及對戰爭的不同看法，開拓了新的世界。之後，在即將回國的某個晚上，受美國軍人之邀，前往飯店的爵士酒吧，剛好聽到長笛演奏，忍不住落淚。之前對自己的未來遲遲未做決定，此刻終於採取行動，決定要做出結論。然後，回國。）

朔太郎回到愛知縣豐田市的老家，哥哥潔志（kiyoshi）見到好久沒回家的弟弟感到很高興，父親為自己的第一個孩子取的名字，和因為自己的緣故，死在貝羅茲海上的稻尾清司發音相同。在熱鬧的晚餐後，朔太郎和哥哥喝酒聊天。

「爸爸從來沒有提過從他成為俘虜，到回到日本期間的事嗎？」

哥哥點了點頭。

「你覺得他為什麼不提？」

「沒有父親會對兒子說一些自己不願回想的事，我也察覺到他的想法，所以從來沒問過，而且一直告訴自己，不要關心這些事，所以聽到你要考防大時，我嚇了一跳。」

第二天早晨，母親向他提起相親的事。

「我不想去，沒有人願意嫁給不知道在哪個海域，也不知道幾天才會回家的潛艦艦員。」

「這位小姐的父親也是船員。」

「請妳幫我回絕。」

「但是，如果你繼續留在艦上，以後就越來越沒機會了。」

朔太郎拒絕了母親，回到了自衛隊，腦海中浮現賴子美麗的臉龐，很希望再見她一面。

（之後的大綱以粗略的架構為主，有幾個不同的方案，要選擇其中某個方案，還是構思新的方案，將在今後寫作的過程中決定。就像實際建造房子一樣，一旦來到建築現場，往往需要不斷修改設計圖。

整體的架構只是方案而已，想要成為一部優秀的小說，必須配合實際的寫作，並進行多次採訪，磨練每一個文字，至少需要修改三次以上。而且，可能有某些地方不符合實際情況，因此，對山崎文學來說，這些方案都只是萌芽的階段。以下也是正在構思的方案之一。）

朔太郎邀請賴子參加橫須賀軍港巡禮的旅行團，說希望帶她看某樣東西。賴子對所見所聞都感到驚訝連連。

傍晚，他們在橫須賀基地內的軍官俱樂部內用餐。賴子很坦誠地提出了內心的疑問。

「日本需要這麼多軍備嗎？」

朔太郎簡潔地說明了日本目前面臨的狀況。

「我不是無法理解你說的話，但增加軍備會不會反而製造出危機意識？我難以想像敵人的導彈會打到東京。」

「當然不可能一下子打到東京，但會從日本周邊慢慢……」

朔太郎雖然不知道該不該透露那麼多，但還是努力向賴子解釋。

賴子對朔太郎說：

「花卷先生，你好像變了。」

「也許吧，我現在終於知道，父親在之前那場戰爭中成為俘虜，經歷了痛苦的經驗……抱著不惜為國家捐軀的決心上了戰場，卻因為成為俘虜而抬不起頭，在戰後仍然帶著這份愧疚繼續活下去，我希望在戰後的自衛隊這個組織中，為父親挫折的人生重活一遍……」

（目前已經完成多次前往橫須賀港的採訪工作，以下是創作方案之一。朔太郎盡情地說出了自己的想法。在某種意義上來說，橫須賀的狀況正是目前真正的日本，必須正視現實，否則這個國家就真的完蛋了。如今每次發生問題，就把自衛官當替死鬼大肆撻伐，但決定問題解決方向的並不是自衛隊，而是每一個國民。賴子靜靜地傾聽朔太郎的話。）

不久之後，國潮和第一大和丸碰撞事件的海難審判做出了裁決，審判庭認為雙方都有過失。賴子也坐在旁聽席上旁聽。

（朔太郎在夏威夷瞭解了父親的往事後，瞭解到戰爭的另一項本質。那就是不同文化之間的衝突，那是不使用武器的戰爭。他覺得也許其中隱藏著戰爭的原因，於是開始思考「為了避免戰爭而存在的軍隊」又能夠做什麼。日本人必須有自己的生活方式，必須在大國的夾縫中，走過過去和現在，迎向未來。

朔太郎回國後，被群司令召去辦公室。「你去幹部學校，好好思考自己能夠為日本做什麼。幹部學校的宗旨，就是即使面對上級的指示也要抱持懷疑的態度，也許很適合目前的你。」除了這個方案以外，還有讓他進入海幕裝備體系課，擔任和防衛廳溝通的職位，以及在海幕工作，參與發現可疑船隻事件的方案。）

朔太郎進入海上自衛隊幹部學校（一年級）。——那裡專門培育上級的部隊指揮官或是擔任幕僚職務的人才。共有十五名學生，學習防衛構想的研擬、戰略作戰、國際法、國內法和戰史，也和同學共同思考國家、憲法和自衛隊等各種問題。在某一天的課堂上，針對「假設沖繩島被他國占領，該如何奪回」的問題，分別從艦長、隊司令、潛艦司令和幕僚等立場，思考作戰和發展。每天都忙於讀書、考試和寫報告。

（有一個方案是，朔太郎的學長原田正在海幕工作，但被捲入和外國有關，或是政治有關的事件〔比方說間諜事件〕，只能黯然離職。）

賴子在參加廣島縣吳市文化中心舉辦的市民節公演後，前往江田島。她在圖書館等查了相關圖書，瞭解了花卷和成少尉崎嶇的人生，不由得被曾經進行特潛艇秘密訓練的江田島所吸引。她覺得在海軍內秘密構思、訓練的特潛艇簡直就是特攻船（人肉魚雷），無論是以前還是現在，軍隊都會讓在前線的軍人流血犧牲——

「同袍的靈魂為你的行為在哭泣，如果你知恥，就應該立刻自絕身亡，向同袍的英靈道歉。」

「在夏威夷、舊金山、馬可伊俘虜營、田納西、密西西比和德州的多年俘虜生活中，你為什麼不自我了斷？」

她得知花卷少尉回國後，收到了這些恐嚇信，也終於能夠理解花卷少尉在戰後完全不提戰爭的往事，離鄉背井，進入遠方的汽車公司任職，前往巴西分公司十多年的行為。花卷少尉回到日本，在愛知汽車工作的往事，以賴子的心情作為總結，不打算著墨太多。賴子雖然比之前更加喜歡朔太郎，但收到美國交響樂團的邀請，讓她陷入了天人交戰。

（之後的朔太郎和賴子。有從「結合」到「雖然相愛，卻不得不分手」等多個不同的方案，同時，如果用丹羽秀明、北健吾和沙紀這些角色牽涉出複雜的關係，作者生前曾經樂在其中地思考。以下是其中一個方案。——朔太郎利用休假前往和父親有淵源的舊金山天使島，和賴子重逢。她剛好來舊金山參加音樂會。賴子說，那天去了橫須賀之後，她思考了很多。兩個人一起去了崔西。目前雖然是廢墟，但聽說即將改建為一家新的飯店。兩個人加深了感情。第二部進入尾聲。）

在愛媛縣西宇和郡伊方，花卷和成與朔太郎站在三機的海邊。父親曾經在這個不引人注目的寧靜海灣，為搭特殊潛航艇攻擊珍珠港進行特訓。如今，父親已經生病，即將走向生命的終點。這是第一次，也是最後一次父子旅行，父子兩人第一次討論戰爭。

「你要繼續當自衛官嗎？」

「對，這片通往遙遠太平洋的大海，自古以來，除了商船以外，還有世界各地的船隻來往。久而久之，產生了牽涉到利益的權力，淪為了戰場。在之前那場戰爭中，大和戰艦被美軍的轟炸擊沉，除此以外，還有很多日美的艦船葬身於此，是一片鎮魂的海。但是，你們那一代人應該深刻瞭解，武力之爭會帶來怎樣的結果，無數戰爭的犧牲者長眠的這片大海，絕對不能再度成為戰場。」

「沒錯，這片日本的海絕對不能再度成為戰場，你要貫徹自己的信念，不要讓它變成只是你我之間的約定。」

花卷朔太郎對著三機的海灣用力點頭。（第二部到此為止。三機有九軍神的慰靈碑。除此以外，還針對當時的旅館、夜神樂和候鳥的事完成了很有趣味的採訪。）

第三部【千年之海篇】（暫名）大綱

（時間設定在第二部最後一幕的幾年後。父親和成已經離開人世。朔太郎二佐將在不久之後接任親潮型最新銳艦的艦長。應該已經結婚。

對象呢？以下為方案之一——

朔太郎在接任艦長一職前，有幾個一定要拜訪的人。描寫「國潮」事件的罹難者家屬，以及昔日「國潮」艦員的現況。前船務長五島之後沒有再上過潛艦，在小笠原群島的小隊擔任隊長。丹羽和政治人物建立良好關係，開始在防衛廳內平步青雲。北健吾是自由撰稿人，擅長批判防衛問題和防衛廳的體質。朔太郎接任「＊潮」艦長。東海將成為故事最後高潮的舞台。）

二〇〇四年秋天。日美在東海舉行聯合演習，聲納偵測到核潛艦的聲波。分析之後，發現是中國核潛艦「漢級」，於是開始追蹤。

核潛艦以潛航的方式，向位於石垣島和多良間島之間的日本領海前進，很可能會侵犯領海。防衛廳認為應該採取讓對方知道我方在追蹤的行動以示警告，派出P-3C、護衛艦和巡邏機警告，但對方無動於衷。政府部門開始研究下達「海上警備行動」的命令。黎明時分的防衛廳運用局內，丹羽課長（？）屏氣斂息地靜觀事態的發展。

「＊潮」艦長花卷朔太郎反對採取海上警備行動，認為在現階段還不瞭解對方的目的，不需要讓對方知道我方的底細，也不必過度刺激對方，目前只要保持追蹤，瞭解對方的動向，但政治人物和官員為了追求功名，沒有採納他的意見。首相官邸設置了聯絡室。事態一觸即發——

（第三部設定在東海發生可能引發戰爭的事態，作者努力摸索是否能夠不用武力，靜靜地守護這片之前那場戰爭的犧牲者長眠的鎮魂之海，但仍然沒有找到答案。雖然曾經和當時的防衛廳、海自相關人員和當地漁業相關者等廣泛交換意見，但如何以小說的方式呈現，似乎仍然有相當的困難，打算在今後更進一步採訪。以下是最終結局——

朔太郎在事件的一個月後，因為這件事件引起一部分政治人物的反感，在尚未到任期的情況下，提前被解除了艦長職務。）

多年後——

朔太郎接到了被派往中國北京的日本大使館擔任武官的人事命令。

雖然父親已經不在，但他想到了在三機和父親約定的「戰爭」與「和平」，決定赴任。

幾天後，朔太郎來到北京國際機場——。

（第三部必定是山崎女士最想要撰寫的部分，然而，在還沒有向她請教完關於創作的所有想法之際，她就離開了我們。書中其他角色的後續，也任憑各位讀者發揮想像。）

二〇一四年一月

山崎企畫編輯室 **矢代新一郎**

協助採訪者姓名（省略敬稱・按五十音順序）

喬治・秋田、池田元、稻田悟、犬飼通之、井上恒男、植田一雄、魚住幸代、內山末治郎、戴維・榮研、太田拓生、大塚智彥、大山勝美、沖山泰彥、小野蘭二、海上自衛隊各部隊成員（沖繩基地隊、海上幕僚監部宣傳室、幹部學校、儲備幹部學校、吳地方總監部、潛艦「親潮」、潛艦教育訓練隊、潛艦隊、第一術科學校、第五航空群、第46掃海隊、美國太平洋艦隊司令部聯絡官）、勝目純也、川崎重工業株式會社船舶海洋公司神戶造船廠的各位、神村松男、前潛艦「灘潮」相關人員、前潛艦「灘潮」和觀光漁船「第一富士丸」碰撞事件罹難者家屬、久野潤、南茜・克萊斯、倉田優、黑澤良子、黑柳祥宏、小林正男、小林義秀、小宮好雄、齋藤義朗、酒卷喜久男、酒卷潔、左近允尚敏、佐藤成文、柴田秀一、下田昌克、第三管區海上保安總部的各位、高居翔、田川俊一、瀧野隆浩、田中洋介、玉川弘康、近田容平、泰德・築山、托馬斯・坪田、手塚貴子、出羽吉次、天滿正生、土居猷具、戶部和夫、富坂聰、仲新城誠、中田整一、仲摩徹彌、中峰一雄、西川高司、野村重幸、艾德嘉・哈馬斯、半田滋、平出勝利、查爾斯・賓滿、琳達・弗尼、吹浦忠正、美國海軍潛艦部隊的各位（第七潛艦群、核潛艦「夏安」）、美國海軍橫須賀基地相關人員、防衛廳的各位、艾美・波曼、海倫・麥當勞、松原伸夫、丹尼爾・馬爾齊內斯、丸山五郎、安田喜禮、柳澤協二、山口宗敏、山下俊一、史帝夫・瓦納。

（除了以上各位，還向包括眾多不希望提及姓名的人士進行採訪）

※原書末刊載「主要參考文獻、資料」，中譯本因篇幅侷限並未收錄。

閱讀山崎豐子作品，
讓你看清人性！

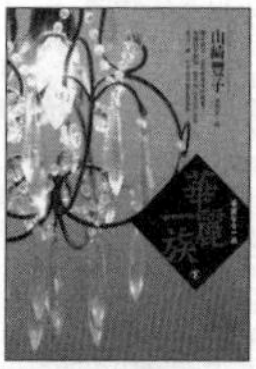

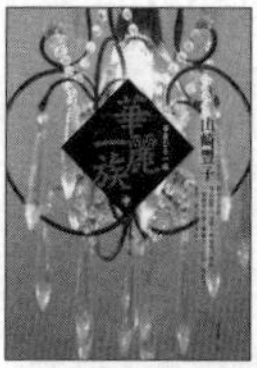

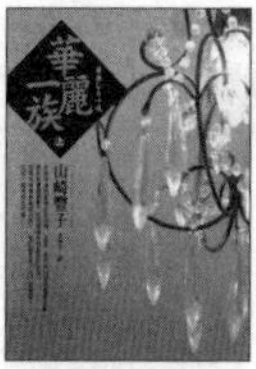

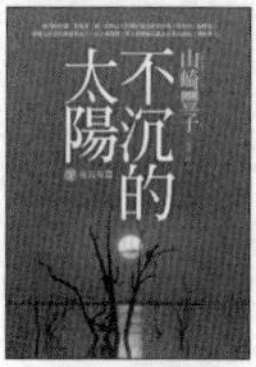

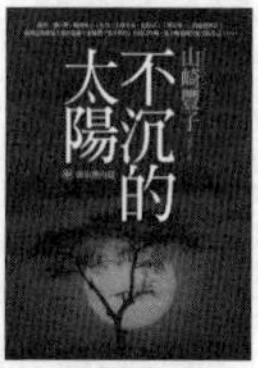

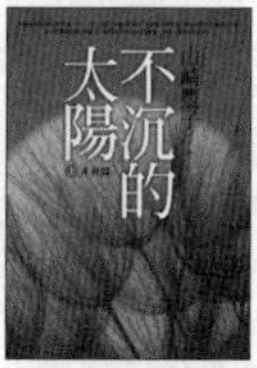

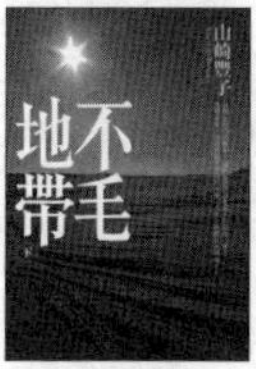

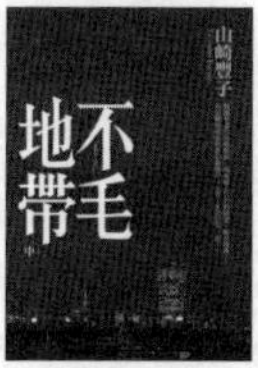

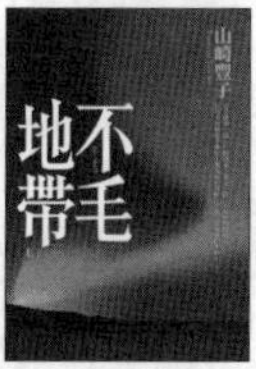

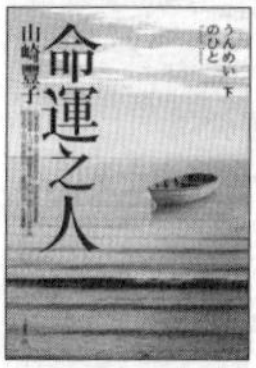

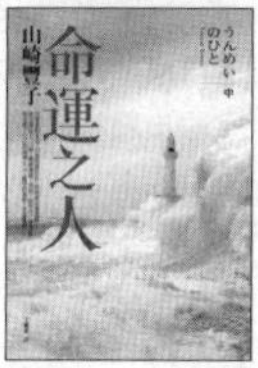

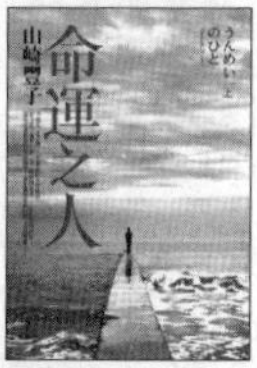

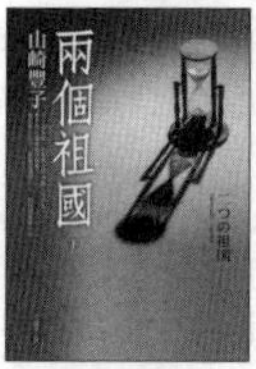

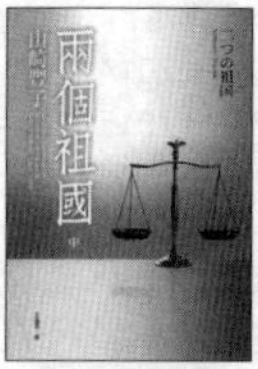

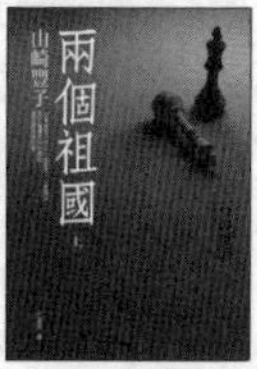

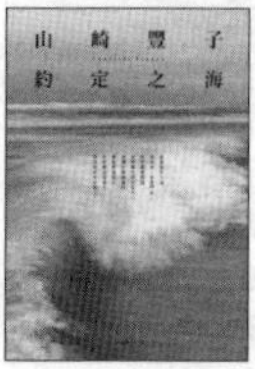

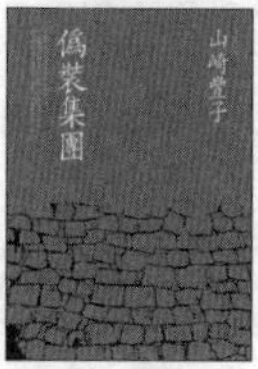

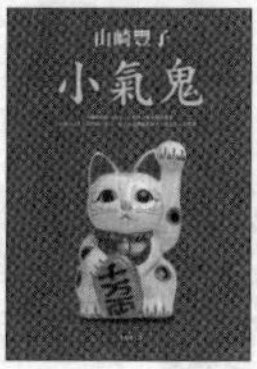

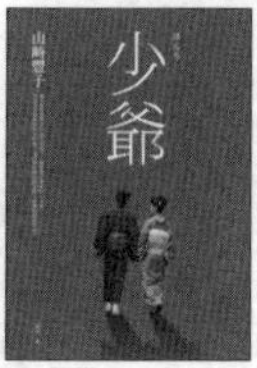

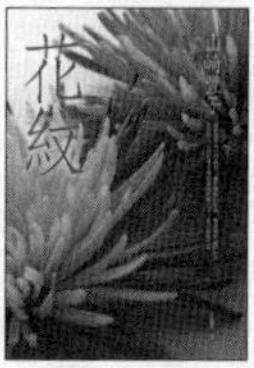

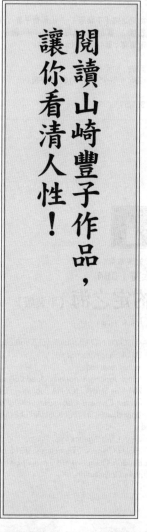

國家圖書館出版品預行編目資料

約定之海【平裝版】/ 山崎豐子著；王蘊潔譯. -- 初版. -- 臺北市：皇冠, 2015.09 面；公分. -- (皇冠叢書；第4497種)(大賞；84)

譯自：約束の海
ISBN 978-957-33-3181-0(平裝)

861.57 104003070

皇冠叢書第4497種
大賞｜084

約定之海【平裝版】

約束の海

作　　者—山崎豐子
譯　　者—王蘊潔
發 行 人—平雲
出版發行—皇冠文化出版有限公司
台北市敦化北路120巷50號
電話◎02-27168888
郵撥帳號◎15261516號
皇冠出版社(香港)有限公司
香港上環文咸東街50號寶恒商業中心
23樓2301-3室
電話◎2529-1778　傳真◎2527-0904
總 編 輯—龔橞甄
責任編輯—許婷婷
美術設計—王瓊瑤
著作完成日期—2014年
初版一刷日期—2015年09月
法律顧問—王惠光律師

讀者服務傳真專線◎02-27150507
電腦編號◎506084
ISBN◎978-957-33-3181-0
Printed in Taiwan
本書定價◎新台幣350元/港幣117元